只要想起你，我就一点也不难过

|
CHUCHEN
SHIWOGUYIWANGJINI
|

他爱她，爱了好久好久。
一直一直，像是仰望着星星一般，仰望着她。

CHUCHEN
SHIWOGUYIWANGJINI

大鱼文化传媒　大鱼文学

初晨，1
是我故意忘记你

籽月 著

全国百佳图书出版单位
时代出版传媒股份有限公司
安徽人民出版社

图书在版编目(CIP)数据

初晨，是我故意忘记你 / 籽月著. —合肥 ： 安徽人民出版社，2015.8

ISBN 978-7-212-08274-1

Ⅰ. ①初… Ⅱ. ①籽… Ⅲ. ①长篇小说—中国—当代 Ⅳ. ①I247.5

中国版本图书馆CIP数据核字(2015)第202861号

初晨，是我故意忘记你

籽月 著

出 版 人：胡正义
责任编辑：张 旻 袁小燕 邵 年
责任印制：董 亮
装帧设计：刘 艳 昆 词

出版发行：时代出版传媒股份有限公司 http://www.press-mart.com
安徽人民出版社 http://www.ahpeople.com
合肥市政务文化新区翡翠路1118号出版传媒广场八楼
邮编：230071
营销部电话：0551—63533258 0551—63533292（传真）
印 制：长沙鸿发印务实业有限公司
（如发现印装质量问题，影响阅读，请与印刷厂商联系调换）

开本：880×1230 1/32 印张：9.5 字数：237千字
版次：2015年11月第1版 2015年11月第1次印刷

标准书号：ISBN 978-7-212-08274-1 定价：28.00元

初晨，是我故意忘记你 ❶

CHUCHEN SHIWOGUYIWANGJINI

初晨，是我故意忘记你 ❶

CHUCHEN
SHIWOGUYIWANGJINI

楔子

CHUCHEN
SHIWOGUYIWANGJINI

深夜，B 市的街上已经没有什么人了，偶尔有几辆汽车在马路上飞驰而过。忽然，空旷的街道上传来一个女人的惊呼声："你们干什么！放开我！"

十字路口北边的马路上，一个年轻的女人被六个男人半推半抬地拉进一条小巷里。那女人只有二十出头的年纪，一头短发，穿着黑色的工作服。

那条巷子是 B 市有名的老街道，长长的小巷里，昏暗得可怕，一盏路灯下，一个身材粗壮、剃着光头、脖子上还文着蛟龙文身的男人一把拽过女人的头发，恶狠狠地问："黎初遥！说！你未婚夫在哪里？"

叫黎初遥的女人低垂着头，瑟瑟地往角落里躲："我……我不知道。"

"你还敢嘴硬！我看你嘴硬到什么时候！"男人毫不留情地一个巴掌甩过去，巨大的力量将她单薄的身子打得撞到墙上，她痛得低叫了一声，火辣的疼痛在全身散开。

"我真的不知道。"

"不知道？你和他感情那么好，你会不知道他在哪里？我告诉你，他躲不掉的，我迟早会把他挖出来！他敢骗走老子的钱，老子就杀他全家！"光头男人一把拽起她的头发，凶狠地瞪着她的眼睛说，"喂！黎初遥！他带着他全家跑路了，就留下你一个人在这儿啊？"

另一个留着长发的男人伸头凑过去，在她脸上吐了一口气，嘴里的臭味让她屏住了呼吸，扭过头去。长发男人一把捏过她的脸，贴在她的颊边道："他倒是忍心啊，把这么漂亮的未婚妻留在这里。"

围着她的男人们都大笑出声，笑声里带着让人恶心到战栗的恶意。

"别碰我！"黎初遥一把拍开他的手，往一边躲去。

"你再不说出他的下落，可别怪兄弟们对你不客气了。"身边的六个男人猥琐地笑着，慢慢朝她靠拢。

黎初遥身子贴着墙壁，害怕地往地上一缩再缩，却无处可躲了。她紧紧地抱住自己，颤着声音说："我真的不知道。"

"这小妞长得真俊。我喜欢。"

"我也喜欢。"

"哈哈哈哈！"

"走开！"黎初遥尖叫着，一把推开离她最近的男人，"不要碰我！"

"黎初遥，现在说还来得及。"带头的光头老大似乎在给眼前的女人最后一次机会。

可她依然摇着头，咬着嘴唇，倔强地说："我不知道。"

光头老大轻轻一挥手，身边的男人像是被放出笼子的野兽一般，兴奋地对着自己的猎物扑了过去。黎初遥尖叫道："走开！走开！"

光头老大摇摇头，似乎在同情这个可悲的女人："为了那种丢下你独自逃走的男人，值得吗？"

值得吗？黎初遥一边挣扎，一边痛哭了出来。

她不知道值不值得，她只知道，小的时候，她从未想过会这样爱上另一个人。可是……事实就是如此。

她就是愿意这般，为了一个人，苦苦付出，不求回报。

林雨说，这就叫贱，就叫犯贱。

她也觉得自己挺傻的。可是，她只能安慰自己，越是小气自私、脾气古怪的人，动了真心，越是惊天动地、至死不渝。

就在她快要被拖倒在地的时候，阴暗的巷子里蹿出一条"火龙"。"火龙"砸在一个男人的身上，男人惨叫一声："好烫！"

"火龙"掉在地上，啪的一声碎了，一股白酒味扩散开来，地上迅速被点着了一片。原来是装着白酒的燃烧瓶。接着，又是几个燃烧瓶飞过来，每个都砸在他们身上。黎初遥却因为被围在中间，没有受伤，被烧着的男人们尖叫着到处乱跳。

火海中，黎初遥听见了一道熟悉的声音："姐！快冲过来！快呀！"

"初晨！"黎初遥激动地叫着他的名字，想也没想，便顺着他的声音，从炙热滚烫的火焰上跳过去。身边有个男人想抓住她，一个燃烧瓶又飞了过来，正好砸在他手上，白酒洒了出来，烧着他的手臂。他惨叫着收回手，在地上打滚。

黎初遥冲过炙热的火焰和浓浓的烟雾，就看见一个漂亮的少年，正满眼担心地望着她。她张开双臂，飞扑过去，一把紧紧地抱住他："初晨……初晨……"她一声声地叫着他的名字，声音里带着惊慌，像是一个被吓坏了的孩子。

"姐，别怕。我在这儿，我在这儿呢。"黎初晨也紧紧地抱了一下黎初遥，然后从脚下的篮子里拿出剩下的两个燃烧瓶点着，一起丢了出去，挡住了那些男人。然后一把拉起黎初遥，转身就跑，"姐，快跑！"

黎初遥被他紧紧地拽着往前跑。她知道，他不会像那个口口声声说爱她，可转脸就背叛她的男人一样，那么轻易地放开她的手，将她独自留在危险中。她是他最疼爱的姐姐，最亲近的人。

他已经长这么大了，已经可以保护她了……就像小时候她保护他那般……

第一章

/ 初晨 /

你是否记得我们的童年

CHUCHEN
SHIWOGUYIWANGJINI

黎初遥小时候就像一个男孩，她没有穿过碎花裙，妈妈为了省钱给她买的都是男装，她穿过之后就丢给弟弟黎初晨穿。弟弟也是可怜，她这人特别调皮，穿过的衣服就没一件是完完整整无破洞的，唯一值得庆幸的是妈妈打补丁的技术非常完美，有时候黎初遥有好好的衣服也喜欢缠着妈妈打上和弟弟的衣服一样的小熊补丁。

那时，她和小她三岁的弟弟，在父母的庇护下，无忧无虑地过着美好的童年。

黎初遥的父亲是一名警察，母亲是个护士，两人经常上夜班，没空照顾两个孩子，年长的姐姐自然承担起照顾弟弟的责任。

在那个物质匮乏的年代，孩子们都没什么零用钱，黎初遥揣着自己和弟弟的伙食费在学校里也算得上是一个大款了。每次她买了零食给弟弟送去的时候，他班里的孩子都特别羡慕地看着他们姐弟。

黎初遥觉得最羡慕弟弟的应该是个叫李洛书的小孩，因为他总是偷偷看着他们分吃零食，那羡慕的眼神炽热得让她无法忽视。可是每当她转过头去看他的时候，他又会迅速别开头，装作没事人一样。

黎初遥想，这孩子，估计也很想吃她手里的零食吧。只是，黎初遥特别小气，除了弟弟，谁也不能分食他们的零食。

那时的黎初遥从来没想过，这个总是在教室里偷看着她的孩子，会成为她通往苦难的一扇大门。

如果，再回首，她真想这一辈子都不要和他相遇。

只是，很多时候，命中注定要遇到的人，是怎么躲都躲不掉的。

时间过得很快，黎初遥小学毕业以优异的成绩考上了省重点中学。她性格活泼，很快就和班里的同学打成一片。她的发小林雨也是个古灵精怪的女孩，脑子里总有很多乱七八糟的想法。她一开学就给同学们出了一道变态杀人狂的测试题，题目是：两姐妹去参加一个朋友的葬礼，遇见一个帅哥。葬礼结束后，妹妹回家就把姐姐杀了。问妹妹为什么把姐姐给杀了？答案是：妹妹认为姐姐死了那帅哥还会去参加姐姐的葬礼，这样她就又能见到帅哥了。

当然，能得出这个正确答案的人都是变态。

当时黎初遥对这样的答案完全无法理解，觉得这肯定是林雨无聊编撰出来的。直到有一天，她才发现，原来她也会为了一个男孩，成为一个有变态潜质的人。

那天，黎初遥像往常一样去弟弟学校接他放学。那时小学的放学时间比初中早半个小时，黎初遥到弟弟学校的时候，学校里只剩下弟弟黎初晨和他的同学李洛书。

大概也是因为这样，弟弟和李洛书成了好朋友，他们每天放学一起做作业、打球、在操场疯玩。每次黎初遥到他们学校的时候，都会站在操场的台阶上大叫：“黎初晨——回家了！”

那天，黎初遥叫了几声，就看见两个人影朝自己飞奔过来。跑在前面的是黎初晨，后面跟着李洛书。黎初遥看着黎初晨那一脸一身的汗和泥就气不打一处来，一边用力地拍着他身上的泥，一边骂道：“你多大了，还在地上滚，晚上回家自己洗衣服，咦……你看你脏得，恶心死了。”

每次她骂黎初晨的时候都特别顺口，从来不记得自己小时候比他更脏更恶心。

弟弟被她骂得次数多了，倒也不在乎，不痛不痒地任她在自己身上拍着，并要她买烧饼吃。

“回家吃饭了，吃什么烧饼。”

“买吧，买吧，我饿了，李洛书也饿了，买给我们吃嘛。”

黎初遥受不了弟弟的吵闹，只能答应了下来。其实黎初遥挺不喜欢李洛书的，他有点像弟弟的跟屁虫，还是默不作声的跟屁虫，每天上学跟着弟弟，放学还要跟着弟弟，不到八九点不愿意回家，像个没人要的小孩一样。可是看他的穿着打扮，又不像是这般可怜的孩子。每次问他，他都闭口不言，总是默默地垂着头，阴沉沉的样子让人很不舒服。

这些都不是黎初遥讨厌他的主要原因，主要原因是他总是分吃自己和弟弟的零食和晚饭。之前说过，黎初遥是个很小气的人，除了黎初晨，没人能分吃她的东西。

但是，看在弟弟的面子上，她忍了。

每次接他们放学，黎初遥就像一个偏心的小妈妈一样，让疼爱的黎初晨坐在自行车前面的横杆上，让不疼爱的李洛书坐在后面；买了好吃的，一半分给他们吃，一半藏起来，过一会儿再偷偷给疼爱的黎初晨吃。

现在想想，黎初遥当时的行为其实挺受自己鄙视的。可当时的黎初遥就是那样偏心，偏得就像心只长在黎初晨身上一样。

那天黎初遥像往常一样载着两人回家。其实黎初遥一开始载两个人的时候，根本骑不动，歪歪扭扭的很多次都差点摔倒。最郁闷的是，李洛书这个实心眼的傻小子，在自行车的龙头歪到不能再歪的时候，也不知道从后面跳下来保全他们。只会一直扯着黎初遥的衣服，生怕掉下去。所以结局经常是，三个人一起撞到树上、墙上，或者摔到地上。

有时候黎初遥会让他跟着自己的自行车小跑到家里去。但是跑了一半黎初遥又觉得这样做实在太虐待他，终究不忍心。那天也是一样。

“李洛书，上来吧。”黎初遥转头向着跟在一边小跑的李洛书叫道。

李洛书抬头，过长的刘海遮住了他的眼睛，只露出白皙的脸庞。他没什么表情，也看不出喜怒，只是从人行道上过来，绕到黎初遥车后座边上，跳了上去。

他一跳上来，黎初遥就用力地把住龙头，过了一会儿终于稳住，晃晃悠悠地往家骑着。路灯在傍晚微弱的阳光下显得若有似无，夏天的夜风吹来一阵凉爽，黎初晨坐在前面吃一口烧饼，然后腾出一只手喂黎初遥一口。黎初遥一边咬一边说：“坐好，别乱动。”

“姐，烧饼好好吃哦，你能不能把你多买的那个分一半给我？”

“不行！”

“姐姐最小气了。”

“闭嘴。”

到家之后，黎初遥趁李洛书写作业的机会，把黎初晨叫到厨房，从口袋里掏出自己没舍得吃的两个烧饼递给他：“拿去吧。”

黎初晨捧着烧饼，像往常一样，双眼亮晶晶地看着黎初遥道：“姐，我好爱你哦！”

“得了，别拍马屁了，快去写作业。”黎初遥笑着将他赶走，熟练地将妈妈留好的饭菜放在煤气灶上加热。

弄好后，黎初遥回到客厅，只见黎初晨和李洛书正一人拿着一个烧饼，一边啃一边做作业。黎初遥不爽地撇撇嘴，忽然觉得自己枉做小人了。

李洛书看见黎初遥出来，拿着烧饼的手微微一颤。这敏感的孩子好像能感觉出来什么，望着黎初遥，动也不动。黎初遥上前拍拍他的脑袋，什么也没说。他抿了抿嘴唇，低下头，又吃了起来。

“姐姐，这题怎么做？”弟弟拿了一道数学题问黎初遥。

黎初遥瞟了一眼，发现同样的题目李洛书早就做完了，她看了看题目，拉下脸：“这么简单都不会啊？你上课有没有听啊？”

“我听啦，可是数学好难啊。”

“黎初晨，数学都学不好的男生最逊了，你以后肯定交不到女朋友。”

黎初晨嘟着嘴，将作业本拿回去，抓着头发，在草稿纸上算了又算，却还是算不出来。黎初遥实在看不下去了，上去指导了一下，他豁然开朗，没一会儿将题目解了出来。

在他做完题目的时候，饭菜已经好了。黎初遥去厨房将饭菜端出来，黎初晨和李洛书将课本收拾到沙发上去。李洛书很主动地帮忙做事，他去厨房拿了筷子盛了两碗饭出来。黎初遥将其中一碗给了黎初晨，让他先吃，另一碗给了李洛书，然后准备去盛自己的。只听李洛书低声道：“我去盛。”

说完，他直接去了厨房。黎初遥也没有阻止他，拿起筷子和弟弟先吃了起来，她习惯性地将菜里的肉和大的虾子先夹进弟弟碗里。吃了两口饭，还没见李洛书出来，黎初遥疑惑地向厨房望了望，又吃了一会儿，他还是没出来。

黎初遥放下碗筷，走进厨房，只见李洛书背对着自己，双手放在前面，不知道在干什么。

“李洛书。”黎初遥叫了声他的名字。

他好像没听到黎初遥的声音一般，依然背对着黎初遥。黎初遥又叫了一声，同时走过去，扳过他的肩膀，一看，吓得睁大眼睛，差点尖叫出来。眼前的孩子双手一片鲜红，一只手掌不停地往外淌着血，另一只手也满是鲜血，还死死地握着黎初遥家的菜刀。黎初遥慌忙夺过菜刀，拉过他的手，只见他的双手手掌上被狠狠地割出两道血口子，从虎口一直斜切到手腕，那么的深，那么的用力，好像那不是他的手，而是可以雕刻的木根。

黎初遥看着他那不停流血的双手，着急地大喊：“你干什么呀！你脑子有问题啊！”

黎初晨听到姐姐的喊声，连忙跑过来，看到李洛书一手的鲜血，吓得差点哭出来。黎初遥连忙叫道：“快去拿毛巾来！”

“哦……哦。”黎初晨连忙跑到卫生间，拿了两条毛巾递给她。黎初遥慌忙地用毛巾将他的两只手紧紧裹住，然后拉着他，骑了自行车，带着他向妈妈的医院冲去。

妈妈接到黎初遥的电话，还以为是黎初晨出事了，急得在医院外面安排了推车等着。看黎初遥车后座上坐的不是黎初晨，终于松了口气，连忙跑过来数落黎初遥：“你这小鬼，在电话里也不讲清楚，你想急死我啊。”

“妈，你别说了，快带他进去包扎吧！”黎初遥将李洛书推过去。

妈妈带着李洛书进了急诊室，打开黎初遥给他裹着的毛巾一看，伤口深得像是婴儿的嘴巴一样：“这伤口怎么割得这么深！光包扎怎么行呢！通知黄医生，准备缝合手术。遥遥，你赶快去通知他家里人来。”

“啊，还要手术啊。”黎初遥一听这么严重，内疚得快哭了。看着李洛书疼得有些煞白的脸，有些心疼地摸摸他的头，“你干吗把手割成这样啊？”

黎初遥叹了一口气，用从未对他有过的温柔声音说道："告诉姐姐，你家里电话号码是多少？"

李洛书低着头，依然沉默。过了一会儿，他忽然出声叫黎初遥："初遥姐姐。"

"怎么了？"

他摊开双手，手心向上，露出血红血红的绷带，轻声问："姐姐，你说我的手会留疤吗？"

黎初遥皱了皱眉头，心想，这么严重的伤口，那肯定是要留疤了。但又怕他难受，只好安慰他："不会的。一会儿医生叔叔给你开点药涂涂就好了，肯定不会留疤的。"

"是吗……"李洛书显得很失望，默默地望着手心，周身笼罩在昏暗的灯光里。

"喂，李洛书，快点告诉我你家里的电话号码！"黎初遥大声叫着他，不乐意他一直垂头丧气的。黎初遥觉得小孩子就应该像黎初晨一样，开开心心、充满朝气，不要像他这样，像一只在岸上已久，快要死去的鱼。

最终，黎初遥还是没从李洛书嘴里问出他家的电话号码，后来是黎初晨打电话给他的班主任，才辗转弄到他家的电话号码。

接电话的是个女人，黎初遥向她说明了情况后，那个女人表示会叫人来接李洛书，然后就挂了电话。没过多久，医院门口开来了一辆黑色轿车。那年头，有辆自行车就算不错了，很少有人家里能有轿车。

黎初遥好奇地靠近窗边，看见车上下来一个和自己差不多大的少年，只是天色已晚，黎初遥看不清他的容貌。他越往里走就越接近灯光，等灿如白昼的日光灯将他的脸庞全部照亮时，黎初遥呆住了。那时的她不知道该用什么样的形容词去诠释他的美好，即使是现在，她大学毕业，学富五车，却依然无法从自己的脑海里找到一个合适的词，来形容那个眉目清俊的朗朗少年。他并非一般形容的英俊或者漂亮，他的五官并没有那么精致，可整个人就是散发出一种让人惊艳、让人眼前一亮的气质，那是一种张扬的帅气。

黎初遥不自觉地盯着他看了一会儿，越看越觉得他有些面熟，似乎在哪里见过。她使劲地想了想，却还是想不起来。可能是像某个明星吧，怪不得长得这么帅气。

黎初遥摇摇头，决定不想了，反正和这个少年也只是一面之缘而已。

没想到，等她从食堂买好晚饭，回到李洛书病房的时候，居然再次见到他。他坐在李洛书的病床边，笑眯眯的不知道说着什么。李洛书却面无表情地望着病房门口，房间里的气氛好像有些凝重。

黎初遥偷偷往里望了一眼，就被一直盯着门口的李洛书看见。他苍白的脸上闪过一丝暖色，连声叫道："初遥姐。"

"哎。"黎初遥答应着，推门进去。

"我以为你走了。"李洛书抬头望着黎初遥，因为是仰躺着，他总是被刘海遮住的眉眼也露了出来。这时黎初遥才发现，他有一双不比黎初晨逊色的眼睛，眼若流星，眸清似水。

"我去买饭啦，饿死了。"黎初遥走过去，忍不住拨开他额前细碎的刘海道，"眼睛露出来多好看哪，干吗总是遮起来？"

他微微一愣，抬手想干些什么，却被坐在一边的少年拦住："哎哎，手别动。"

李洛书只得放下手，忽然使劲摇摇头，将头发摇得一团乱，过长的刘海又一次将他的双眼遮住。

"哈哈，李洛书，你不会是在害羞吧。"床边的少年取笑道，"哎哟，人家夸你好看，你脸红喽。"

"韩子墨！你乱讲，我才没有。"李洛书生气地反驳。

韩子墨？黎初遥又一次用力地皱眉想着，这个名字真的很熟啊！到底在哪里听过呢？

"你居然敢直接叫我的名字？我是你表哥哎，真没礼貌。"韩子墨佯装生气地拍了拍他的脑袋。

李洛书转过头，不满地嘀咕道："不就比我大三岁嘛。"

"大三岁也是大啊。"韩子墨自来熟地对黎初遥伸出手，笑容满面地说，“我是这小子的表哥，韩子墨。你叫什么？”

韩子墨？韩子墨！原来是他！

她终于想起来了！这家伙不就是小时候嚷嚷着要找自己报仇的家伙吗？

黎初遥上下打量了他一会儿，小时候瘦瘦的、被她一扑就倒的身子现在长高了，也长壮了；小时候看着显小的眼睛，现在长开了，变成了一双漂亮的桃花眼，笑的时候眼角微微上挑，特别迷人。

只是这家伙的智商似乎还停留在原地，到现在还没认出她来。

黎初遥忍不住笑了起来。

不过，也不能怪他，她和他结怨的时候，也就只有八九岁。而且，他们也只见过两次。

记得当年，六岁的黎初晨长得特别可爱，皮肤雪白，眼睛忽闪忽闪的，那张苹果脸更是可爱到人见人捏。韩子墨就是那个手痒的，一次在公安局大院里，看到了新搬来的黎初晨，见他可爱，忍不住伸手去掐他的脸。可小孩子下手不知道轻重，一掐就掐疼了他，黎初晨号啕大哭起来。

黎初晨一哭，那在一边堆沙子的黎初遥就像猛虎出山一样，唰地扑过去，直接把韩子墨按倒在地，两个拳头全挥上去了。

韩子墨从小娇生惯养，还从来没被人打过，实战经验更是差，被黎初遥打了好几下才反应过来，一脸震惊地看着她：“你居然敢打我！”

“打你怎么了！打的就是你！谁叫你欺负我弟弟！”

韩子墨又被打了两拳，才开始奋力反击。两人谁也不让谁，就在地上滚来滚去，你抓我挠，你咬我掐，但凡能使出的招数，一样没漏，双方都想要将对方打倒。

黎初遥打架经验丰富，将韩子墨死死地压在身下，忽地就听到咔嚓一声，小韩子墨发出杀猪般的大哭声：“哇啊啊啊！手断了，手断了！我的手断了！好疼啊！”

韩子墨面朝上躺着，右手臂被压在身下，哭得满脸都是鼻涕和眼泪。

黎初遥骑在他身上，不以为意地说道：“装什么装！我都没打你的手。

你要是认输了，我就饶过你。”

韩子墨倔强地扭头：“我不认输！不认输！”

“那你和我弟弟道歉！”

“我也不道歉！不道歉！呜呜呜……”

“那以后还敢不敢掐我弟弟的脸了？”

“不掐了……呜呜呜……”

“哼，算你识相。”黎初遥放开他，从地上站起来，望着躺在地上护着手哭泣的男孩。他一脸泥土又瘦巴巴的，像只难看的泥猴一般。

他红着眼睛瞪着黎初遥说：“你叫什么名字？我要回家告诉我爸！叫我爸去抓你！抓你进监狱！”

“打不过我，还叫爸爸来，羞不羞！”黎初遥牵着弟弟转身跑了，就听见身后的男孩大叫：“有种你告诉我你的名字！我韩子墨是不会放过你的！呜呜呜……”

回家的路上，黎初晨不安地问她：“姐，他的手不会真的断了吧？”

当时的黎初遥特别笃定地告诉他：“不会的，这世上哪有这么娇贵的人。”

事实证明，黎初遥错了。韩子墨就是娇贵，从小到大都娇贵！打不得，骂不得。

他的手真的断了。黎初遥记得很清楚，当天晚上六点，一家人正准备吃晚饭，黎爸一脸惶恐地接到一个电话。挂上电话后，黎爸愣了半天，才把她抓过来骂道：“黎初遥！你能不能不闯祸！”

“她又干什么坏事了？”黎妈在厨房听到动静，连忙走出来问。

“她刚才把人家韩局长儿子的手打骨折了！”黎爸拍着桌子怒道。

黎妈愣了愣，问：“不会吧？”

“怎么不会，人家韩局刚才亲自打电话来了！”

黎妈气得一把扯过黎初遥，一边打一边骂：“你个不听话的！你谁不好打！你打人家公安局局长的儿子！我打死你！打死你算了！你个闯祸精！”

黎初遥不服气地辩解说："不是我的错，谁让他先打我弟弟了！"

"那你就把人家的手打断了？你真了不起啊！"黎妈继续吼道。

"我又不是故意的，谁知道他的手这么脆，他也打了我好多下啊，你看我的脸，都被抓破啦。"黎初遥指着脸喊冤。

黎妈一个巴掌扇过来，疼得黎初遥双眼直冒金星。

"你还有理了，你还有理了！我今天不收拾你，我就跟你姓！"黎妈气得跑到厨房，抄起扫帚回来就对着黎初遥的腿使劲抽。

黎初晨跑出来，抱着黎妈的腰喊："妈妈不要打姐姐，不要打姐姐。呜呜呜……"

"晨晨回房间去！"黎妈把黎初晨拉回房间，将门关上后，捋了捋衣袖，又气势汹汹地回来，扬着扫帚在黎初遥的腿上、屁股上连抽了好几下，疼得她的小脸都发白了。

黎爸看着心疼了，起身劝道："好啦，打几下就行了，你别把孩子打伤了。"

黎妈气得把扫帚一扔："你就护着她吧，这不成器的东西，以后指不定成什么样呢！"

"好了，不就是小孩子打架嘛，没事的。遥遥，你把人家韩子墨的手都打断了，是不是该去道歉啊？"

"我才不道歉……"黎初遥嘴硬的话还没说完，就见黎妈又扬起扫帚，她连忙改口道，"我去我去，我去道歉……"

于是，她在老妈的逼迫之下，买了据说是韩子墨最爱吃的香蕉，牵着弟弟黎初晨，被黎妈押着去韩子墨家道歉。

到了韩子墨家楼下，黎妈脸皮薄，不好意思上去，就打发两个孩子自己去道歉。黎初遥犹豫半天后，终于敲开了门，堆着一脸讨好的笑容说："阿姨，你好，我是黎初遥，我是来道歉的，呵呵。"黎初遥将水果篮举在开门的韩妈面前。

韩妈一听她的名字，自然没有好脸色，表情迅速变冷："要道歉叫你们父母来，你们回去吧！"

“哦……”黎初遥和弟弟无措地站在门口，不敢走也不敢进去。走，楼下有凶悍的老妈；进去，有冷脸的韩妈。

就在他们进退两难的时候，房间里传出韩子墨的声音：“妈，我要吃香蕉！”

“哎呀！我的宝贝儿子！”韩妈像是变脸一般，冰霜般的容颜迅速融化，变成一脸笑意与宠爱。她连忙转身快步走回房间说，“香蕉没有了，妈妈明天给你买。”

韩子墨坐在沙发上，右手臂被白纱布吊在脖子上，耍赖道：“为什么没有香蕉了？你明知道我最喜欢吃香蕉还不帮我买好放在家里！我不要明天吃，我现在就要吃！”

“好好好，妈妈现在就去给你买。”韩妈连忙哄道，“儿子别乱动，小心碰着手。”

“阿姨……我带香蕉来了。”清脆的声音让一哄一闹的母子俩同时回头望去。只见八岁的黎初遥，牵着五岁的弟弟，两个孩子剪着一样的发型，穿着差不多的衣服，上面缝着一样可笑的熊宝宝，举着装满香蕉的水果篮，站在玄关处，望着他们笑得一脸无辜又灿烂。

韩子墨愣了愣，眨眨眼睛，立刻认出黎初遥来，激动得用没受伤的手指着他们吼道：“是你们！是你们！你们来干什么？”

“我是来道歉的，对不起哦。”黎初遥说得非常溜，只是语气里真的缺少诚意啊。

“道歉？”韩子墨一听这两个字更加来气，怒气冲冲地来到黎初遥面前，使劲地将她和黎初晨往外推，“你们走，我才不原谅你们。”

“你刚才不是要吃香蕉吗？我带来了。”黎初遥依然举着水果篮，坚持不懈地请他原谅，“你收下吧。”

“我才不要你的东西！”

“别这样啊！你吃香蕉吧！吃了就原谅我好吗？”

“不好！不好！不好！”韩子墨大声地吼着，死命地将他们推到门外，“别以为拿几根香蕉就能收买我，我永远也不会原谅你们的！”

说完，砰的一声，他紧紧地关上门。

黎初遥叹了一口气。黎初晨望着厚厚的“铁将军”，小声问道：“姐，现在怎么办？”

黎初遥摸摸鼻子，沮丧地说：“还能怎么办，回家呗。”

黎初晨提醒道：“可是他没有收下香蕉，也没原谅我们，妈妈还会打你的。”

“也是哦。”黎初遥停住脚步，一想起等在楼下的老妈，她就不寒而栗。她皱了皱眉，望了望黎初晨，又望了望身后的铁门，再望望手里的香蕉，表情凝重地想了想，终于下定决心道，“初晨！”

黎初晨见姐姐这么认真，也认真地望着她，用力地点点头说：“嗯！”

黎初遥扬起嘴唇，露出一个奸诈的笑容，小声说：“干脆我们把香蕉吃了，一会儿下楼就和妈妈说，他原谅我们了，也收下礼物了。”

黎初晨一想到可以吃香蕉，咽了下口水，想也没想地使劲点头：“好哦。”

“那我们吃吧！”黎初遥开心地拉着他，也不挑地方，直接坐在韩家门口的阶梯上，一边拆开漂亮的塑料包装纸，一边说，“一会儿可千万不能说漏嘴啦。”

黎初晨眼巴巴地望着姐姐，使劲地点头，伸手接过一根香蕉，剥开吃了起来。黎初遥见弟弟吃得开心，自己也迫不及待地吃了起来。姐弟俩你一根我一根，我一根你一根，吃得不亦乐乎，也不知什么时候，身后的铁门忽然无声无息地打开了。

“你、们、在、干、什、么！”身后的声音一字一顿，饱含怒气，几乎压抑到了扭曲的地步。姐弟俩对视一眼，僵硬地回头，只见韩子墨像幽灵一般，低着头，睁大眼睛，咬牙切齿地说，“你们……居然在我家门口，吃我的香蕉！”

说完，还未给姐弟俩反应的时间，一抬头，猛地大喊：“谁让你们吃我的香蕉了！”他暴怒的叫声差点掀翻房顶。

黎初晨被他吓得手一抖，香蕉掉在了地上。黎初遥堵住耳朵，无辜地望着他说："你不是不要吗？"

"就是呀。"黎初晨小声附和。

"我不要的东西也是我的！没有我的允许谁让你们吃的！"韩子墨大步走过去，伸手就要抢黎初遥手里剩下的香蕉，"不许吃！"

"你不要的我为什么不能吃？"

"就不行！给我！我拿去丢掉也不给你们吃！"

"什么？你要丢掉的话我就不送你了！"

"你已经送过了！"

"你又不原谅我，我为什么要送给你？"

他俩拉扯着水果篮，争抢着剩下的香蕉。

"你们在外面吵什么？"韩妈听到声音也出来了，黎初遥一见大人，便不敢放肆，吓得连忙缩回手，不敢再跟韩子墨抢。韩子墨冷哼了一声，仰着头得意地说："我丢掉都不给你们。"

他的话还未说完，就踩到刚刚黎初晨掉在地上的香蕉皮，整个人猛地一滑，骨碌骨碌就往下滚。这一切都发生得太快，快得让人连眨眼的时间都没有。黎初遥和弟弟能做到的只是瞪大眼，傻傻地看着他滚下去。

而韩妈在愣了好几秒后，才发出响彻云霄、呼天抢地的尖叫声："啊啊啊——儿子啊！"

那晚上，情况真的很混乱，混乱到黎初遥都不敢带着弟弟回家，在黑漆漆的楼道里躲了半天之后，才被妈妈拎着耳朵拽回了家，回家后自然是一顿好打。

黎初遥想到了这里，忍不住抬手摸了摸耳朵。那天，自己的耳朵都快被老妈拧下来了，疼得晚上都睡不着。后来听说韩子墨的腿也跌骨折了，心里才平衡了不少。

"喂！你发什么呆呢？"韩子墨戳了她的肩膀两下，才将她从回忆的思绪里拉了出来。

黎初遥抬头问："什么？"

"我问你叫什么名字，你怎么想这么久？"韩子墨问。

黎初遥扬起嘴角，笑着问他：“你真的不知道我叫什么？”

“不知道。”韩子墨摇摇头。

黎初遥眯着眼睛笑道：“我叫黎初遥，你认识我了吗？”

“我认识你？”韩子墨皱着眉头，使劲地盯着她看，却一点也想不起来自己和这个女孩在哪里见过。

黎初遥见他用力回忆的样子，抿着嘴偷笑，心想，这家伙真呆，连自己发誓一定要报复的仇人都忘了。

1

初晨，是我故意忘记你

CHUCHEN SHIWOGUYIWANGJINI

第二章

/ 初晨 /

那个叫李洛书的孩子挺可爱

CHUCHEN
SHIWOGUYIWANGJINI

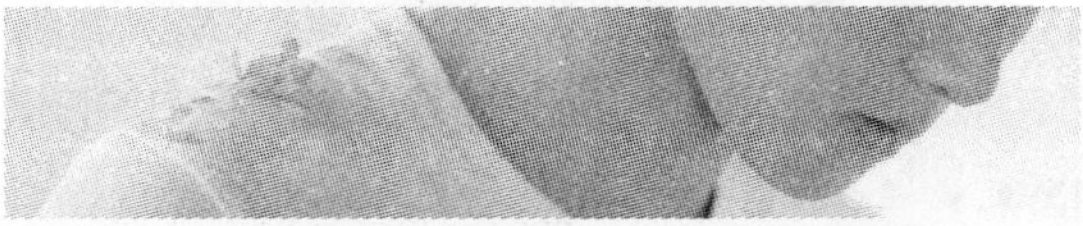

那天之后，黎初遥也不知道自己怎么了，总是会想起韩子墨。他鼓着嘴巴气恼地抗议自己叫他呆子，他央求着她说出自己是什么时候认识他的，他傻傻地不停地猜着她是他的同学、同学的姐姐，或者他的邻居。而她只是不停地摇头。

黎初遥想到这里就会笑，林雨取笑她说："你这不会是情窦要开了吧？"

"去去，是情窦初开，拜托你多看看书吧。"黎初遥瞪她一眼，然后又否认道，"谁情窦初开了，你别乱用成语好吗？我这是想，这家伙怎么能这么笨呢，都想不起我来。"

林雨笑着扬扬拳头道："那是因为你当年下手太轻。要是我，直接再打断他三根肋骨，这样绝对能让他记得我一辈子。"

"噗！你真是太狠毒了。"

"必须的。对了，那韩子墨伤好了之后没去找你报仇？"

"没有。他爸爸当时弃政从商了，没过多久全家都搬走了。"

"怪不得这么轻易就放过你了。"

"是啊。"黎初遥歪着头，望着窗外明媚的阳光，微微闭上眼睛，心想，要是当时他没搬走的话，不知道会怎么样呢？估计伤一好就会上门来报仇吧。

可是现在他连想也想不起来了。

若是他想起来，会怎么样呢？会不会再来报仇呢？

她想来想去，这一切的猜测，渐渐地，都演变成了一种莫名想见他的执念。

想见他，想见他，想再见他一次。

为了达到这个目的，年纪小小的黎初遥，无师自通地学会了利用李洛书。以前黎初遥对他并不是太好，甚至还带着三分嫌弃和厌烦。可为了见到不是同一个学校的韩子墨，黎初遥开始用各种方法，让李洛书在她家里多留一会儿，这样时间晚了，韩子墨可能会来接他回家。每次黎初遥干这事的时候，都会想到那道变态测试题里的妹妹。

黎初遥觉得自己挺卑鄙的，可是转身又会很阿Q精神地安慰自己，每个人年少的时候，总会对某件事，或者某个人，产生一种执念吧。

“姐，你在发什么呆？”弟弟打断了她的沉思。黎初遥眨眨眼睛，笑道：“我在想数学题，你要帮我解吗？”

弟弟连忙往后靠了靠：“才不要。你的题我哪里做得出来，何况还是数学。”

“哼，做不出来还打扰我的解题思路。”黎初遥点着他的鼻子佯怒道，“本来都想到了，你一打扰就又忘记了。你说，怎么办吧！”

“那你再想想呗。”黎初晨赔着笑脸道，“这种小题目，我相信姐姐你眨眨眼就能解开了。”

“贫嘴！去，下去给我买袋瓜子上来就算了。”

“哦。钱呢？”

“嗯？”黎初遥眯着眼睛看他，跟她要钱？

弟弟缩着脑袋，自认倒霉地鼓着嘴巴下楼买瓜子去了。

“初遥姐，你看的好像是物理书。”李洛书独特的声音传来，黎初遥转头，挑着眉望他，一副“那又怎样”的表情。

李洛书摸摸鼻子，装作什么都没说的样子，继续写作业。

黎初遥满意地笑笑。

弟弟没一会儿就跑回来，大气都不喘一下，就将一包瓜子扔在桌面上：“姐，瓜子。”

“乖。”黎初遥抬手摸摸他的脑袋，开心地拆开包装，倒了一把给他，又给自己倒了一把，然后给李洛书倒了一把。

黎初遥和弟弟都习以为常地一边嗑瓜子一边看书，只有李洛书愣愣地看着面前的那一堆瓜子，一动不动的。

黎初遥不在意地嗑着瓜子问：“你怎么不吃？”

李洛书抬起眼，望着黎初遥，忽然就那么毫无预兆地笑了。黎初遥嗑瓜子的动作停住，连弟弟都愣住，然后不敢相信地揉揉眼睛。

“姐，我好像看见李洛书笑了。”

黎初遥点点头。认识这么久了，还是第一次见他笑呢。而且不经常笑的人，忽然笑起来的感觉和那些每天乐哈哈的人的笑容完全不一样，像昙花一般惊艳美丽，让人措手不及。

“李洛书，你在高兴什么？和我说说。”黎初晨拉着他的手臂问，“难道你喜欢吃瓜子？那我多给你一点。”

黎初晨将自己面前的瓜子抓起来都堆到他面前。

李洛书连忙将自己的那一把护住，不让黎初晨手里的瓜子和他的混淆：“不用了，够了。”

“那你高兴什么呢？”黎初晨追问道。

李洛书低着头不说话，过了一会儿，他淡淡看了黎初遥一眼，然后别开眼神，抿着嘴唇说：“因为，姐姐给我们的一样多。”

黎初遥微怔，不知道为什么，听到他这样说，她的心忽然软了下来，甚至有些小小的内疚，之前自己竟然那么偏心。

“以后都一样多，好了吧？”黎初遥抓抓头发，有些不好意思地说，“说得好像我之前虐待你一样，哼。”

“哈哈，姐，你对李洛书是没对我好。”

“废话，你是我亲弟。”黎初遥瞪他，“不过，你要是不介意的话，从今天开始，我要对李洛书比对你更好啦。”

“不行！姐姐要永远对我最好！”黎初晨大声叫。

“多大人了还撒娇。给我好好写作业，今天的数学题解不出来，看我怎么收拾你。”黎初遥在他头上敲了一下，严厉地说。

黎初晨摸摸脑袋，咬着笔头继续写他的作业去了。房间里再没有人说话，三个人都安静认真地看着自己的课本，偶尔有轻轻的嗑瓜子和翻动书页的声音。窗外，天色渐渐黑了下来，时针也指向九点。李洛书收拾书本，准备回家，黎初遥却给黎初晨出了一道特别难的奥数题，黎初晨自然解不出来，黎初遥便让李洛书解解看。

李洛书花了一小时也没解出来，黎初遥嘴上骂他们真笨，其实心里清楚，这是初一的数学竞赛题，他们当然解不出。黎初遥在纸上洋洋洒洒地将解题过程和答案写了出来，这时时针已经指向十点半了。

“好啦，这题就该这么解，懂了吗？”李洛书沉思着点点头。黎初晨一副完全不懂的样子，黎初遥敲了敲他的脑袋，“笨啊。”

“李洛书，时间太晚了，你一个人回去不安全吧。”黎初遥一本正经地缓缓说出最终的目的，“要不要打个电话，叫你哥哥来接你啊？”

啊，你们一定不知道，十四岁的黎初遥，是这样一个思虑缜密又心机颇重的孩子吧。可就是这个年纪，黎初遥用尽所有小聪明，只为见那个漂亮的少年一眼。

可是，她的如意算盘打得厉害，也没有李洛书这孩子的固执厉害。他总是淡漠地拒绝一切与韩子墨的联系，不管是求助也好，找麻烦也好，但凡黎初遥说到韩子墨，他的回答总是千篇一律：不用、不要、不好。

总之，就是不。

无奈之下，黎初遥只能放任这个刚满十一岁的孩子，在深夜十二点，独自走路回家。

“你真的不怕吗？”黎初遥站在小区门口，不放心地望着昏暗又悠长的马路，“真的不要我骑车送你？”

“不要。”李洛书的拒绝依然干脆。

“为什么？”

“我不怕。”李洛书将书包背好，望着黎初遥说，“真的不怕。”

“那你路上小心。”黎初遥将口袋里剩下的一些瓜子抓给他，“哪，这个给你路上吃。”

他伸出双手摊开在黎初遥眼前，前几日割出来的两条疤痕赫然可见。黎初遥猛地皱眉，用空出来的手轻抚他手心的疤痕。那疤痕刚结痂，像两条丑陋的黑色蜈蚣横在虎口和手腕之间，疤痕硬硬的，有些刺手。

黎初遥皱着眉，心想着这该有多疼啊：“为什么要这样呢？”

夜色下，黎初遥忍不住问他，为什么要这样？

李洛书抬起手掌，轻轻地将黎初遥的手摊开。他认真地望着黎初遥的手，手指轻抚黎初遥手心中的掌纹，用特有的清冷声音道："因为想和大家一样。"

"什么？"黎初遥不懂。

他没再解释，转身说："初遥姐，我走了，瓜子你留着自己吃吧。"

说完，他不再等黎初遥说话，一溜烟地跑进昏黄的马路上，小小的身影，却跑得特别快，一下就没影了。

而黎初遥，在小区门口站了好一会儿，看着他的背影，一直想着他的那句话到底是什么意思。

后来，日子就这么平平淡淡地过着，一晃黎初遥马上就要初中毕业，而黎初晨也要小学毕业了，一直对他们实行放养政策的爸妈也关心起他们的学习来。黎妈找了一个休息日分别去了他们的学校，向老师了解了他们的情况。黎初遥从小成绩就是拔尖的，老师自然没话说。只是可怜了弟弟，老师说他成绩差、爱讲小话，还喜欢打架闹事。一番话把黎妈气得头发都竖起来了，直接扯着弟弟的耳朵将他拖回家，狠狠地收拾了一顿。并且决定亲自抓弟弟的学习，以后黎初晨放学直接去医院的值班室学习，她亲自教导，等门门考到九十分才放他自由。

黎初晨哭天抢地地闹了一番，可惜没效果，这事就这么定了。也因为这样，黎初遥小妈妈的责任便暂时交了出去。

不用去弟弟学校接弟弟放学，也不用煮三个人的饭菜，黎初遥一开始觉得挺好的，乐得轻松，可是没过半个月就有点不习惯了。

她有点想弟弟了，因为弟弟每天跟着妈妈回到家都已经晚上十一点了，她早就睡了，姐弟俩连面都很少碰上。

一天放学，天空下起细雨，慢慢地凝结成雪子噼里啪啦地打在行人身上。黎初遥看着天色，担心弟弟没有带伞，便骑着自行车往医院去了。顺路还买了他最爱吃的烧饼，揣在大大的羽绒服口袋里。

由于是风雪天，又是晚上，来看诊的病人不是很多，黎初遥一会儿就在急诊室后面的一个小办公室里找到了黎初晨。

他正埋着头认真看书，黎初遥悄悄地推门走了进去，将口袋里的烧饼拿出来，放在他的课本上。他抬起头，看见黎初遥，满眼的惊喜：“姐！姐！你怎么来了？”

“来看看你带伞了没。”黎初遥笑着说。

“我又不是李洛书那个笨蛋，怎么可能会出门不带伞呢。”弟弟拿起烧饼，开心地吃起来。

“哦，李洛书没带伞吗？”黎初遥笑了笑，忽然想起这个孩子她也好久未见了。

“是啊。李洛书最近就像没了魂一样，经常忘东忘西。”黎初晨亲热地拉着自己的姐姐，滔滔不绝地说着话，黎初遥含笑听着，不时陪着他哈哈大笑。没一会儿黎妈进来了，见黎初遥来了也没生气，领着他们去医院食堂吃了晚饭，才让黎初遥回家。黎初遥走的时候，黎妈还嘱咐她路上小心点。

骑上车，黎初遥发现雪已经停了。从医院到家不过一刻钟的时间，她将车子在楼下停好，一边走一边脱下厚厚的围巾，步伐轻快地爬上五楼。她家是老式的单元楼，楼道里的灯泡被没有公德心的住户私自取掉了。到了家门口，黎初遥拿出钥匙摸索着钥匙孔，忽然感觉到右边楼道上好像有人。她家明明在五楼，楼上已经没有住户，旁边的阶梯上怎么可能有人呢?

黎初遥瞪着黑漆漆的楼道，紧张地问：“谁在那边？”

过了好一会儿，无人回答。

就在黎初遥松了一口气的时候，忽然一道熟悉的声音响起：“初遥姐……”

毫无预兆的声音吓得黎初遥手中的钥匙叮当一声掉在地上。等黎初遥辨认出声音的主人后，才松了一口气，拍了拍胸口，望着楼上的阶梯问：“是李洛书吧？”

“嗯。”阶梯上传来微弱的应答声。黑暗中黎初遥听见他扶着墙壁站起来，一步一步地走下阶梯。他的轮廓渐渐清晰，一个多月未见，他好像长高了很多，十二岁的孩子，已经快和黎初遥一般高了。

李洛书没说话，弯下腰来，将落在地上的钥匙捡起来，递给黎初遥。黎初遥伸手接过，指尖碰到他的手指，感觉到一阵冰凉。

黎初遥轻声问：“这么冷的天你怎么在这里啊？来找初晨吗？他没和你说他最近都在医院学习吗？”

黎初遥一边问一边打开房门，伸手将家里靠门边的开关打开，温暖柔和的灯光一瞬间照亮了黑暗的楼道。黎初遥转头望着李洛书，他正低着头，身上还背着书包，好像还没回家。

“李洛书？”黎初遥轻声叫着这个沉默寡言的孩子。

“嗯。”他轻声回应黎初遥，抬起头来说，“我有些事找他，忘记他不在家了。”

“哦。那你明天到学校再和他说吧，他要到十一点多才能回来呢。”

“嗯。”李洛书点点头，没动，过了一会儿，抿着嘴抬起头来看了黎初遥一眼，然后说，“那……那我走了。”

他额前的刘海湿漉漉的，身上的衣服颜色也异常的深，像是被雨水淋湿了。他的双手紧紧地握着，像是攥紧手心最后一点温度一样。他转过身，一步一步地往下走着，步伐好像因为身上的雨水变得更重。他走得那么慢，那么沉重。

黎初遥也不知怎么的，忍不住开口道：“李洛书，你要不要进来暖和暖和再走？”

李洛书听到黎初遥的话，停了一下，也没说话，只是忽然转过身来，以和刚才截然不同的速度咚咚咚地跑上楼梯，从黎初遥身边擦过，钻进她温暖的家。

他从她身边过去的时候，她好像看见了他弯弯的嘴角，带着一丝曾经让黎家姐弟惊艳的笑容。

回到屋里，黎初遥将书包和围巾放下来，从房间翻出热水袋，装了满满一袋热水递给他焐着，又翻出黎初晨的厚棉袄披在他身上：“你衣服都湿了，先换初晨的穿吧，别冻感冒了。”也许是有弟弟的缘故，黎初遥总是不自觉地照顾人。

李洛书坐在沙发上，默默地接受着黎初遥递给他的所有东西。他被冻得苍白的脸，因为暖意，也渐渐有了血色：“谢谢。”

他虽然话很少，但是礼仪还是周到的。

“不用。”黎初遥笑了笑，打开书包翻出课本，开始写老师布置的家庭作业。他则抱着热水袋，安静地坐在沙发上，什么也不做，什么也不说。黎初遥怕他觉得尴尬，一直不停地试图找话题和他聊天，可是效果不佳。少了黎初晨这个润滑剂，他们的相处变得更加干涩。

黎初遥翻着英语课本找到今天要抄写的单词，一边抄一边问：“最近这段日子，放学后你都是直接回家吗？”

“没。”

“那你去哪儿了？”

“没去哪儿。”

“没去哪儿是哪儿？”

“学校。”

“一个人在学校玩啊？”

“嗯。”

“一个人有什么好玩的？”

李洛书不说话了，黎初遥也不知道说什么，在找到下一个话题前，她努力地埋头抄单词。抄了一整页的英语单词后，黎初遥听见他小声地叫：“初遥姐。”

“什么？”每次他这样叫自己，黎初遥都会觉得，他好像在向自己求助一般。但是他的样子还和平时一样，那么安静漠然，不像黎初晨，求她的时候总是扯着她的衣袖，抱着她的手臂，漂亮的眼睛闪亮闪亮地看着她，软软地叫着：“姐姐，姐姐，求求你了。”

那一副死皮赖脸的样子，每次用出来，每次奏效。

李洛书叫了黎初遥一声，又不吭声了，咬着嘴唇，将手里的热水袋揉来捏去，好像在挣扎，在犹豫，在琢磨着接下来的话要怎么说。

“怎么了？”黎初遥放下手中的笔，认真地看着他。他抬起头来，也不知什么时候，他的发型变了，刘海依然很长，却已经不会将眼睛全部遮住，只是斜斜地盖住眼角那一点。五官也变得立体清晰起来，挺直的鼻梁，薄薄的嘴唇，刀刻一般的脸庞，混合着还未长熟的英气和少年特有的俊秀，好看得让人移不开目光。

这是李洛书吗？只是换了个发型而已，怎么感觉变化这么大？

“初遥姐……”李洛书看了黎初遥一眼后，别开眼神继续说，“我能不能以后继续到你家里来？”

“啊？”黎初遥疑惑地望着他。

“我……我不会要你去接的，我……我自己来，自己走来就行了。”李洛书急着说，“也……也不用在你家里吃饭，你也不用特地早点回来……我……我可以在门口等……”李洛书说着说着，声音越来越小，最后的声音黎初遥几乎听不见，只能从他的嘴型判定，“这样……可以吗？”

黎初遥眨眨眼睛，有些不解地回答道：“可是初晨又不在家……”你来干吗？后半句黎初遥在他失望的眼神下，默默地咽了回去。

李洛书抿抿嘴巴，有些干涩地说道：“也是。”他说完又低下头，一动不动地盯着手里的热水袋。

黎初遥有些懊恼地抓抓头发，后悔刚才那样没用大脑就直接回答。其实想想，他这么想来自己家，肯定是因为没地方去啊。不然自己家有什么好的，值得他念念不忘地想来。

“其实……也没什么不可以的。”黎初遥笑着补救道，“你想来就来嘛，我很欢迎你的啊。”

李洛书抬起头，盯着黎初遥的眼睛，好像在问黎初遥是不是真的。

黎初遥点点头：“当然是真的啦。”

于是，他望着黎初遥，终于又笑了。

当时，黎初遥想，也许他其实是个很容易满足又很爱笑的孩子呢。

“啊，对了，你吃饭了没有？”黎初遥忽然想到，他也许还没吃饭呢。

果然，李洛书摇摇头，特别期待地望着黎初遥。

黎初遥放下书本，郁闷地想，自己果然是天生的劳碌命，刚走了个弟弟，老天又丢了个弟弟给自己伺候："我去厨房看看有没有吃的。"

黎初遥进厨房找出妈妈留给自己的晚饭，打开炉子，放了个大锅在上面，将菜和饭一起倒了进去，加了点水，用筷子拌了拌，盖上锅盖等着。

做这种咸稀饭，又简单，又省时，味道也还不错。等了一会儿，她掀开锅盖，热气腾腾的稀饭在锅里冒着泡。

黎初遥用两块布包着锅把，端到客厅叫道："弄好了，快过来吃。"

客厅里无人应答。黎初遥放下锅，抬头看去，只见李洛书窝在沙发上，紧抱着热水袋睡着了。

"李洛书。"黎初遥走过去，摇了摇他，"你不能在这里睡啊，会感冒的。"

李洛书的眼睛依然紧闭着，可看上去并不安详，原来苍白的脸色不知何时变得红晕起来："李洛书？"黎初遥怀疑地伸出手去摸他的额头，手心刚碰到就觉得异常滚烫。

"怎么这么烫？是不是发烧了？"黎初遥又使劲地摇了他几下。他悠悠转醒，双眼迷蒙地看着黎初遥，清澈的双眼也变得通红一片。

"初遥姐……"他望着黎初遥，迷迷糊糊地叫她的名字。

黎初遥拉起他道："不能在这里睡，去床上躺着。"

他的身子很软，根本站不起来，黎初遥蹲下身，将他背在背上。他的体重意外的轻，她一点也不费力就将他弄进了黎初晨的房间，让他躺在床上。她将他身上的外套脱掉，伸手解他的裤子的时候，昏迷中的他居然醒来，紧紧提着裤子不让黎初遥脱。

黎初遥有些无奈地说道："你裤子都湿掉了，不能上床，快脱掉。"

他像是听见了，又像是没听见，紧紧地提着裤子动也不动。黎初遥上前强硬地拉开他的手，一边手脚麻利地将他湿漉漉的外裤脱掉，一边说："这有什么呀，黎初晨天天叫我帮他脱裤子。"

李洛书像个小毛毛虫一般，蜷曲着，向床里面滚了滚，白皙的脸颊更加红了。黎初遥拉过被子将他整个人裹住，把四周压得不透风后，又找来体温计给他量了量体温。

“三十八点五度。”黎初遥皱着眉，担忧地望着他说，“看来，要找你家里人来了。”

找你家里人……找你家里人……想到这几个字，黎初遥的心头就一阵暗爽，终于又能见到韩子墨那个傻子了。

黎初遥对天发誓，自己说这话的时候，一点私心都没有。只是打电话的时候，偷偷地期待了一下，希望接电话的人会是韩子墨。

结果，接电话的人果然是他。

太久没听见他的声音，忽然在电话里听到，她感觉有些不像。他喂了好几下，黎初遥才问：“啊，你是韩子墨吗？”

“我是。你是哪位？”

“我是黎初遥，还记得吗？就是李洛书同学的姐姐。”黎初遥连忙说着，就怕他说忘记了。

“啊，记得记得，当然记得啦。”韩子墨的声音很欢快，让人听着就觉得开心。

“呵呵，是呢。”黎初遥在电话这头笑了。也不知为什么，他连说了几个记得，让她心里有些开心。

“有什么事吗？”韩子墨问。

“那个，李洛书发烧了，在我家躺着呢，你能来接他吗？”

“啊，这小子真是的，昨天就病着，让他今天别去上学了，他还跑去。”

“是吗？昨天就病了呀。他还淋了雨，怪不得烧得这么厉害呢。”

“好啦，麻烦你照顾一下，我马上就到。你家在哪儿啊？”

“啊，我家在琳阳路 341 号，2 幢 501 室。”

“好的，我现在就过去。”

黎初遥挂了电话，就去卫生间弄了一盆凉水，将毛巾放进去，浸湿了再捞上来拧干，然后敷在李洛书的额头上。

李洛书被冰得轻哼一声，很不安地伸手想把毛巾抓下来。黎初遥连忙将他的手拉住，按了下来："乖，没事的。忍一下就不冰了。"

他好像听见了黎初遥的声音，又沉沉睡去，只是手却反过来紧紧地抓住黎初遥的手，没有放开。黎初遥等他睡熟了，才将手抽了出来。抽出手来的时候，她感觉到了他手心那道伤口突起。黎初遥好奇地将他的手摊开，他手心的伤口，已经痊愈，只留下了一条扭曲的"肉虫"从虎口穿过手心直到手腕。长长的一条，摸上去软软的，看着也并不可怕。只是，黎初遥清楚地记得，那个伤口有多大，缝了多少针，流了多少血。

"这孩子，傻傻的。"黎初遥忍不住感叹道，语气里带着一丝自己未察觉的怜惜。

韩子墨是在半小时之后到的。他穿着大红色的长款羽绒服，就像冰雪天里的一抹火光，照得人心头暖洋洋的。他跳着脚进门，一边拍着头上的雪花，一边吐着舌头说："哇噢，好冷。"

黎初遥抿着嘴唇笑了，其实她平日里也不是这般爱笑，只是见到他就忍不住想笑。

"有这么冷吗？我怎么没觉得？"

"你出去走一圈试试。"韩子墨抖了两下问，"李洛书呢？"

"在里面睡着呢。"黎初遥指指房间。

"严重不严重啊？"韩子墨一边往里走一边问黎初遥。

"还好吧，我给他吃了退烧药。"

韩子墨走过去，一手掀起李洛书头上的湿毛巾，一手探了探他额头的温度，凝神了一会儿："嗯，感觉不那么烫了。等我爸开车过来再送他去医院。"

"你爸什么时候来？"

"等一会儿吧，他还没下班。"

"哦。"黎初遥点点头。

两人站在床边，一时无话。黎初遥指指客厅道："我们先出去吧，别吵着他了。"

韩子墨点点头，两人一前一后走了出去。黎初遥请韩子墨坐在沙发上，韩子墨没坐一会儿就开始不停地跺脚。黎初遥家里没开空调，待惯了空调房的韩子墨自然是不习惯。

黎初遥见他冷得发抖，便起身给他装了个热水袋。韩子墨接过热水袋，拉开羽绒服塞了进去，热水袋的温度一下暖到他的心里。他舒服地深吸一口气，被冻得皱在一起的五官也舒展开来，神采奕奕地笑着。黎初遥抿着嘴唇，有些不自在地别开眼去，不再直视他。耳边，听见他用懒懒的声音，享受一般说："好暖和，谢谢你啊。"

"不用。"黎初遥没有多说。明明天气这么冷，可是她感觉脸上有些燥热。

韩子墨抱着热水袋四处看了看说："你家怎么就你一个人啊？"

"我爸妈经常要上夜班，弟弟在妈妈单位。"

"那你爸妈是不是都不管你的啊？"

"算是吧。我和他们之间有时差。"

"你真幸福！"韩子墨激动起来，一脸羡慕地望着黎初遥说，"我真羡慕你！"

"有什么好羡慕的？"

"哎哟，你不知道啊，我爸妈天天盯着我，烦死了。"韩子墨皱着眉说，"我都初三了，我妈还天天送我上学，丢死人了！"

"噗！不是吧！"

"就是的啊！"韩子墨说，"还有我爸，也老是跑去学校接我放学。"

"那你让他们别去啊。"

"我当然让他们别去了，为这事我还发了好大一次火，结果后来你猜怎么的？"

"怎么的？"

"我妈扮成保姆开车送我上学，我爸装司机接我放学。"

"哈哈哈哈！"黎初遥大笑，"要不要这么夸张啊。我上小学一年级时就不要我爸妈送了！"

"唉，没办法，我爸四十多岁才有的我。他们本来就重视我。小时候我还被人打折过手脚，那之后，他们就更重视我了，重视得我都受不了了。”韩子墨说到这里的时候，黎初遥脸上的笑容僵硬了一下。她特别不自然地揉了揉鼻子，自己给他造成过不小的麻烦呢。

“你爸妈也是爱子心切嘛。”黎初遥安慰道。

“我倒是希望他们少爱我一点。”韩子墨还没说完，口袋里的手机就响了，只见他掏出一个手掌般大小的黑色手机，在那个年代，真是少见。

韩子墨接电话的神态很不耐烦：“是啊，我已经到他同学家了。”

“没有冻到啦……不冷啦，你真啰唆啊。”

“哎哟，我不是叫你来接我的啊，我是叫你来送李洛书去医院啦。”

“什么？小病不用去医院？你又不是医生，你不看就知道不用去医院？”

“现在是不太烧了，但是万一晚上反复呢？”

“行行行，随便你吧。”韩子墨和电话另一头的父亲争执了半天，最后似乎被劝服了，他抬头无奈地望着黎初遥说，“我爸说不用送李洛书去医院了，外面冷，跑来跑去会加重病情的。如果明天早上还烧，再送去。我爸说，李洛书晚上就放你家里了，可以吗？”

黎初遥倒是没有拒绝，只是在心里为李洛书抱屈。那孩子病了两次，上次手上缝针在医院待了两天，可他家人一次也没来过。这次，他大舅都到楼下了，却连看也不上来看一眼。

“那李洛书就麻烦你了哦。我先走了，有什么事再给我打电话。”

到了玄关处，他扶着墙穿上鞋子，微笑地和黎初遥道别。打开门走出去后，他忽然回过身来说：“对了，我把我手机号给你吧，下次你有事可以直接打我电话。”

“啊，好啊。”黎初遥握着拳头，使劲控制住脸部的表情，不让自己笑得太开心。

韩子墨很快报出了他的手机号，然后提醒道：“你拿纸记一下，别忘记了。”

“不用，我记得住。”黎初遥天生记忆力就好，特别是对数字，记得牢又算得快。小时候还凭着这本事，被选送到省里参加过一个叫“小神童”的电视节目。

韩子墨刚出门，黎初遥便连忙走到窗边，探出头往下看。雪子不时地打进黎初遥的衣领，在黎初遥的颈间化开，冰凉冰凉的。但这凉意压不住她心中的欢喜。

楼下，还是那辆黑色的轿车，里面走下来一个微胖的中年男人，撑着伞，小心地踩在湿滑的路上，稳步向前走着。当他看见从单元楼里出来的韩子墨时，连忙小跑上前，将大半伞面打在他的头顶，自己的半个身子都暴露在雨雪中。韩子墨也挺孝顺，使劲地将伞往父亲那边推，看父亲坚持给他打着，就快速从伞下跑出来，冲到车边，打开门钻了进去。

那微胖的中年男人也跟着进了车里，没一会儿车子发动了，缓缓地消失在黎初遥的视线里。

黎初遥收回脖子，关上窗户，将后脖颈上的雨水擦干净，心里想，韩子墨的爸爸对他可真好。说到爸爸，黎初遥忽然想起，自己已经快三天没见着他的面了。黎初遥连忙走到电话机旁，给爸爸打了个电话过去。黎爸接了电话，黎初遥关心地问他冷不冷、吃了没、饿不饿，结果黎爸不耐烦地回答她一通，叫黎初遥做完作业就早点睡觉。那语气、那音调，简直和韩子墨敷衍他爸爸时一模一样。

黎初遥有些恼怒地挂上电话：“哼，臭老爸！关心你你还嫌我烦。”

回到弟弟房间，望着床上睡得并不安稳的孩子，她试了试他额头的温度，感到还是有些烫。她收回手，轻轻地叹了口气。韩子墨的父亲对他可真好，可是对李洛书未免太过于无情。不过，他又不是他亲生儿子，倒也可以理解。

那么，李洛书的父母呢？

为何从未听他提起过？也从来没见过？即使这些年，他在她家里待得再晚，他父母也从来没找过他……

这孩子，明明和黎初晨一样小，一样漂亮可爱，却没有一个人，像自己疼爱弟弟这般疼爱他呢。

第三章

CHUCHEN
SHIWOGUYIWANGJINI

/ 初晨 /

你笑一笑我便忘记所有不愉快

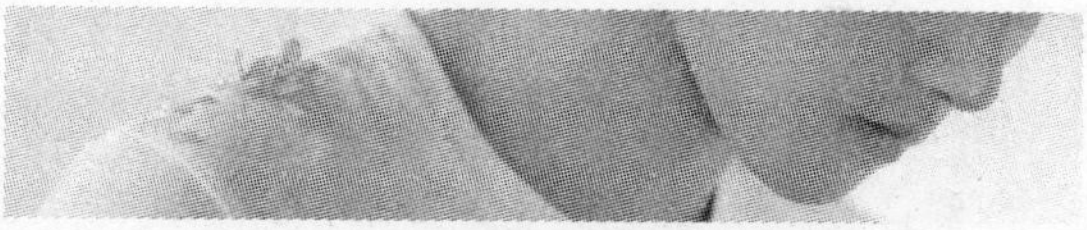

第二天，正是周末。黎初遥睡得正香的时候，弟弟已经被妈妈扯着耳朵起来，带着一块儿上班去了。睡梦中黎初遥听见弟弟极其不情愿的哭声和讨饶声：“妈，今天是周末，你就让我在家待着嘛，我会好好学习的！外面冷死了！我不去医院，不去医院！”

“黎初晨，我告诉你，你别找打啊！快走！”妈妈严厉的态度毫不松动。

“姐——姐——”弟弟的求救声传进黎初遥的耳朵，黎初遥翻了个身，捂着被子继续睡。黎初遥知道，自己起来也没用，妈妈在家里的地位和权威是不容挑战的！

也不知过了多久，外面安静了下来，迷迷糊糊的黎初遥又睡了好一会儿。等她再次睁开眼睛时，天已大亮。黎初遥抓起床边的闹钟一看，十点三十六。黎初遥抓抓长长了很多的短发，坐起身来，只见李洛书侧身站在窗边，身后是一片白茫茫的雪景。他迎着光亮微微地低着头，细碎的刘海垂在额间，漂亮的双眸半垂着，长长的睫毛在光影中扇动。他手中握着一团白雪，嘴角带着一抹温和的微笑。这样的李洛书，纯净漂亮得和窗外的白雪一样。

他像是知道黎初遥醒了，转过身来，望着黎初遥，轻声叫：“初遥姐。”

“嗯。”黎初遥一阵恍惚，傻傻地打招呼，“早啊。”

他走过来，伸手，将手中捧着的一团白雪递向黎初遥。黎初遥仔细一看，原来是一个手掌般大小的雪人。雪人虽小，却做得很精致，黑色的玻璃球眼睛，长长的蓝色鼻子是用笔套插上去的，微笑的嘴巴是一条红色的布条，它还戴着用纸叠成的红色帽子和围巾。

“哇！好可爱！”黎初遥忍不住赞美道，伸手接过，一阵冷冽透心的感觉让她的睡意彻底全无，“好冷。”黎初遥皱着眉头道。

“那给我吧。”李洛书连忙伸手来接，黎初遥躲过：“不用不用，给我再玩玩。你怎么在我房间里啊？”黎初遥看着小雪人奇怪地问。

“呃……嗯。”李洛书的回答等于没有回答。

不过黎初遥也已经习惯了他这般寡言少语。黎初遥自行猜测他在这里的原因一定是饿了，想来叫自己起床做饭给他吃，又不好意思叫自己，所以在房间等着。

“你是不是饿了？”黎初遥问。

李洛书看了黎初遥一眼，想了想，然后点点头。

“你身子怎么样了？还发烧吗？”黎初遥对他招招手，他弯下腰来，黎初遥伸手探向他的额头，刚触碰到，他就微微向后退了退。黎初遥疑惑地望着他，他抿抿嘴唇，又主动贴了上来。黎初遥用手试了试温度，感觉并不是很烫：“等下再用体温计量一下。你先出去，我换好衣服就起来给你做饭。”

“好。”

早上，哦不，应该说中午吃完饭，李洛书坐在沙发上和黎初遥看电视，没有一点想回家的意向。下午两点的时候，林雨到黎初遥家里串门，看见李洛书倒也习以为常。她来黎初遥家的次数并不比李洛书少，和李洛书也算是熟人了，只是两人并未说过多少话。

林雨曾说自己没有黎初遥这般耐心好，能照顾这种阴阳怪气、有自虐倾向的小孩，比起李洛书她更喜欢黎初遥的弟弟黎初晨。

林雨说，如果黎初晨像春天的晨光一般温暖的话，那么李洛书就如冬天的落日般毫无温度。

下午两点半的时候，韩子墨打电话来说，他一会儿来接李洛书回去。黎初遥点头说好，心里为又能见到他而开心，就连脸上都忍不住露出一丝笑意。

林雨看见黎初遥的笑容，非常八卦地扑过来问黎初遥：“怎么了？发生什么好事了？笑得这么淫荡！”

黎初遥捂着脸瞪她：“什么叫淫荡！哪里有了！”

“咦，本来就有，别不承认了！快说快说。”

黎初遥被她弄得没办法，只能如实说出韩子墨要过来的事情。

林雨马上一副恍然大悟加果然如此的表情道："哈！我就知道！少女怀春总是那个那个什么……"

"少女怀春总是诗。"

"哎，不管啦。反正啊，你也算是守得明月见明开！总算没白对李洛书那小子好！"

"是守得云开见月明。拜托，你有点文化好吗？"

"哎呀！你别总是纠正我的成语！不就是你经过很久的努力，终于靠李洛书再次见到了韩子墨！"

"喂！"黎初遥皱眉，"你别说得这么……"

黎初遥的话还未说完，余光忽然瞄见弟弟房间虚掩着的房门微微地颤动了一下。门缝里暗暗的，什么也看不清，但不知道为什么，黎初遥就是感觉到了，他在门后。

他就在门后……

黎初遥开始慌了，脸上燥热燥热的，那种感觉就像是偷东西被现场抓住了一般，特别尴尬，想解释却又无从说起。黎初遥向门边走了一步，房门却从虚掩状态变得缓缓关上。

黎初遥的心跟着缓缓往下沉，一点一点，难受得紧。

那之后，李洛书再也没出房间，直到韩子墨来接他。他低着头，没看黎初遥一眼，就那样走了。黎初遥想，这个自尊心极强的男孩，再也不会来自己家了，再也不会用那种清冷却异常温柔的声调叫自己初遥姐，再也不会可怜巴巴地望着黎初遥问：你能不能……能不能让我到你家里来？

就算那时的黎初遥还很小，却也懵懂地知道，自己失去了一件很重要的东西。

那之后过了很久，李洛书再也没有来过黎初遥家，一直到黎初遥上了高中都没再见过他一次。黎初遥的高中还是在她的初中——一中上的。他们那届，学校为了建塑胶跑道，放宽了政策，特地在初中和高中开了两个特长班，专门招收成绩不达标却有体育、音乐、美术等其他特长的学生。与其说是特长班，实际上是为了让分数不够却有钱的学生买进来。记得那年，差一分要交一千块，黎初遥看着自己那超出分数线两百多分的成绩想，要是这些分能卖就好了，或者，分给黎初晨也好啊。

黎初晨差了分数线二十八分，没能考进一中。黎爸在家抽了两天的烟，和黎妈商量了很久，最终决定给弟弟一个好的教育环境。开学那天，黎爸骑着老式自行车，去银行把存折里的钱都取出来，厚厚的一包，然后带着姐弟俩一起去一中报名。

黎初遥记得爸爸交钱的时候，黎初晨的眼睛通红通红的，他拉着她的衣摆，躲在她身后，特别小声地说："姐姐，对不起。"

黎初遥愣了下，心中一片柔软："傻瓜，你和我说什么对不起呢。"

"我以后一定会好好学习的。"弟弟的声音里带着深深的自责和后悔，还有着沉沉的决心，"我再也、再也不会让爸妈为我花这么多钱了。"

黎初遥没有像往常一样转过身去安慰他。黎初遥觉得上了初中的黎初晨，已经是个大男孩了。大男孩的眼泪，不可以轻易被女生看见的，对不对？

黎初遥微笑地望着前方，轻声说："嗯，姐姐相信你。"

只要你有这个决心，爸妈花这笔钱，就不冤枉。她在心里说。

正式上课前，黎爸黎妈特地给黎初遥买了两套新衣服和一辆时尚的自行车。黎初遥的那辆二四自行车，终于淘汰给了黎初晨。

阔别了三年，黎初晨终于又盼到了和姐姐一起上学的日子。可每次黎初遥骑着闪亮的新自行车，弟弟骑着嘎吱嘎吱响的破自行车时，黎初遥都觉得有些不好意思。黎初晨却无所谓，他早已习惯姐姐用新的，他捡旧的。

"姐，我在初一（8）班呢。你原来在几班？"黎初晨心情很好，一路和黎初遥问这问那的。

"我以前在（1）班。"黎初遥笑着回答。

"啊，李洛书现在也在（1）班。（1）班都是成绩最好的学生吧？"弟弟问。

“嗯，好像是，成绩前三十名吧。”听到李洛书的名字，黎初遥心中有一种又是熟悉又是陌生的感觉。

“李洛书最近怎么样啊？”黎初遥忍不住问。

“还是老样子啊，不爱说话。也不知道为什么，暑假的时候我叫他来我们家玩，他就是不来。”

“哦。”黎初遥默默地垂下眼帘，微微叹气。

弟弟还在耳边说着些什么，黎初遥没再细听，忽然听见他大喊一声：“李洛书——”

黎初遥心中一惊，连忙抬头望去，只见前方有个骑着深蓝色山地车的少年在蒙蒙的晨雾中回过头来，那漂亮的眉眼一如从前。只是他比原来更加瘦削。他望向他们，眼神漠然。

黎初晨兴冲冲地骑过去：“上个星期的聚会你怎么没来？”

“不想去。”李洛书回答。

“都最后一次聚会了你也不来，太不够意思了。”

“哦。”李洛书无所谓地哦了一声，对于黎初晨这个太不够意思的评价，一点也不介意。

“姐！你快点啊。”黎初晨发现姐姐没赶上来，而是在后面龟速地骑着。

“哦。”黎初遥也哦了一声，用力踩了两下，和他们并排骑着。

黎初遥以为李洛书会连看也不看自己，却没想到，他扭过头，用那双清亮的眼睛，盯着自己望了许久。

黎初遥都被看得不好意思了，心虚地扭过头去，尴尬地笑笑道：“李洛书，好久不见啊。”

他淡淡地答应道：“嗯。”

黎初晨依然在一边笑嘻嘻地说：“我姐刚才还念叨你怎么好久都没来我们家玩了呢。”

“我可没这么说！是你说的！”黎初遥连忙否认，担心地望向李洛书，却发现他依然面无表情，紧抿嘴唇，一言不发。

黎初遥无奈地抓抓额头，心想他一定讨厌死自己了。

好不容易到了学校，黎初遥迅速地与他们挥手告别，灰溜溜地跑去高中部。进了教室，刚想松一口气，却被一个闪光体紧紧地吸引住。别说松口气了，她连眼睛都忘了眨。

教室的最里面，靠窗的地方，坐着一个穿着红色T恤的男生。黎初遥发现，他非常喜欢穿红色的衣服。他单手托着腮，有些懒懒地望着四周。阳光在他栗色的发丝上跳跃，漂亮的眉眼早就引得周围的女同学一直在偷看他。可他毫无知觉，不顾形象地打了个哈欠，眯着的眼眸里挤出了泪水。他抬手揉了揉，只一个动作就让周围的女生怦然心动起来。

他睁开眼睛，看见了站在门口的女孩，那百无聊赖的脸上瞬间绽开了灿烂的笑容，就像是盛夏的阳光，炙热得让人全身都发烫，有眩晕的感觉。

“黎初遥，黎初遥，这里这里。”他站起来，大声喊她的名字。

黎初遥抿了抿嘴唇，按住自己的胸口，呼出一口气后，才走了过去。

“你也在这个学校啊！真好，终于见到一个熟人了。”韩子墨开心地说。

黎初遥用力地握着拳，才能不让自己的笑容显得特别明显：“我一直在一中的啊。倒是你，怎么转到这里来了？”

“我爸说要给我找个学习氛围浓的地方读书，就把我弄来了呗。”他摊手道，“唉，其实我一点也不想来，这边一个认识的人都没有。”

“我不是人啊。”黎初遥笑着说。

“哈哈，除你之外嘛！”韩子墨从书包里掏出纸巾，站起来擦着他前面的一张课桌道，“你坐我前面吧。好吗？”

黎初遥连忙走过去抢过纸巾道：“我自己来，我自己来。”

韩子墨却推开黎初遥，固执地说：“没事，都快擦好了。”

“哦。”黎初遥微微红了脸，站在一边望着他帮自己把桌子板凳都擦了一遍。这种感觉很奇怪，让她觉得，自己忽然娇贵了，忽然像个女孩了。她甚至有些后悔，今天没有穿妈妈给自己买的新裙子。

黎初遥刚坐下，就听见教室外面有人叫她。她抬头望去，就见黎初晨急匆匆地跑进来说："姐，我们家的详细地址是什么？老师叫我们填表格呢。"

"笨蛋！连自己家的地址都不知道吗？"黎初遥敲了一下他的脑袋，凶巴巴地教训道。

黎初晨捂着头，委屈地撇着嘴："我知道啊，就是记不得详细的嘛。"

"得了，笨就承认吧。"黎初遥一边说，一边从抽屉里拿出本子，在上面写着地址。

韩子墨坐在后面，随意地打量着黎初遥的弟弟。这男孩长得真好看，特别是皮肤，白里透红，像桃花瓣一样，真想伸手掐一下……

掐……一下？

啊！啊！

韩子墨脑子里像是打雷一样，轰隆隆地响。小时候那个可爱到让人想掐一下的小男孩和眼前的这个小男孩几乎长得一模一样！

他那个凶神恶煞打折他手脚的哥哥呢？

韩子墨唰的一下站起来，低着头沉着脸问："喂，小子，你哥哥呢？"

"哥哥？"黎初晨歪了歪头，奇怪地说，"我没有哥哥啊，我只有一个姐姐。"

说完，他看向了黎初遥。

韩子墨也随着他的视线看向了黎初遥。低着头写字的黎初遥用力地写下最后一个字，僵硬地抬起头来，将字条递给黎初晨说："哪，拿去。"

"知道啦，姐姐再见。"黎初晨抓过字条，又像旋风一样跑了出去。

黎初遥淡定地收好笔，抬头，悄悄瞟了一眼韩子墨。只见他似乎还处在震惊的回忆里，嘀咕着说："原来你是女的？原来你是女的！"

原来他一直以为，小时候把他狠狠收拾了一顿的家伙是个男孩，所以一直没认出黎初遥来。

"呵呵呵——"黎初遥尴尬地笑笑，"小时候不懂事，你不会介意吧？"

韩子墨黑着脸，咬着牙，瞪着她说：“你说我介不介意！你害我坐了一个月的轮椅！”

韩子墨最后一句话几乎是吼出来的，全班同学都被他吓得一震。

黎初遥捂着耳朵，干笑着说：“冷静、冷静，你怎么还和小时候一样，一激动就用吼的？”

“我能不吼吗？我能不吼吗？我怎么冷静？你害我坐了一个月的轮椅，我刚才还给你擦桌子！我……我擦！我还给你擦桌子！”韩子墨气得直跳脚，“你这家伙，还和小时候一样坏！”

呵呵呵，是吗？你还和小时候一样笨。黎初遥在心里暗笑道。

不过，这个笨家伙，终于认出她来了。

“这么说，他终于认出你来了？”林雨永远那么八卦，抓住课间时间盘问。

黎初遥点点头：“是啊，他气得脸都绿了，吼得整个教学楼都快倒掉了。”

“哇，那有没有掀桌？有没有打你啊？”林雨激动了。

黎初遥瞅了她一眼问：“你这么希望他打我吗？”

“不是不是，我关心你嘛。”

黎初遥摊手道：“他什么都没做，就是气得要死，每天都用眼神杀死我无数遍。”

黎初遥随手拿起一本书，挡住自己的脸，隔断身后那像刀锋一般锐利刺眼的视线。

“哎哟，哎哟，原来是深情的凝望。”林雨大笑着接道，顺便对着韩子墨吹了记口哨，得到了韩子墨的一记眼刀。

“你就幸灾乐祸吧。”黎初遥顺手用书敲了她一下，说道，“走，上体育课去。”

林雨抬头，望着窗外明晃晃的太阳说：“这么大太阳，真不想出去上体育课。”

黎初遥毫不客气地揭穿道：“嘿，你何止不想上体育课，我看你什么课都不想上吧。”

林雨眯着眼睛笑道：“还是你了解我。”

“得了，快走吧。”黎初遥拉着她往操场走去。

学校的塑胶跑道还没建好，操场上依旧是黄沙漫天。经过一个夏天的太阳曝晒后，只要有人在上面跑动，就见灰尘四起，黄沙滚滚。四百米的操场没有一处遮挡物，唯一阴凉的地方就是靠近绿化带的一条跑道。跑道旁边种着一排高大的梧桐树，碧绿的枝叶将炙热的阳光全部挡了下来。

黎初遥和林雨到操场的时候，发现除了他们班之外，还有几个班在上体育课。大家都挤在绿荫下，或坐，或站，或顽皮打闹。

黎初遥被林雨拉着往他们班占领的地盘走去，还未走到那儿就听见一声清脆的叫声从后面传来：“姐姐。”

她转身望去，只见黎初晨站在一片树荫底下对她招手，欢快地叫：“姐，你今天也上体育课啊！”

黎初遥见到弟弟，原本一张极其不乐意上课的面孔上浮出了笑容：“是啊。”

黎初遥走过去，还未走近就发现李洛书坐在弟弟背后的台阶上，半垂着眼睛，对她们的到来毫无反应。

她有些不自在地摸了摸鼻子，轻声道：“咦，李洛书，你也在啊。”

李洛书抬起头，安静地看着她，那双清冷的双眸里，连一丝暖意都没有。她暗暗心惊，她已经忘记了他以前是怎样望向她的了，是否也是这般冰冷与沉默？

黎初晨并未发现两人之间的变化，欢快地问：“姐，你还有一节体育课什么时候上？”学校里每个班级一星期都有两节体育课，黎初晨自然希望每次体育课都能和姐姐一块儿上。

“好像是周五下午。”黎初遥想了想，轻声回答。

“真的吗？我们也是周五下午。”弟弟笑得可灿烂了。

“哦耶，我也是周五下午。”走在后面的林雨学着黎初晨的语气，取笑道，“你小子也该长大了吧，天天黏着你姐也不害臊。”

“哼，我才没有呢。”黎初晨望着她可爱地吐了吐舌头，又拉着黎初遥的衣角撒娇道，“姐，一会儿给我买雪糕吃吧，好热。”

黎初遥依然笑得温和：“好啊，上完课给你买。”

林雨啧了一声道：“真是好姐姐。”

“谢谢夸奖。”黎初遥坦然接受。

谈笑间，一直安静地坐在台阶上面的李洛书，无声地站起来，招呼也没打一声，便离开了。

看着他的背影，黎初遥忍不住叹了一口气，心中有些不忍，特别想叫住他，可是叫住他又能说些什么呢？

“姐，你是不是惹李洛书生气了？”黎初晨终于后知后觉地反应过来。

黎初遥瞪了一眼林雨，要不是这家伙口无遮拦，怎么会变成这样？

林雨见她瞪自己，赔着笑，毫不愧疚地摊手道：“我的错，我的错。”

“唉——”黎初遥叹了口气，自首道，“还是我的错，是我惹他不高兴的。”

黎初晨想了想，说道：“那你去和李洛书道个歉不就好了。李洛书最喜欢姐姐了，肯定会原谅你的。”

“是吗？”黎初遥扯了扯嘴角，不相信地笑笑。

“是啊。”黎初晨很肯定地点头。

黎初遥抓抓头发，很认真地考虑这个提议。她并不是脸皮薄的人，去道歉对她来说毫无压力，只是李洛书那种拒人于千里之外的态度，实在让她有些不好意思靠近。

“下次遇见再说吧。”黎初遥回答得有些敷衍。

黎初晨不满地皱眉道：“姐，不能等下次，等会儿你就去和他道歉好了。”

“急什么。”

“不是急，我只是不想看到他不开心的样子。”黎初晨望着远方李洛书的班级，小声地对黎初遥说，“其实，李洛书很可怜的。”

“可怜？”黎初遥疑惑地问。

“你还记得当年他在我们家把手心划烂的事吗？”黎初晨问。

“嗯。”当然记得，那艳丽的颜色和心惊的场面谁也无法忘记。当年她问过他为什么，他说，只是为了和大家一样。

那句话让她费解了很久。

“我也是偷偷听到小学老师聊天才知道的……”黎初晨开始缓缓诉说李洛书的故事。

原来，李洛书生下来，双手的掌纹就很特殊。他的掌心只有智慧线和生命线，没有感情线。这种手相，在中国叫“断掌”。拥有这种掌纹的人，通常被称为天煞孤星，克父克母，一生孤苦，孤独终老。

这种封建迷信的思想在现代社会自然是没人相信的，可巧合的是，李洛书的母亲是难产去世，而之后的几年，一向身体健康的父亲，因为爱妻的离世，伤心过度，精神不济之下失足摔死。

李洛书四岁的时候，被交给奶奶抚养。本来就很迷信的奶奶，请了大师给他算命。大师说，那掌相是大凶，他的父母都是被他克死的，如果奶奶想长寿的话，就不能收养他。即使收养也不能把他当家人、当孙子养。

李洛书的奶奶自然深信不疑，对他极其苛刻，苛刻到近乎虐待的地步。后来邻居发现，报了警，法院剥夺了奶奶的抚养权，李洛书被送到他的大舅家，也就是韩子墨家里。

黎初晨说完这些后，林雨皱着眉头，八卦地问：“那韩子墨的家人对他好吗？”

黎初晨摇摇头道：“肯定是对他不好呗，不然他为什么总是喜欢往我们家躲，我们家又没什么好的。”

“也是。”林雨摊开自己的手心看看，不可思议地说，“不过就是手心少了条线而已，有这么夸张吗？”

黎初遥也垂下头，望着自己的掌心，干干净净的三条纹路，一通到底。

她的掌纹又代表什么？代表她一生平安通顺吗？

将一个家庭的不幸归咎于一个刚刚出生的孩子，真是太过分了！

李洛书一直承受着这样莫名其妙的怨恨和罪孽吗？

黎初遥垂下眼，忽然想起他最后一次到她家里去时的情景。他那样小心翼翼地望着她问："初遥姐，我能不能以后继续到你家里来？"

原来，那时的他那么希望有一个地方，可以收留他。

想到这里，她特别内疚地皱起眉，转眼望向远方，在人群里寻找着李洛书的身影。只一眼就看见了他，他总是站在人最少的地方，安静淡然地望着这个和他无关的世界。

没过一会儿，上课铃就响了。体育老师姗姗来迟，一米八的大个子，黝黑的皮肤，一看就很像体育老师的男青年站在太阳底下，双手叉腰，对着全班同学说："男生三千米，女生一千五百米，跑完自由活动。"

"啊！这么多啊！"队伍里发出惨叫声。

"老师，男女平等啊。"

"老师，会中暑的。"

"谁在叫？"体育老师望着队伍说，"叫得最大声的加一圈。"

吵吵嚷嚷的队伍瞬间安静下来。体育老师一声令下，大家像被赶出笼的鸭子一般，唰唰地跑出去。一开始，同学们还保持着整齐的队形，不一会儿，就渐渐拉开了距离，跑得快的已经跑到第二圈去了。像黎初遥这样毫无运动神经的，跑个四百米就开始大喘气了。林雨第二圈跑下来，遇到黎初遥的时候，依然精神抖擞地叫道："黎初遥，加油啊！"

黎初遥白了她一眼，一句话都讲不出来。最后一圈，她基本是走过来的，到终点后，她累得几乎瘫倒。体育老师不让他们坐，吆喝着刚跑完的学生们走一走再休息。

黎初遥沿着跑道，双手叉腰，喘着粗气，半死不活地走着。一片树荫下，她看见了一个熟悉的人影坐在那儿，背着光，好像在等她。

她挪着沉重的步子走过去，用力地深吸一口气，特别困难地在他旁边坐下。

他没说话。

她也没说话。

安静的树荫下，只能听见她厚重的呼吸声和不远处操场中心那些不怕晒的男孩踢球的呼喝声。

汗水不停地从黎初遥的额头上往下流，她抬手擦了一把脸上的汗，狠狠地吐了一口气，终于把那种快断气的感觉赶走。捂着跳动得巨快的心口，她站起身来，转头望向依然坐在身旁的男孩道：“走，买雪糕给你吃。”

他抬头，静静地望着她，没答话。

黎初遥又问：“去不去？”

他垂下头，好像在犹豫。她耐心等着，没一会儿他抬起头来，望着她轻声道：“去。”

黎初遥笑了，有些得逞的笑容。她也不知道为什么，就是笃定他会跟她走。

炙热的骄阳下，两人一前一后地走在树荫下。她背着手，不紧不慢地走着，偶尔回头望望跟在身后的少年。他总是安静地跟在她身后，明知道她在看他，他却依然低着头不看她，就这样，一直跟着她的脚步，走着，走着。阳光依然那样炙热，而有些人的心情，终于平静了下来，那般宁静安详。

这世界上，总有那么一个人，他不停地触碰你的底线，你却没办法记恨他。

只要他对你笑一笑，你便忘了所有的不愉快。

第四章

CHUCHEN
SHIWOGUYIWANGJINI

/ 初晨 /

你没他那么体贴

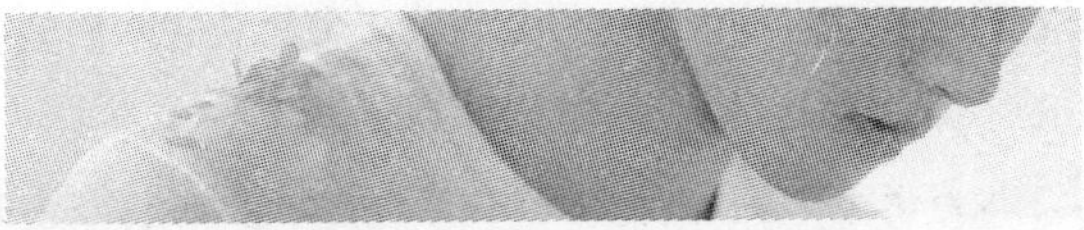

日子过得很快，一晃，高一已经过半。经过半个学期的相处，班上的同学无意间形成了自己的小圈子。这种氛围特别奇怪，可就是打不破，谁都很难到另外一个圈子里去。在这些圈子中，自费生成了大家看不顺眼的存在，他们大部分挥霍、高调、奢侈，上课从来不听课，总是带着最时尚的电子产品，缩着脑袋，在课桌下玩得不亦乐乎。

而韩子墨，也不知道什么时候成了这些自费生的老大。他为人热情又非常讲义气，而且视钱财如粪土，一到下课就请他的兄弟们在学校的小卖部随便点吃的，不到一个月就得外号：散财童子。

每次韩子墨挥金如土的时候，黎初遥都忍不住嘀咕："我要是他爸妈，宁愿生个叉烧包也不愿意生他，真是个败家子。"

"就这点小钱也叫败家？"林雨轻哼一声，"你知道他多少分考进来的吗？"

"多少？"

"一百七十多分。"

"哇，我用猜的也不至于考这么点分啊，什么智商。"黎初遥从小被心算训练有素的大脑一下就得出了他爸爸要给他交十几万才能买进一中的事实，连她都感到有些肉疼了。

课堂上，戴着高度近视眼镜的班主任老太太，双手叉腰，站在讲台上，喋喋不休地说："下星期就要期中考试啦，你们要抓紧复习，不要以为是高一就不努力学习。高一是基础，是关键的一年，想等到高二高三再来学就晚啦。考个好大学比什么都有用……"

每次老师们这么说的时候，班上很多学生都会疑惑地望着班里的自费生。考上好的大学，真的会比他们有个好爹更有用吗？

黎初遥不知道有没有用，但是她知道，她好好学习，至少能为父母省下不少钱。

期中考试前两天，正好是周末，黎初遥带着弟弟和李洛书在家复习功课。上次一起去买雪糕后，李洛书又开始像往常一样放学便到黎家做作业。他依旧不爱说话，但黎初遥觉得他肯来自己家就很好了。复习功课时，李洛书根本不需要她管，拿到书就能安静地看上一天。弟弟就比较让她头疼了，不但要看着他学，还得教他学。

为了偷懒，黎初遥就让李洛书和弟弟做一样的试卷，让做对的教做错的，都错的话，她再一起教。实行这个办法后，她基本闲着了，教弟弟这活就变成李洛书的了。

黎初遥越看越觉得李洛书顺眼多了，对他也越发好起来。而李洛书总是宠辱不惊的样子，没多大反应，但会在不经意间做出贴心的举动。

很快，周末过完了，周一就是期中考试的日子。教室里的课桌拉得很开，从讲台跟前，一直到教室最后面。桌子全部反过去，抽屉空空地对着讲台，平日里挤得满满当当的教室陡然变得宽敞起来。

考试的座位是按学号排的，巧的是，黎初遥的后面就坐着韩子墨。

她刚跨进考场，就看见他正坐在座位上笑着对她招手。清晨的阳光透过窗户斜斜地照进来，他难得地穿了一身淡蓝色的衣服，干净清新、帅气逼人，远远地都能感觉到他身上暖暖的气息。

不过他干的事就让人有点看不懂了。他埋着头，用透明胶把裁成一块块的纸片贴在桌角下、铅笔盒里、矿泉水瓶底下等一些犄角旮旯的地方，甚至还在光滑的课桌上用铅笔抄着书上的内容，一副奋笔疾书的样子。黎初遥忍不住探过头去问："你在抄什么呀？"

"笨蛋，当然是抄答案了。"韩子墨头也不抬地回答。

黎初遥笑了："笨蛋，你怎么知道这题要考呢？万一不考，你岂不是白抄了？"

"对哦！"韩子墨像是如梦初醒一般，"万一不考这题怎么办？"

"而且抄得这么明显，老师会发现的。"黎初遥继续说。

"对哦。"韩子墨停下动作，呆呆地看着一桌子密密麻麻的铅笔字。

"连作弊都不会。"黎初遥忍不住摇头道，"笨得没药救了。"

"你！"韩子墨生气地抬起头来，一看是黎初遥，便更加恼火，嚷嚷道，“要你管。”

“谁管你啊，你自便好了。”黎初遥不理他，转身将自己的考试用具摆在桌子上。

身后传来橡皮摩擦桌面的声音，黎初遥偷偷回过头去，见韩子墨正在擦桌子，俊俏的脸上满是焦虑。

“平时不好好学习，现在才来在乎分数，你这人，真好笑啊。”

“谁在乎分数了？”韩子墨瞪着她说，“是我爸说，这次我再考不好就把我送出国，我才想考高分数啊。”

原来韩爸觉得儿子不学无术都是韩妈太宠的缘故，所以想把他送到国外锻炼一下。但是韩子墨不愿意出去。出国简直是开玩笑嘛，他英语单词还认不出一百个呢。

“出国？”黎初遥猛然回过头来，望着他问，“去哪里？”

“不知道啦。”韩子墨皱着眉头，一下一下地用力擦着桌面上的铅笔字，喃喃地说，“我哪里都不想去啦。”

黎初遥抿了抿嘴唇，有些犹豫地问：“韩子墨，小时候我打伤了你，你……你怎么都没找我报仇啊？”

韩子墨抬头瞪了她一眼道：“我怎么报仇啊？你是女生啊，我怎么可能打女生。”

“那……那你可以捉弄我，或者用别的办法啊。”

“那不是一样吗？还不是欺负女生。”韩子墨气哼哼地嘀咕道，“可恶，小时候一直以为你是男生来着……”

黎初遥忍不住笑了出来，她忽然觉得韩子墨这家伙好可爱：“哎，韩子墨，你知道吗？我是年级第一名哦。”

“你在和我炫耀什么啊！有什么了不起。”韩子墨扭过头去。

黎初遥笑了笑，凑过去小声道：“一会儿要不要我帮帮你？”

“什么？”韩子墨惊住。

“我可以给你抄一点哦。”

“真的？”韩子墨睁大眼，不敢相信地问。

“不过，我们之前的恩怨就一笔勾销，你不能再生我的气，也不能老是瞪我。”黎初遥说。

“好！好啊！”韩子墨连忙点头笑道，“都是那么久以前的事了，我本来就不怎么生气了，哈哈哈。”

黎初遥笑着瞟他一眼，这家伙可真是……

光长了一张看着很聪明的脸，其实就是一个笨蛋嘛！

不一会儿，考试开始了。黎初遥做完考卷，趁老师不注意的时候，将考卷悄悄往下拉了拉，身子让开一些，单手托着腮，假装在检查考卷。韩子墨自然抓住机会，大抄特抄起来。

不久，她就听见他在后面叫：“翻一页。”

黎初遥紧张地看了眼老师，确定他们没注意到这边，才装作很自然地翻了一页，等韩子墨全部抄好后，才交卷出考场。

全部科目考试结束后，韩子墨笑得特别灿烂。他回家和韩爸夸下海口，说这次他一定考得好极了。让韩爸等着看成绩吧！

韩爸非常高兴，承诺他如果考得好，就给他增加零花钱。

韩妈不屑地说：“还说我宠儿子，自己呢？儿子一个月的零花钱都快比一般人一年的工资还多了。”

就在韩子墨胸有成竹的时候，意外却发生了。

公布成绩的时候，高一（1）班那原本慈祥的班主任老太太，气得银发都竖起来了。她颤巍巍地拍着桌子厉声道：“我就不相信了，我们班的成绩是见鬼了还是怎么，居然有八个同学对得一样！错得一样！分数都一样！我教了三十多年的书，没见过这么蠢、这么贪婪的学生！

“丢人！真丢人！作弊连改都懒得改！真是一群废物！我点到名字的，都给我站到讲台上来！”班主任气呼呼地拿出一张成绩表，开始点名字，“张琳、唐君、吴超然、韩子墨、何影杰……”

当她点到韩子墨的时候，韩子墨的脑袋嗡地一响，他慌乱地低下头，心中怦怦直跳。原来，他考试的时候，坐在旁边的同学见他抄了黎初遥的考卷，就和他要答案。他自然不好意思拒绝，就给那个同学看了。没想到一个传一个，居然传了这么多人。

被叫到名字的人一个个垂着脑袋走上讲台。韩子墨路过黎初遥座位的时候，见到她脸色惨白，聪明的她似乎已经猜到了什么。

班主任气得挥舞着教鞭逼问道："说！你们的成绩为什么考得一样？每个人数学选择填空题全对！物理、化学选择题都错两个，还都错一样的！语文错一道填空题，也是错得一样！其他科目选择填空都全对！哈，你们有本事嘛！选择填空能做对，后面的题目怎么一题也做不出来？"

台上的八个同学全部把头垂得低低的，一句话都不敢说，大气也不敢出。

"不说是吧？哼！倒是很讲义气啊。"班主任猛地转头，瞪着黎初遥的方向，大喊，"黎初遥！"

笔直地坐在最后一组的黎初遥猛然睁大眼，一向淡定自信的脸上带着一丝慌张和害怕。

班主任瞪着她，冷声说："你也给我站到前面来！"

黎初遥的心往下一沉，缓慢地站起身来，一步一步地朝讲台走着。她无数次地走上过这个讲台，不是领奖，就是上台演讲或者解题。只有这一次，今生唯一的一次，像一个犯人一样，在老师拷问的目光下，在同学们不敢相信和轻视的眼神下，走上讲台，垂着头，站在离那八个人稍微远一些的地方。就算只有一点点距离，她也想和他们撇清关系。

"黎初遥同学，恭喜你，又考了年级第一，为我们班争光了。"班主任的声音冷冰冰的，一点也听不出恭喜的意思，"不过，我们班有八个同学作弊，已经被取消成绩，现在总分是十个班级中的倒数第一！"

黎初遥将头垂得低低的，眼睛紧紧地盯着地面。

"黎初遥同学，能不能请你解释一下，为什么这些人所有题目都和你错得一样？"老师向前一步，面色已接近暴怒。这个教学认真负责的老教师，她的班级从来就是年级里最优秀的。这次，这个班却在她的教师生涯里染上污点！她绝对无法容忍，她绝对无法原谅这样的学生！这几个作弊的孩子，她全部要狠狠惩罚！

“我……我不知道。”黎初遥低着头，不敢承认这事与她有关，她没想到事情会变成这样。

“不知道？”班主任冷笑一声，“难道你的答案会长腿跑到他们的考卷上吗？我真没想到你是这样的学生！太让我失望了！”

黎初遥咬着嘴唇，鼻子微微发酸，眼泪在眼眶里打着转，她使劲地忍着才没让眼泪掉下来。

“叫你父母到学校来！”班主任瞪着她说，“你不要上课了！现在就去叫你父母来！”

黎初遥站着不动，只是低着头。

班主任扯了一下黎初遥，将她往教室外面推：“你站着不动干什么？快去！你什么时候叫来，什么时候回教室！没见过你这种学生！成绩好就了不起是吧？到处给别人看！”

“老师，不关黎初遥的事，是我偷看她的考卷的。”就在老师怒气冲天的时候，韩子墨站出来，直视班主任说，“是我偷看她的考卷，然后将答案传给大家看的。”

“偷看？”老师不信地转头望着韩子墨。

“是的。考试的时候，我坐她后面。她翻考卷的时候，我就能看到。”韩子墨认真地解释道。

“偷看能每道题都看见吗？”

韩子墨连忙说明：“能的。老师，考试时间那么长，我时时刻刻盯着她的考卷，总能找到缝隙抄全的。抄她的考卷，肯定比自己考的成绩好多了。”

班主任怀疑地来回看着他们：“黎初遥，韩子墨偷看你的考卷，你知道吗？”

黎初遥低着头，一句话也不说，只是睁着眼睛用力地盯着地面。

“老师，她坐我前面，肯定看不到我在看她的考卷。”韩子墨极力帮她辩解，将所有的错都往自己身上揽，“真的！是我一个人偷看她的考卷，和她没关系，你不能冤枉好人。”

“我冤枉好人？我怎么知道你是不是在包庇她，是不是在讲义气！”班主任仍然不相信韩子墨的说辞，“考试的时候要把自己的考卷盖好！这是一年级小孩都知道的常识！不管你们是故意给别人抄，还是无意给别人抄，两份考卷只要答案一样，就是零分！就是作弊！”

“黎初遥！这次你的成绩算零分！你也当当年级倒数第一！”班主任将手上的教鞭用力地敲在桌上，“下次谁再敢把考卷给别人抄，全部算零分！绝不姑息！我们一中一百多年校史，从来就没有作弊事件！你们这届一进来就干这种事！真是耻辱！耻辱！”

黎初遥死死地低着头，视线早已被泪水浸湿而模糊不清。她无措地站在讲台上，被老师用最大的肺活量教训着。

“你们作弊的全都回家去，什么时候叫你们父母来，什么时候再进教室。”班主任懒得再说什么，一挥手便让他们几个全都收拾书包离开。

“老师，真不关黎初遥的事！”韩子墨还在为黎初遥求情，“真的是我偷看她的，她没犯错，你不能惩罚她！”

“我不能惩罚她？我不惩罚她一下她记不住！下次考试说不定又一不小心把答案给你们这些人看了！”班主任白了黎初遥一眼，厌恶之情溢于言表。

黎初遥低着头，一句话也不说。身边已经有同学从讲台上走下去，回到自己的位置上拿书包。她咬着嘴唇，犹豫了一下，也走回座位上，缓慢地将桌上的书本收进书包，然后背起书包在大家的注视下离开教室。她能感觉到林雨正焦急又担心地望着她，可她不敢回看她。

她出了教室，沿着走廊往下走，在楼梯口遇上了等着她的韩子墨。他站在楼梯口，内疚地望着她。她低着头，不言不语地从他身边走过。韩子墨连忙拦住她的去路，连声道歉：“对不起，对不起，是我连累你了！你别怕，你放心好了，我会帮你解决的！”

黎初遥甩开他的手，笔直往前走着，完全不理他，甚至捂上耳朵不愿意听他的声音。

“黎初遥！”韩子墨猛地拉下她捂住耳朵的手，紧紧地望着她说，“你别这样啦，我错了好不好？”

“你错了？”黎初遥冷哼一声，像是爆发了一样猛地回头怒道，“你怎么错了？是错在太愚蠢还是错在太贪心啊？你有没有智商啊？我给你抄，你就不会改几道题吗？你怎么这么贪心啊？你怎么可以全抄呢？你怎么不把我的名字也抄到那个空格里？反正名字班级什么的，也是填空啊！”

“对不起，对不起，我当时真的没想那么多。我以前的学校老师都不管的，我们一个班的考卷都一样也没事啊。我真的没想到一中的老师这么严！我要知道是这样，我肯定不会抄你的。”韩子墨连忙解释道。

“一中从来没有人作弊的！从来没有！你知不知道，我会被同学们鄙视死！你害死我了！”黎初遥用手背擦着脸上的眼泪，忍不住哭出声来。

“对不起，对不起，你要我怎么样都可以，你别哭了好不好？”韩子墨抬手，用力抓着她的手打自己的脸，“你打我，你打我吧。”

黎初遥猛地将手抽回来，冷冷地望着他说：“我才不稀罕打你，你滚开！你以后都不要出现在我面前！”

说完，黎初遥不再看他的反应，转身跑下楼去，冲进车棚拿了自行车，一边骑一边哭出声来。从小到大，她从来没有这般丢人过。

黎初遥回到家里才下午两点，她将书包放下，然后就发愁地在沙发上坐了一下午。老师说让她叫家长，她怎么敢叫呢。一想到她老妈那凶悍的样子她就全身发抖。可是不叫的话，老师又不让她去上课，这不是要她的命吗？

黎初遥左右为难地抓着头发，就是想不到好办法，于是起身回到房间，担惊受怕地睡下。直到晚上听到房外弟弟说话的声音，她才从床上坐起来，用力地拍拍脸颊，将脸上的愁容拍掉，起身走了出去。

“咦？姐，你怎么回来得这么早？”黎初晨见她从房间里出来，有些奇怪地问。

“哦，今天下午肚子很疼，就请假回来了。”黎初遥移开视线，随口撒谎。

“啊？肚子疼？怎么搞的？现在还疼吗？”黎初晨关心地走过来问，李洛书也默默地望着她，眼里带着关切。

黎初遥连忙摇摇手，解释道：“没事啦。可能是吃错东西了。”

“哦，你又背着我买好吃的了！”黎初晨假装生气道。

黎初遥瞪他一眼：“我什么时候背着你买过好吃的了？”

“上次就是的，背着我买雪糕给李洛书吃，都没给我买。”弟弟嘟着嘴，一脸不乐意。

黎初遥斜他一眼：“你就这点出息。”

黎初晨吐吐舌头，忽然眼睛一亮，跑去翻书包，拿出成绩单，一脸开心地跑到黎初遥面前：“姐，看，我成绩进步了呢！”

“是吗？我看看。”黎初遥打开他的成绩排名表，黎初晨连忙指着他所在的名次说：“看，我在第二百二十一名！”

“噢！真不错！考进中等成绩了。”黎初遥点头夸奖道。弟弟刚入学的时候，成绩是排在三百多名，现在确实进步了不少。

黎初晨仰着脸，一副“快表扬我吧”的样子。黎初遥笑笑，伸手拍拍他的脑袋，如他所愿地说：“不错，不错，下次继续努力。”

黎初晨嘿嘿地笑起来，拽着姐姐的手问：“那你奖励什么给我？”

“进步一点就想要奖励啊？”黎初遥敲了敲他的头，继续翻看着成绩单问道，“李洛书，你在哪儿呢？”

李洛书将名次表翻回第一页，指着他所在的位置说：“这儿。”

“哟，不错嘛！第二名，真厉害！”黎初遥又一次连连夸奖。

“还好吧。”李洛书依旧是一副平静的口气，没有一点骄傲和炫耀。

“看看人家李洛书，你也好意思和我要奖赏。”黎初遥将名次表卷成长筒状，敲了敲弟弟的脑袋说，“考进前一百名再来说吧。”

“嗯……我不要了还不行。”黎初晨一脸挫败地说，忽然想起什么，问她，“姐，你考得怎么样？”

黎初遥的脸瞬间黑了下来，撇撇嘴道：“不怎么样。”

黎初晨追问道："不怎么样是多少分呀？"

"零分。"

"不可能。"黎初晨完全不相信，"你别开玩笑了，到底多少分啊？"

黎初遥闭口不言。他不相信，她就敢相信了吗？

"唉！"黎初遥忍不住叹气。

"黎初晨，姐姐不想说就算了，别问了。"李洛书走过来，将他拉开，趁黎初遥不注意的时候悄声道，"姐姐肯定考得不好，你看她眼睛都哭肿了。"

"啊，是啊。"反应迟钝的黎初晨到现在才发现，姐姐红肿的眼睛明显是哭过了嘛。

"她不想说就别问她了。"李洛书的声音依然那么清冷，却透着丝丝暖意。

黎初晨被李洛书点醒，自然不敢再追问成绩，跑到姐姐面前，轻声细语地问她晚上想吃什么。

黎初遥却有气无力地说道："什么都不想吃。我肚子还是有点不舒服，我要进去睡一会儿，你们要吃什么自己解决吧。"

说完，她便回到房间，关上灯，睁着眼睛望着天花板。她愁得发慌，实在不知道晚上要怎么和妈妈说，让妈妈去学校一趟。还有学校里的同学们会怎么看待这件事呢？老师一定恨死她了吧？

黎初遥的脑子乱糟糟的。也不知道胡乱想了多久，房间的门被轻轻推开，黎初晨走进来，小声问："姐，你睡了吗？"

黎初遥没出声，装作睡着了的样子。黎初晨在她床边无声地站了一会儿，忽然整个人压了下来，把她压得猛吸了一口气。他任性地爬起来又压下去："叫你不理我，叫你装睡。"

"好了好了，我醒了！"黎初遥求饶道，"要被你压死了。"

"谁叫你不理我！"弟弟横压在她身上，像小时候一样抱怨。

"黎初晨，我拜托你，你知不知道你现在多重啊。"黎初遥无奈地起身推他。他动也不动地压着，撒娇地道："重吗？重也是你弟弟，哼。"

“好啦，好啦。快起来！”黎初遥抬手打了他后背好几下，他才不情不愿地爬起来，坐在床边，认真地看着她道：“姐，你以前不是说成绩不代表一切吗？考得不好没关系，心里知道自己考得不好，会认真努力就好了。

“我以前经常考不好，都没像你这样。”弟弟一副“我对考不好很有经验”的样子说，“你要是怕妈妈知道骂你，我们就把期中考卷都藏起来，不让妈妈知道我们考试了，不就完了。”

黎初遥笑道:“你这次进步这么多,不想拿成绩单去妈妈那边领赏？”

“不去。我才不要为了领赏让你被妈妈骂呢，万一她把你带到医院去学习怎么办？”黎初晨点着头，神情严肃道，“那不是没人烧饭给我吃了？”

黎初遥刚刚累积起来的一点点感动，瞬间就被他这句话打败了。她揪着他的耳朵，恶狠狠地道：“滚滚滚，懒得和你说话。我要睡觉啦！”

“唔……”黎初晨捂着耳朵灰溜溜地走了。黎初遥还没躺下，门又被推开，她极其不耐烦地转过头去：“你又来干什么？”

“啊……”李洛书端着一碗热腾腾的东西站在门口，被她一凶，吓得愣住，“我看你起来了，就给你端晚饭来。”

黎初遥瞬间又感动了！黎初晨这个笨蛋，亲弟弟还没这么体贴呢！

李洛书走进来，抬手将她房间的灯打开，明亮的灯光下，一碗打了两个荷包蛋的面条被递到她面前。

“哎呀呀，还是李洛书好。”黎初遥感动地端过碗，挑起一筷子，吹了吹，一口吃了下去，味道好得让她惊奇，“真好吃！”

李洛书紧紧地抿着嘴巴，抬手揉了揉鼻子，望着大口大口吃面的她，淡漠的眼神里露着一丝温柔的笑意。

/ 初晨 /
那些回忆为何这么美

第五章

CHUCHEN
SHIWOGUYIWANGJINI

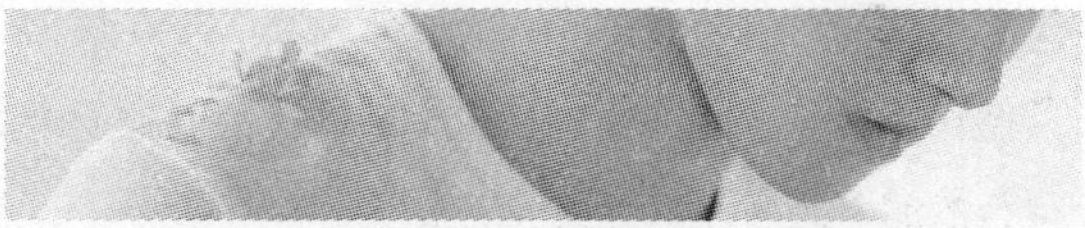

清晨六点，闹钟准时响了。一夜未眠的黎初遥带着乌黑的眼圈从床上爬起来，轻手轻脚地走进弟弟的房间，叫他起来上学。弟弟洗漱完，背上书包在门口等着。平日里动作迅速的黎初遥今天也不知怎么了，磨磨蹭蹭了半天也没弄好。

“姐，你快点，要迟到了。”学校七点二十分开始上早读，从家里骑自行车过去最少要四十五分钟，六点半不准时出门的话，路上碰上两个红灯就会迟到。

黎初遥还在对着镜子刷牙，含着满嘴泡沫说：“你先走吧，我还要一会儿。”

“那我等你好了。”

黎初遥从卫生间探出身子，叼着牙刷说：“我会便秘的。”

黎初晨语塞，打开门扭头走了。

黎初遥仰头喝了一口水，将嘴里的泡沫漱掉，擦了一把脸，转身走到爸妈的卧房前，轻轻地打开一道门缝往里看去，爸妈正睡得酣甜。黎初遥在房门口挣扎着，不知道怎么开口叫醒他们，让他们跟她到学校去一趟。

她犹豫了半小时，还是开不了口，见黎爸翻了个身，好像快醒了，吓得连忙关上房门，背着书包出去了。

黎初遥推着自行车出了小区，不紧不慢地走着。早读课和一二两节课都是班主任的，她自然不敢出现在教室，可又不能在家附近晃荡。犹豫了一会儿，她骑上自行车，往离家不远的一个广场去了。到了那个广场，她在路边停下，坐在绿化带前的台阶上，呆呆地望着前方。

广场上有一群老大妈正伴着音乐跳着扇子舞，花白的头发，灿烂的笑容，比她这个满腹心事的高中生还显得有精神、有朝气。

黎初遥低着头，拿着树枝在地上画着圈，忽然一个红色的塑料袋垂在她眼前。她定神一看，袋子里装着两盒牛奶和几个面包。黎初遥抬头，只见韩子墨正站在台阶上，拎着袋子，一脸笑容，眉眼弯弯，精神十足地招呼道："嘿！好巧！你也在这儿呢。"

黎初遥白了他一眼，一句话不说地扭过头去。韩子墨自来熟地在她身边坐下，打开塑料袋说："还没吃早饭吧？我买了很多哦，分你一半好不好？"

黎初遥还是不理他。

"喂，你别不理我，我可是来帮你的。"韩子墨笑道，"你昨天回家没敢和你爸妈说吧？"

黎初遥恨恨地瞪他一眼。

"我就知道。"韩子墨拿出一盒牛奶，用吸管戳了个洞，咕噜咕噜地喝了两口，"别担心，我都帮你安排好了。"

"安排好了？"黎初遥奇怪地问，"什么意思？"

韩子墨神秘地笑笑："嘿嘿，早上我花了一千块钱，在菜市场找了一个大妈，冒充你老妈。待会儿我们一起去学校，老师要告状就让她告好了，没事。"

黎初遥皱眉道："你说什么？你找人冒充我妈？"

"是啊。"韩子墨点头，"你不觉得这个办法很好吗？"

"好什么呀！"黎初遥差点一巴掌甩在他的俊脸上，"就算这次蒙混过关了，下次怎么办？每学期期末都要开家长会的，到时候老师一看，前后两个妈不一样怎么办？"

"也是。"韩子墨吸着牛奶，沉思着。忽然，他眼睛一亮，一脸笑容地说，"有了！我们可以长期租下她，出席一次家长会就给她一千块钱，等高中毕业不就好了吗？"

黎初遥冷哼道："你不如把七千块钱给我，我回去让我妈打一顿得了。"

"行啊，只要你不生气就行。"韩子墨倒也爽快，拿出钱包就想掏钱，被黎初遥一巴掌打开："你傻啊，我开玩笑呢。"

韩子墨愣了愣，有些不高兴地说道："我哪里傻了？"

“随随便便就要掏七千块钱给人家，不叫傻叫什么？”

韩子墨不屑地说道：“不就是钱吗？我又不差这点。”

黎初遥彻底语塞了。韩子墨说得真轻松，不就是钱吗！真是视钱财如粪土啊！

韩子墨见她不语，凑过去问：“你怎么又不说话了？”

“哎，你走开啦，没看见我在烦恼吗？”黎初遥瞪他一眼，这家伙怎么一点眼力见都没有，这事不解决她连学校也不能去。

韩子墨低下头来想了想说：“要是你不想找人冒充你老妈，那就老实和你老妈说吧。我陪你一起去，我向她承认错误，就说是我偷看你的考卷，你不知道。你把责任都推到我身上，你老妈要打的话就打我好了。”

黎初遥看着他犹豫道：“这样真的好吗？我妈妈可能真会打你的。”

“没事，我皮糙肉厚，不怕疼的。本来就是我害了你，打我也应该。男人嘛，自己惹出来的祸自己承担。”

黎初遥低头，叹了口气道：“其实这事也不能都怪你，我也有错，是我要给你抄的。班主任说得没错，我是应该受些惩罚的。”

“惩罚你什么呀？都惩罚我好了。”韩子墨一把拉起她说，“哎哟，走啦，别想了，快点骑车载我去你家负荆请罪。”

“为什么要我载你，你不能载我吗？”黎初遥有些不爽了，凭什么呀，只要是骑自行车就是她载别人。

韩子墨不好意思地笑笑：“我也想载你啊，可是我不会骑自行车。”

“什么？这么大人了还不会骑自行车？”黎初遥有些鄙视他。

“不会骑自行车怎么了？我会开轿车，下次我开车带你兜风啊。”

“不用了。”黎初遥认命地骑上自行车，带着韩子墨回家。

其实她心里也希望有个漂亮的少年骑着自行车来接她上学，她穿着裙摆飘飘的裙子安静地坐在后面，双手抓着少年的白衬衫，额头轻轻地靠着他挺拔的脊背。

虽然她经常被人叫男人婆，但她心中还是充满了少女情怀的。

忽然，身后的人将头靠在她的背上，还一晃一晃的。黎初遥连忙抖动了一下身体，叫道："喂！你干吗靠着我？"

"嗯……"身后传来韩子墨模糊不清的声音，他居然坐在后面打瞌睡了！

这个笨蛋，这样一点也不梦幻好不好！

期中考试后，黎初遥班上的纪律越来越差，有些男同学坐在后面扎堆聊天，女生也喜欢偷偷摸摸地看小说。班主任没办法，在班上选了一个成绩比较好，又讨她喜欢的女生苏晴当纪律委员。她的主要职责就是把不听课的同学的名字记下来。班主任每个月检查一次，被记下名字的同学就要罚抄课文，记下几次名字就罚抄几遍。

班主任第一次检查课堂纪律本的时候，林雨被记名十二次，高居榜首；黎初遥被记名七次，名列第二。她们两个话痨，果然难逃一劫。虽然班主任是英语老师，但是半本书的课文全部抄七遍，真不是一般的多。

被罚抄的同学都把三支圆珠笔并成一排写，写一遍本子上能显示出三遍。林雨比大家都厉害，她把五支笔用透明胶带固定成一排，然后在上面扎了一根笔杆，握着笔杆就能五支笔一起写。

"你们都无敌了！"黎初遥一脸佩服，也学林雨的方法，可用了一会儿就发现这技术难度太高了，不如三支笔一起写省力。

她俩从昨天就开始抄课文，上课抄下课也抄，眼看今天最后一节自习课就要下课了，可不管她们怎么抄都抄不完，越抄就越对记她们名字的苏晴产生不满。

中午放学，林雨提议要捉弄一下苏晴——将她的自行车搬进男厕所。她说："这样苏晴等下找自行车的时候就要进男厕所啦。据说进男厕所会掉牙齿，看见男生小便会尿床的。哈哈哈——好可怜哦。"

黎初遥跨坐在自行车后座上吃着雪糕，看着林雨哼哧哼哧地将苏晴的自行车往男厕所里搬。其实她一直想问林雨："那你呢？你不是也进去了吗？"

显然，单纯的林雨并没想那么多。没过一会儿就听见啊的一声尖叫，只见她惊慌失措地从男厕所里面跑出来。跑到黎初遥面前的时候，她满脸通红，眼神中带着一种诡异的兴奋。

黎初遥坏笑了一下，靠过去问：“怎么了？看见什么了？”

她红着脸说：“看见两个男生在蹲坑。”

黎初遥笑道：“真可惜，居然是蹲着的。”

林雨红着脸点头道：“是啊。”

黎初遥又问：“是认识的人吗？”

她又点头。

“谁啊？”

林雨还没来得及回答，就见苏晴风风火火地跑来问：“我的自行车呢？”

黎初遥和林雨一起摇头，装不知道。

“被她们藏到男厕所了。”边上另一个女生告状。

“你们两个真无聊。”苏晴瞪了她们一眼。因为已经放学了，她大概以为男厕所里没人，也没多想，就虎头虎脑地冲了进去。没多久也像林雨一样啊地大叫一声，然后哭着从里面跑出来，连自行车都没取。

她跑到黎初遥和林雨面前，蹲在地上号啕大哭。

林雨见她哭得这么夸张，生怕她把老师引来，连忙道歉：“你怎么了？你别哭啊！”

“你们太过分了！我要告诉老师！”苏晴一边哭一边威胁着。

“喂，都多大的人了，还找老师告状呢！”林雨不屑地说。

苏晴抹着眼泪说：“你现在就去把我的自行车拖出来！不然我马上就去找老师。”

林雨皱着眉头说：“好好好，我去帮你拖出来。”

“你真去啊？”黎初遥连忙拉住她。

“无所谓啦，一回生二回熟。”林雨说完一捋袖子，又勇敢地冲进了男厕所。这一次，发出惨叫声的不是她，而是两个男生。没一会儿，只见两个男生提着裤子，慌不择路地从厕所里面跑出来。阳光下，两个男生的样子清清楚楚地落在黎初遥眼里，一个是班长秦云，另一个是满脸通红的韩子墨。

也不知道为什么，黎初遥一看到他那窘样就忍不住哈哈大笑起来。

下午上课前，苏晴还在哭，坐在她旁边的班长秦云和林雨都跑去安慰她。林雨说："你别哭了，我也看见了，我还看见了两次，我都没哭。"

秦云说："我被占便宜的都没哭，你占便宜的哭什么。"

林雨说："对不起啊，苏晴，我不该把你的自行车藏进男厕所。你打我吧，别哭了。"

秦云特郁闷地说："对不起啊，苏晴，我玷污了你的眼睛，你打我吧，别哭了。"

"苏晴，不就是看见了两根小腊肠嘛，有什么呀，真没什么大不了的。"林雨继续安慰着。

旁边的秦云蹦起来说："林雨！你是不是想死啊！你才是小腊肠，你家男人都是小腊肠。"

林雨也蹦起来叫道："秦云，我要你的命！"

"看谁先死！"两人吵着吵着终于打了起来。

坐在一边的韩子墨一脸郁闷地抱着头说："唉，我今天真倒霉。我本来不想去上厕所的，是秦云非拉着我陪他去。刚上一会儿就见林雨冲进来，还没缓过神来呢，苏晴又冲进来，好不容易擦完屁股提裤子准备走人，林雨又冲进来！我说你们这些女生怎么没脸没皮的呢？要是我们男生闯女厕所，你们还不大叫色狼，拿扫把打我们啊！苏晴，你还好意思哭！我还想哭呢！我都被你看光了啊！这年头，上个厕所都不安全！"

黎初遥捂着嘴巴，笑得快要疯掉了，坐在一起的同学也笑得前俯后仰。只有苏晴一个人从上课哭到下课，从下课哭到放学，后来就再也没来上学。没过一周老师便说她转学去了二中，并单独找了黎初遥和林雨谈话，警告她们不要再欺负同学。

黎初遥和林雨一直不能理解，她们只是开了一个玩笑，怎么这样也算校园暴力事件？

后来，当她们慢慢长大，便慢慢了解到，一些她们觉得难过、难以启齿的事，在别人眼里，也只不过像当初她们看着苏晴哭一样，完全不能理解，甚至觉得是个笑话而已。

苏晴虽然走了，但是因她记名字而被罚抄的课文还是要抄的。林雨人缘好，到处找人帮她抄课文。黎初遥人缘则一般，唯一关系好的韩子墨，自从她也叫了他小腊肠的外号之后，便一副以她俩为敌，随时会扑上来咬死她的样子。

“哎，韩子墨，帮我抄一遍吧。”黎初遥难得有求于韩子墨。

韩子墨不淡定地扬起书拍了黎初遥两下：“你还好意思来求我！”

“不抄就不抄，你激动什么呀。”

韩子墨跳起来说：“我怎么能不激动？你和林雨都是浑蛋！浑蛋啊！给我起了这么难听的外号，还有脸来叫我给你抄课文！你知道吗？自从这个外号传出去之后，我就一封情书也没收到过了！”

“为什么？”黎初遥抬起他的下巴，上下瞅了瞅道，“还是和原来一样帅啊。”

韩子墨一脸生气的表情在听到她说的话后，马上转变成强忍笑意。真是经不住夸奖的家伙。

“你就是说我帅我也不会高兴的！哼！现在全班同学都叫我小腊肠！每次有人这么叫我的时候，就会有不知情的同学问，为什么要叫我小腊肠，然后知道的人就滔滔地和他解释一番！解释以后，他们都会用很诡异的眼神看我的……我的那里……”

韩子墨说到最后脸又红了，想了想，又扑倒在课桌上，哭诉道：“要知道我是从幼儿园就开始收情书收到手软的超级帅哥啊，现在我都变成没人要了！女生都不喜欢我了！都是你的错！你要负责！”

“负责？虽然我很想，但是我也不喜欢……”黎初遥暧昧地看了他一眼，坏笑道，“你懂的。”

“黎初遥！你去死！”韩子墨气得大叫起来。

黎初遥连忙站起来往门口跑，一边跑还一边奸笑着。

“黎初遥，不许笑！”身后韩子墨的叫嚣声如影随形。

回到家，弟弟和李洛书已经在客厅里写作业了，黎初遥眼珠转了转，走过去问：“初晨，作业很多呀？”

黎初晨摇摇头：“不多呀，我已经做完了，在预习明天的内容。”

“这样啊！”黎初遥望着他笑得一脸灿烂，黎初晨忍不住往后让了让，害怕地说：“姐，你笑得这么奸诈干吗？”

“弟弟啊，姐姐被老师罚抄课文了，好多好多，都抄不完。你帮我抄点呗。”

“哦，好啊。抄多少遍啊？”

黎初遥连忙拿出英语课本，将书翻到中间：“我要从头抄到这里，抄七遍，你帮我抄两遍好不好？”

“这么多啊。”黎初晨看着那厚厚的书本有些不愿意了。

黎初遥点点头，恳求地望着他。

“好吧。”黎初晨一向听话，姐姐叫他抄，他自然会乖乖地抄。

“初晨最好了。”黎初遥嘉奖一般抱抱弟弟。

这时，坐在一边的李洛书说：“那个，我作业也写完了。”

黎初遥抬头望着他，不解，你作业做没做完干吗和我汇报？

李洛书握紧手指，抿了抿嘴唇，轻声道：“我也可以帮你抄。”

黎初遥眨眨眼睛，有些没听明白，过了半晌才反应过来，一脸热络地笑道：“真的？你愿意帮我抄？”

李洛书点头。黎初遥开心死了，生怕他后悔，连忙拿出一本抄着所有课文的笔记本丢给他：“哪，你对着这个抄就行了，能帮我抄多少遍就帮我抄多少遍吧，谢谢啊。”

“嗯。”李洛书接过笔记本，轻轻地翻开，笔记本里写着龙飞凤舞的英文。他拿出一本空白的笔记本，低下头，认真地抄写着。

只是，他每抄几个单词，总会停下来，认真地辨认一下笔记本上写着的是“as”还是“os”，是“hu”还是“ho”。

有时他想拿起本子问问黎初遥，可看着她手握两支笔疯狂抄写的样子，他又不敢打扰她了，只得照着她的笔画，她怎么写的他就怎么写。

黎初遥抄着抄着有时会抬头望望两个孩子，只见他们望着她抄好的笔记本，很久才能写一句。

她摇摇头，心想，真是抄得太慢了！还不如她多加两支笔呢。

夜，很静，三个孩子就那样认真地趴在餐桌上抄着英语课文，谁也没说话。房间里只剩下笔尖划过纸张的声音，明明是很普通的声音，却有一种让人沉静又安心的魔力。

随后几日，黎初遥就带着她的两个弟弟，一起抄着她的英语课文。在两人的强烈要求下，她将书让给他们对着抄，自己对着笔记本抄，这下她终于知道那俩孩子为什么写得那么慢了。那些字写得，实在是连她自己都认不得。

三天后的一个清晨，黎初遥像往常一样六点二十就从家里出发上学。骑出小区的时候，似乎听见身后有人叫她，她转头望去，只见薄雾中，李洛书骑着他深蓝色的山地车冲了过来，骑到她身边的时候，一个刹车停住。

黎初遥歪着头望他，这孩子的发梢上沾着雾水，一缕一缕的刘海垂在额前。他自小就让人惊艳的双眸，似乎随着时间的增长，变得更加清冷迷人。他抬起头，望着黎初遥，抿了抿嘴唇，像平日一般，轻声叫她：“初遥姐。”

黎初遥眨了眨眼睛，答应了一声：“嗯？”

“给。”李洛书将一本厚厚的笔记本丢进她的车篮里，然后骑着山地车转个弯又飞快地消失在白茫茫的薄雾中。

黎初遥疑惑地望着来去如风的身影，低头拿起笔记本，翻开一看，本子里字迹工整地写着满满的英语课文，每一个英文字母都写很清楚漂亮。不像她的连成一片，连她自己都看不懂。她数了数居然完整地抄了四遍。

“这孩子……”黎初遥合上笔记本，紧紧地抱在胸前，一脸感激地说，“人真好。”

“只是人好吗？”下午的体育课上，林雨不相信地靠在黎初遥的肩膀上说，“你有没有觉得李洛书这孩子对你特别好？”

黎初遥想了想，否认道：“有吗？他本来就很体贴的呀。”

“是吗？为什么我都没见他体贴过我？”林雨皱着眉，感觉非常不公平。

“你和他又不熟，他怎么体贴你？”黎初遥说。

“也是。”林雨点头。

“他也没体贴过我呀。”身后一个声音插了进来，韩子墨坐到她们身边道，“那小子回家从来都闷不吭声的，别说体贴了，好像连体温也没有。”

“小腊肠，你不去踢球跑我们身边来干吗？”林雨抬头调侃道。

“林雨，我警告你，你再叫我小腊肠我就弄死你！”韩子墨伸手，从黎初遥背后绕过去扯林雨的辫子。林雨没注意被扯了个正着，疼得直叫唤，可又因为中间隔了个黎初遥打不到他，只能又气又急地喊：“黎初遥，快帮我揍他！”

黎初遥自然不需要林雨吩咐，伸手在韩子墨的胳肢窝挠了几下，韩子墨立刻收回手，缩成一团。林雨一重获自由，立刻跳起来，将韩子墨按在地上用“九阴白骨爪”狠狠地收拾了一顿。

韩子墨一边躲着她锋利的爪子一边说：“你再打，我可就还手了。

“哎哟，好疼，你抓到我的脸了！

“住手，我请你吃雪糕还不行吗？

“黎初遥，你快救救我，快拉开这个疯婆子！”

黎初遥淡定地坐在一边打了个哈欠，完全不理会韩子墨那凄惨的叫声，眯着双眼看着操场上的同学们正在比赛跑一百一十米栏。弟弟黎初晨正准备上场。前面一组孩子跑完，老师挥了挥手，黎初晨站到了起跑线前。老师的口哨一响，排在跑道上的四个同学箭一般飞驰出去。黎初晨冲在最前面，飞驰的速度让他的头发向后飞起，脸上满是朝阳般的活力。

黎初遥望着奔跑中的弟弟，嘴角不自觉地扬起。

“你弟跑得真快。”林雨已经轻松愉快地收拾完了韩子墨，拍拍双手重新坐回黎初遥身边。

黎初遥转头望向韩子墨，只见他英俊的脸因被林雨按在地上沾上了泥土，头发上还沾着好几片树叶。他一边拍着身上的泥土，一边特别哀怨地回看着她，像是在控诉她见死不救的行为。

黎初遥忍着笑伸出手，指着他的头说：“头上好多叶子。”

韩子墨哼了一声，低下头，像小狗一样使劲甩甩，几片叶子飘了下来，却还有好几根细长的干草留在发间不肯掉落。韩子墨低着头凑到黎初遥面前问：“还有吗？”

黎初遥点头：“还有。”

韩子墨又疯狂地甩甩头，将他帅气的发型甩得凌乱地横在头上，黎初遥忍不住笑出声来。

“就知道笑，快帮我拈出来。”韩子墨猛地将头凑到黎初遥面前，黎初遥心微微一颤，忍不住往后让了让。这样的距离，让她能清晰地闻到他身上的味道，淡淡的，带着一阵清新的香味。

“快点啊。”韩子墨又把头往前凑了凑，黎初遥抬手，指尖轻轻触碰他的发丝。可能是刚才剧烈运动过的原因，发根有些湿湿的，很光滑。他低着头，长长的睫毛像扇子一样在他的眼下留下阴影。他总说黎初晨的皮肤好，却不知道，他自己的皮肤也细致得如同初生的婴儿。

树荫下，她缓缓地拨动着他的头发，也许是那草屑太多太难找，她的动作很轻也很慢。时间像是在他们身上静止了一般，身边是热闹的操场，嘈杂的叫好声、夏日的蝉鸣声，在这一刻都变得微弱起来。她只能听见自己浅浅的呼吸声和剧烈的心跳声。猛然间，他忽然抬起头来，就那样直直地望着她。黎初遥动作一顿，像是什么心思被发现了一般，脸颊迅速红了。韩子墨也没有说话，只是静静地望着她，然后又往前凑了一些。黎初遥的心脏就像打鼓一样，咚咚地跳着。她有些慌张地在他头上随意拨弄了一下，然后说：“好了。”

“没了吗？”韩子墨抬起头，似乎有些失望。

“没有了。”黎初遥点头。

“再找找。”韩子墨又低下头来，缠着黎初遥再给他找找。

“你叫林雨给你找。”黎初遥别过脸去，躲开他的纠缠。

“我才不要她给我找。”韩子墨见黎初遥不愿意，只得缩回去坐好，自己拍打着头顶。

“你求我我都不给你找。”林雨对他吐了吐舌头。

韩子墨瞪着她说：“下次再弄乱我的发型我可就不客气了。”

林雨哼了一声：“你有发型可言吗？”

黎初遥垂下头，偷偷地将刚刚拍过韩子墨的手紧紧握住，心还在不停地怦怦直跳。靠得太近果然让人紧张啊。

“呀，初遥，你弟跑第一了。”林雨忽然兴奋地大叫一声，“好厉害呀！”

黎初遥连忙抬头望去，只见弟弟正高兴地满场飞舞。黎初遥自豪地接道：“那是，也不看看是谁的弟弟。上个星期省体校的老师来选人，都看中我弟了，说要带去重点培养，明年让他参加全国青少年短跑比赛准拿第一。不过我妈舍不得，没让他去。”

林雨惋惜道：“为什么不让他去啊？培养培养，说不定以后能当世界冠军呢。”

黎初遥笑笑：“我妈说等他再大点，好歹要到十四五岁能照顾自己了才行啊。”

韩子墨不赞同地说：“你妈这可就不对了。人家练体育的都是五六岁就开始跟着教练了，你弟现在去都晚了，还等到十四五岁，黄花菜都凉了。”

黎初遥扭头看他，眯着眼睛说：“小腊肠，你敢说我妈不对？”

“你妈本来就不对。还有不许叫我小腊肠！”韩子墨气得快抓狂了，他真是恨透了这个外号!

黎初遥和林雨对看一眼，勾肩搭背，相视奸笑，特别贱地望着韩子墨道：“我们就要叫！小腊肠、小腊肠、小腊肠。”

“你们……太过分了！”韩子墨猛地站起来，转身走了，懒得再搭理那两个坏丫头。黎初遥望着他的背影笑得很开心。其实她也不是故意要这样叫他，只是看见他生气的样子就觉得真的好可爱。他羞愤的表情，白净的双颊上染着的两抹红晕，总是让她忍不住想继续欺负他。

那时候的她不知道，小腊肠这个外号让他耿耿于怀了一辈子。很久之后，但凡他想起这个外号，就开始脱裤子，耍流氓。

后来，她是多么怀恋现在这个会羞愤逃离的男孩啊。

第六章

CHUCHEN
SHIWOGUYIWANGJINI

/ 初晨 /

你永远不知道你有多重要

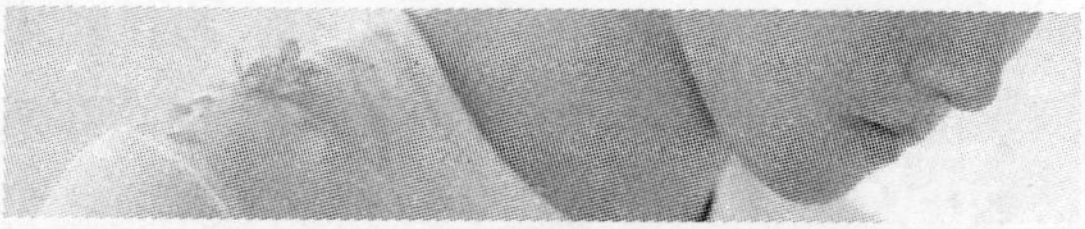

天气渐渐变冷，深秋的讯号频频传来，学校主干道上的两排银杏树和梧桐树开始沙沙地往下落叶子。早晨的雾越来越浓，天色黑得越来越早，同学们的衣着也开始厚了起来，林雨更是早早地穿上了保暖内衣。

黎初遥却从小就不怕冷，大冬天也就只穿一条牛仔裤。黎初晨和她一样，也不怕冷，初冬的季节还穿着小短裤，在操场上练习跑步。这孩子的速度和爆发力简直让学校里的老师欣喜若狂如获至宝，学校还专门派了体育老师每天下午一放学就在操场上训练他。他也不怕吃苦，在高强度的训练下一句怨言也没有。

就这样，他在老师的鞭策下，一圈一圈地绕着学校的操场奔跑着、号叫着，挥洒着他的青春和汗水。而操场边上，总会坐着几个人，帮他看着书包，拿着矿泉水，有说有笑地看着他跑。当他从他们面前跑过的时候，他们就会大声喊："加油，加油哦！"

每当他听到这样的声音的时候，本来疲惫的身体，就又像上了发条一样。他仰着头，奋力地往前奔跑着，直到西边微黑的天色下，闪烁着刚刚升起的星星。

一圈圈，一年年，时光流转，光阴飞逝，跑道旁的梧桐树叶落了又长，长了又落。为他加油的人从冬装脱成了夏装，又再次穿上了冬装。

很快，黎初晨升上了初三，终于满了黎妈说能离家的年龄。若他能在这一年的全国青少年运动会上得到第一名的话，黎妈就同意他去很远的省体校念书。

天色已经漆黑了，黎初晨终于跑完今天训练计划里的最后一圈。他停下来，望向操场边上，一个和他一般大的少年安静地坐在昏黄的路灯下，双眼笔直地望着前方。明明是一双灿若星辰的眼睛，却倒映不出任何东西。

"喂，李洛书，你又在发什么呆呢？"黎初晨走过去，气喘吁吁地问，"我姐呢？"

李洛书回答道："去上晚自习了。"

高三的课程已经到了不让人喘息的时刻了，连黎初遥这样的尖子生都忍不住紧张起来，每天争分夺秒地看书做题。

黎初晨走过去，从自己的书包里拿出一瓶矿泉水，拧开盖子咕噜咕噜地喝掉半瓶，用力吐了一口气道："呼，累死了。"

"明天就要比赛了，你不该跑这么久。"李洛书的声音很低沉，总是显得那么沉静。

"没事，多跑跑我才不紧张。"黎初晨舒了一口气，拍着胸口道，"教练说以我的速度，只要发挥正常，明天拿第一绝对没问题的。"

李洛书点点头，依然和从前一般沉默寡言。

好在黎初晨早已习惯，自顾自地说道："你知道吗？我从小到大都没拿过第一，而我姐姐不管做什么，总是拿第一名。她十岁的时候拿过省里的小神童心算比赛第一，她还参加过全国奥数比赛、珠算比赛，都是第一名。"黎初晨说起自己姐姐的时候，满脸的欢喜和自豪。就连身边听他说话的李洛书似乎也被他传染了，那不染人间烟火的双眸里，闪出了点点亮光，似乎是在想象，黎初遥得奖时的样子。

"哪怕一次也好，我也想得个第一名。"黎初晨笑着说，"我想和姐姐一样优秀。啊，如果我得了第一名，领了金牌，就把它送给我姐，你说这样好不好？"

"好啊。"话少得可怜的李洛书居然回答了。

见他赞同，黎初晨兴高采烈地拍手说："你也觉得这个主意很好对不对？呵呵，我姐一定会高兴的。"

李洛书坐在一旁，微微垂着头，安静地听他说着，那神情，带着十四岁少年刚刚觉醒的成熟和一丝淡淡的温柔。

第二日，便是黎初晨比赛的日子，学校老师非常重视，大清早就派车子把他接去赛场。黎初遥对这次比赛也下了不少工夫，提前一个月就在班上拉人去给弟弟加油。可惜很多同学都说马上要高考了，没时间去。

黎初遥只得跑去找韩子墨。韩子墨跩得和大爷一样，说帮忙也可以，不过以后不许叫他小腊肠。

黎初遥自然连连点头。

韩子墨在班上一向人缘极好，振臂一呼，就应者如云。

比赛当天，韩子墨不但拉来了班上的同学，还拉来了很多外班的同学为黎初晨呐喊助威。

“嘿，你的号召力还蛮强大的嘛。”黎初遥看着几十人的啦啦队以及那强大的阵势，高兴地拍着韩子墨的肩膀说。

“那当然，我可是包中饭的。”韩子墨高高地仰着头，一脸神气。

“韩少爷，你果然财大气粗！”黎初遥竖了竖大拇指，恭维道。

韩子墨一听韩少爷这个称呼彻底开心了，她终于不再叫他那个外号了。他手舞足蹈地站起来，对着黎初遥说：“那是，必须的啊，你看我组织的这个啦啦队不错吧。我还给他们一人发了两个可乐瓶，里面装点石子，等下比赛一开始我们就一起摇，光在声势上我们就能压倒对手。”

黎初遥感激地说：“谢谢你啊，真费心了。”

“光谢谢就行啦？你可欠我一个大人情，得还的啊。”

“行，一定还，大不了考试再让你抄几次。”

“得了吧，你敢给我抄我还不敢抄呢。”

两人说说笑笑间，比赛开始了。黎初晨参加的是一百一十米栏的项目，今天只是市里的选拔赛，要赢得第一才能进入省里比赛，在省里得第一才能进入全国赛场。

比赛分为预赛、半决赛、决赛，都在一天比完。预赛的前三个小组都没有黎初晨的影子，到了第四组的时候，黎初晨穿着白底蓝条的运动服走了出来。他在那组的四个孩子中个子只能算是中等，皮肤白皙得一点也不像是跑得快的孩子。他仰起头，望着观众台挥挥手，黎初遥激动地站了起来：“晨晨加油！加油！加油！”

“喂，别激动啊，还没开始呢。”林雨拉住已经不受控制的她。

可这边拉住了，韩子墨那边却站起来了。他一站起来，哗啦啦几十号人一起站起来，大家双手举着可乐瓶，在他的指挥下，噼噼啪啪地敲起来："黎初晨！加油！啪啪啪！黎初晨！加油！啪啪啪！"

那声音，整齐又统一，清脆又响亮。站在场上的黎初晨完全没想到会出现这么大阵势，惊得怔住了。大家都做好起跑准备了，他还愣愣地站着。

林雨默默捂住脸，轻声道："得，把晨晨给吓到了。"

场上的裁判员叫了黎初晨一声，他才惊醒过来，满脸通红地跑到自己的位置上，半蹲下做好起跑姿势。

啪的一声，发令枪响了！

黎初晨像冲出枪膛的子弹一样，唰地蹿了出去，起跑后就占据了第一位。观众台上的啦啦队已经不受控制了，跟着场上运动员跑步的速度疯狂地敲击着瓶子，嘴里也快速地喊着："黎初晨，加油啊！加油！加油！"

黎初遥早就紧张地站了起来，紧紧地捏着拳头，使劲挥舞着："晨晨加油！冲啊！冲啊！"

比赛场上，黎初晨牢牢占据着第一名的位置，将同组的第二名甩了十几米后，眨眼间，他已经冲过终点线，举高双手在跑道上欢呼。随后的半决赛、决赛，黎初晨都以绝对的优势冲在最前面，轻松地捧回了比赛第一名。

那天，黎初遥激动坏了，黎初晨每赢一场，她就跳起来兴奋地大叫，开心地和身边的人拥抱，又叫又跳地分享她的喜悦："啊啊啊！晨晨赢了！晨晨赢了！"

左边的林雨跟着她一起兴奋地叫着，右边的李洛书安静乖巧地被抱着，不管怎么被摇晃，他也只是紧紧地抿着嘴唇，身子僵硬笔直地坐着。他垂着的脸颊让人看不见表情，只是耳朵已经红得像是熟透了一样。

体育馆里，呼声震天，身边矿泉水瓶的敲打声震得他有些耳鸣。他有些恍惚，只是身边传来的温度，又让他清醒，那样温暖，那样用力地将他拥抱。

黎初晨如愿以偿地得到了人生中的第一个第一名，只可惜市里的比赛没有颁发奖品，只给了一张奖状。他举着奖状高兴地飞奔到黎初遥面前给她看。黎初遥笑得合不拢嘴，比她自己得奖还高兴一百倍。她决定用自己存了好久的零用钱买点好吃的，找朋友们一起为弟弟庆祝一下。

黎初晨拍手叫好："好啊！我和你一起去买。"

"你别去了，早上跑了这么久，累死了，先回去洗洗澡休息一下，等着我们回去给你庆祝吧！"黎初遥一向疼弟弟，见他累得满头大汗，哪里舍得让他再跟着上街。

"那好吧！姐，你可要给我买蛋糕哦！"黎初晨即使已经十四岁了，个头都已经比黎初遥高出一个头了，可在她面前依然像个爱撒娇的小孩子。

黎初遥点头答应："我知道，蓝莓味的。"

黎初晨举高双手，欢呼道："姐姐最好了。"

他那开心的样子，闪亮亮的双眸，深深地刻在了黎初遥的心里。

黎初遥叫上了林雨和李洛书一起去，还邀请了帮她组啦啦队的韩子墨。

韩子墨喜滋滋地拖出一把崭新的山地车，骑在林雨和黎初遥面前显摆道："看，我会骑自行车了。"

"我小学一年级就会了。"林雨好笑道。

"我就神气，就神气怎么了。"韩子墨嘚瑟地扭着龙头。他可是学了三年才学会的。

"行啦，你好好骑，别撞着人了。"黎初遥出声提醒。

"知道啦。"

阳光下，四个人骑着自行车穿梭在城市中，有时候一前三后，有时候两前两后，一路上挥洒下欢声笑语。他们先去市中心的蛋糕房买黎初晨最爱吃的蓝莓蛋糕，又去了城北的烤鸭店买味道最棒的烤鸭，再去菜市场买了很多新鲜的菜和水果，最后还去烟花店买了很多烟火。他们的脸上都挂着笑容和期待，他们都觉得晚上的庆祝会一定会很有趣。

回程的路上，黎初遥看着四个人的自行车上都挂着满满的东西，开心得笑眯了眼。

韩子墨一边骑车一边说：“黎初遥，平时见你买个面包都犹豫半天，今天倒是大方，花钱都不眨眼啊。”

“噗，韩少爷，你还没发现啊，她也就对她这个宝贝弟弟大方。”林雨笑着接口道。

“林雨，你可别没良心，我对你还差了？”黎初遥哼了一声，“你哪年过生日我没送你礼物？圣诞节、过年、情人节我有差过一天吗？”

“得了，你大方，圣诞节一个苹果，情人节一块巧克力，过年一个红包，里面装了一百块超市代金券，我还得先消费满五百才能用。”林雨伸手推推她的肩膀，“你还好意思说呢。”

“哈哈哈——”韩子墨听了后忍不住哈哈大笑，“黎初遥，你也太抠门了。”

黎初遥红着脸嚷嚷道：“笑什么笑，那是误会，我真不知道那个代金券不能直接用。哎，李洛书，你说，我对你怎么样？小气吗？”黎初遥不服气地找李洛书评理。

李洛书默默抬头看她一眼，还未开口，林雨就叫道：“李洛书，你别怕她，凭良心说，她抠门不抠门？”

黎初遥追问道：“是啊，凭良心说，我对你差吗？”

李洛书轻咳一声，被她直盯得有些不好意思，垂下头轻声说：“不差，挺好的。”

“听见没，还是李洛书有良心。”

“得了吧，他说你对他挺好的，没说你不小气，人家是影射你确实很小气呢。”

“才不是。”

两人吵吵嚷嚷地往黎初遥家里骑着。远处的十字路口忽然飞快地蹿出两辆消防车，拉着让人心慌的警报，闯过红灯往左拐去。黎初遥停止和林雨的争吵，不知道为何忽然心慌起来。

心脏怦怦直跳，额头甚至微微冒出冷汗，她忽然猛地一蹬脚踏，站起身来，飞快地往家里冲去。因为加速太快，篮子里堆得满满的菜掉了一些在地上，她也顾不上去捡。

“黎初遥，东西掉了。”林雨跟在后面，停下车来捡起她掉的菜。

“她怎么了？”韩子墨不解地问。

“不知道，跟去看看。”林雨将菜丢回篮子，骑上车也飞快地朝前追去。

大家穿过十字路口，左转后没骑多久，就看见黎初遥家住的小区冒出浓浓的黑烟，黎初遥当下心就凉了半截。当她骑进小区看见正是自己家那栋楼着火的时候，更是吓得车龙头都扶不稳。她跳下车来，将自行车丢开，冲进人群。

围观的人正一人一句谈论着：“这火怎么烧得这么大啊。”

“四楼那家煤气灶没关好，爆炸了。”

“哎哟，五楼也不知道有没有人。这么大的火，恐怕是跑不出来了。”

黎初遥奋力地挤进围观的人群，抬头往上看，只见她家楼下的那户大火烧得正旺，火苗疯狂地蹿向自己家里。黎初遥的眼泪瞬间就掉下来了，她仰着头对着楼上大喊：“黎初晨！黎初晨！”

她想也不想地就往楼道里冲，却被维护现场秩序的消防员拉了回来：“干什么？往后退！”

“我弟弟还在里面！我弟弟还在里面！”黎初遥疯狂地大叫，“你让我进去！你让我进去！我要去救他！”

“里面太危险了，我们已经有消防员进去营救了。”消防员将她推回人群，“你进去只会妨碍我们的工作。”

“不！不！”黎初遥哭着往前挤，她听不懂那个消防员在说什么，她只知道黎初晨还在里面，她要去救他。他从小就胆子小，总是躲在自己身后，腼腆文静得像个女孩子一样，他现在一定很害怕。她要进去！她要去救他！

“黎初遥！你冷静一点！现在火烧得这么旺，你进去也没用啊！”

林雨、韩子墨和李洛书也随后赶到，他们连忙帮助消防员拉住黎初遥。

黎初遥却依然不管不顾地哭着往前冲，三个人在她身后紧紧拉着她。

“黎初遥，你看已经有很多消防员进去了，黎初晨很快就会被救出来的。”韩子墨拉着黎初遥的手臂，指着消防员道，“你看，进去了五六个呢。你要是进去了，他们又要救你，又要救你弟弟，会分心的。”

“初遥，冷静点，冷静点，没事的，不会有事的。”林雨紧紧抱住黎初遥不停地安慰她。黎初遥终于被劝服下来，无力地跪在地上，死死地望着单元楼的出口处。她忽然抬手，用力地打了自己一巴掌，又一巴掌。

“初遥姐！”李洛书连忙拉住她的双手，“你干什么！”

“我为什么不带弟弟一起去买东西，我为什么要叫他回家休息！我真笨！我真笨！”黎初遥哭着说。

“初遥，你别这样，初晨不会有事的。”林雨也哭了出来，“你别责怪自己啊。”

“你们看，出来了！”韩子墨指着单元楼的出口处，只见一个消防员背着一个全身裹着防火被的人出来。黎初遥连忙站起身来，想靠过去，却被维护秩序的消防员挡开，那消防员叫道：“让开！让开！救护车！救护车！”

早就在一旁待命的救护人员连忙抬着担架过来。消防员将背上的伤者放下来，防火被被拉开一点，黎初晨的脸露了出来。虽然已经被烧伤了大半，可黎初遥还是一眼就认出他来。她疯狂地冲过去叫道：“晨晨！”

“你是家属吗？”医生问道。

黎初遥使劲点点头：“我是他姐姐。”

“那快上车。”医生打开救护车的门，黎初遥帮着救护人员将黎初晨抬上去，自己也跟着上了救护车，韩子墨等人被医生拦住。

救护车飞快地往医院开去，去的正好是黎初遥妈妈上班的医院。救护车一到，急救中心的护士们就围了过去，而黎妈穿着白大褂也早已等在医院大门口。刚打开车门上车，就看见自己女儿满脸泪水地坐在里面，而救护床上，躺着的正是她最疼爱的小儿子。她的腿一软，从救护车上摔了下去。其他同事惊叫一声，连忙把她扶起来。她的头正好磕在救护车的尾部，破了一道大口子，鲜血直流。

“刘姐，你没事吧？”同事们关心地问道。

“没事、没事。快、快，快送急救室！”黎妈也不管自己的伤，又冲上救护车，将儿子的担架车推了下来，双眼直勾勾地望着前方。额头的鲜血盖住了她半只眼睛，她的世界变成了模糊的红色。她看不见，可她依然疯狂地推着担架车往急救室跑。这条路，她这一生跑过无数次，却没有一次觉得，怎么这么远！怎么这么远！

黎初遥跟在后面跑着，到了急救室门口，门被紧紧关上，她笔直地站在外面，全身不停地颤抖着，脸上满是泪痕。没一会儿，急救室的门被打开，黎妈被一个护士扶了出来，嘴里不停地说：“我没事，真的没事，你让我在里面帮帮忙。”

“刘姐，你这样的情况不适合手术，你还是待在外面吧。里面是黄医生，他知道那是你儿子，我们都知道，同事们会尽力的。”那个戴着口罩的护士安慰道，“我还是先陪你去包扎一下吧。”

“不不不。”黎妈吸了吸鼻子，哭着说，“我哪里也不去，我就在这里看着。”

“那我去拿东西，给你在这里包扎吧。”护士说完又进了手术室，拿了一些绷带和碘酒出来，为黎妈包扎。她动作利落地弄完，收拾好东西说，“我进去帮忙了，你可别胡思乱想。遥遥，你照顾好你妈妈。”

黎初遥机械地点点头，像是听懂了，又像是没听懂。她走过去，坐在妈妈身边，伸手握住妈妈的双手。两双手同样冰冷，同样颤抖。

黎初晨的情况很糟糕，他吸入了大量二氧化碳，身体烧伤面积高达百分之四十，已经陷入重度昏迷。医生急救过后，将他送进了重症监护室。黎初遥和黎妈从急救室外面搬到了重症监护室外面。重症监护室是不允许家属进去探视的，门上只有一个小小的窗口，让外面的人能看一眼里面的情形。重症监护室外面有很多人，像她们一样，绝望又无措地在等待着亲人能从里面出来。

可是，每天总有被医生宣布死亡的名单，那悲痛的哭泣声，吓得人心慌。

黎初遥除了那天在现场痛哭了一次之外，再也没哭过了。她相信，弟弟会熬过去的，弟弟会从里面出来的，她用力地相信着。一天、两天、三天……一个星期、两个星期、三个星期！

重症监护室住一天要一万块，短短三个星期，黎家已经把能借到的钱都借了个遍，学校和父母的单位也组织了捐款。可是，那高昂的医药费还是愁白了黎爸的头发。

黎爸一直拍着黎初遥的手说："放心，不管多少钱，不管多少钱……"

黎初遥使劲地点点头。是的，不管多少钱，都要把弟弟从死神手里抢回来。

后来，一个微胖的男人送了一大包钱过来。黎初遥认得，那是韩子墨的父亲。

黎初晨入院的第六周，医生单独叫了黎爸过去，关上办公室的门，不知道在里面说了什么。黎初遥站在门外偷看着，医生不停地说着什么，黎爸那样爽朗的铁血男儿，居然捂着眼睛失声痛哭起来，过了好一会儿才悲痛地点点头。

黎初遥使劲地仰起头，将眼里的泪水逼回去。不会的！不会的！不会的！弟弟会出来的！

她转过身去，走回重症监护室，坐到妈妈身边，再一次紧紧地握住她的手。

弟弟会出来的！

她不停地这样告诉自己。

当日下午，黎初晨盖着白床单被推了出来……

三月十六日，十五点十四分，黎初晨被医生宣布死亡，终年十四岁半。

那一刻，黎初遥的世界崩溃了，那种悲痛无法言喻，无法宣泄。她只觉得全身上下，每一寸皮肤，每一根骨头，每一滴血液，每一个细胞，都像被人用巨大的石轮缓慢地碾压着、碾压着，鲜血淋漓，疼痛不堪。

可她一声都叫不出，哭不出……

对于黎初晨的忽然离世，全家人完全无法接受。黎妈在医院等了一个多月，在听到儿子没救了的消息后，彻底垮了，直直地倒在地上。黎爸也瞬间老了许多。当兵出身的他一直身姿挺拔，可就在短短不到一个月的时间，背部微微地驼起来，满头的白发与憔悴的脸庞，再也看不见当年英俊的模样。

黎初遥也好不到哪里去。利索的短发悄悄长长，由于好几天没洗，全部贴在头皮上，将她轮廓深刻的脸庞衬得更加冷峻。她的双眼呆滞，只有在黎妈倒下去的那一刻闪过一丝惊慌，那之后便再无波澜。

黎家的房子被大火烧得漆黑，已经不能住人。黎爸本来想把黎初晨的灵堂设在新租的房子里，可又怕黎初晨头七的时候找不到回家的路，只收拾了一下烧得面目全非的房子，放了需要用的东西，简单地设了个灵堂。亲友陆陆续续地前来吊唁，房间里满是香烛燃烧后的檀香味，哭泣声遮掩了人们的交谈声，断断续续传出惋惜的话语——

“这么乖的孩子，怎么就这么短命。”

“是啊，从小这孩子就最讨人喜欢，又漂亮又伶俐。”

“听说跑步跑得可快了，都要选进国家队了。”

“唉，可惜了。”

黎初遥木然地跪在一边烧纸钱，半垂着的双眼里满是血丝。不时有人走过去和她说着宽慰的话，她一一点头。

黎初遥的大姨走过去拉了拉她的胳膊：“遥遥，去休息休息，这里大姨给你看着。”

黎初遥没动，依然跪着：“没事，大姨，我不累。”

“大姨知道，你们姐弟俩感情打小就好，你把弟弟往心坎里疼。”大姨叹了一口气道，“大姨知道你难受，可是你看看你妈，都伤心得说胡话了，你爸也累得够呛，家里总得有人撑住啊。遥遥，坚强点。”

“大姨。”黎初遥轻声说，“我撑得住。”

“乖，大姨知道你懂事。”大姨摸摸黎初遥的头，抹着眼泪说，“老天爷怎么就不长眼呢，这么好的孩子，就这样去了，让我们白发人送黑发人，大姨心疼得慌啊。”说完便呜呜地哭起来。

黎初遥垂着眼睛，机械地往火盆里丢纸钱，火光一跳一跳地映在她的脸上，却遮不住一片阴霾。

房间里前来吊唁的人越来越多，来来回回的哭声不止。黎初晨班上的同学都来了，李洛书站在队伍的最前面，手里拿着一枝白菊花，轻轻放在案台上，对着黎初晨的照片叩了三个头。他站起来走到黎初遥边上，轻声说：“初遥姐，我来帮你。”

“不用。”黎初遥摇摇头，“你不是他的亲人，烧钱他收不到的。”

“那我帮你叠。”说完也不等黎初遥同意，他就拿起篮里的锡箔纸，叠起一只只的银元宝。也不知道什么时候，韩子墨和林雨也来了，也默默地加入叠银元宝的行列。

韩子墨不会叠银元宝，他跟着林雨叠的手势学着叠，叠得有些丑还不成形。他连续叠了几个，便偷偷抬头望了眼黎初遥。她穿着一身黑衣，脸色却显得比纸还白。她垂着头，木讷地叠着银元宝，俊秀的脸上是深不见底的沉痛，眼帘下的黑眼圈已经又深又重，嘴唇也干燥得裂了口子。

韩子墨鼻子一酸，张嘴想说些什么，劝些什么，可话到嘴边，又觉得这些劝解的语言是多么苍白无力。什么节哀顺变，什么人死不能复生，这么单薄的句子，怎么可能安慰得了那么沉重的伤痛?

那是她弟弟啊，她最爱最疼的弟弟。小时候，自己只是捏了她弟弟一下，她就像一只老虎一样扑过来和他干架；长大后，为了弟弟的一场比赛，她那么高傲的人，却一个个地拜托同学去给弟弟当啦啦队。

这世界上还有比黎初遥更好的姐姐吗?

没有了。她那么喜欢他，那么疼爱他……

可是现在，他离开了。

韩子墨的双眼红了，眼泪不由自主地流下来。他转过头去，用衣袖擦干，然后又转过头来，用力地叠着银元宝。他现在能帮她做的，只有这个而已。

黎初晨的丧事办得很体面，纸人、纸钱、纸别墅、纸汽车、纸家电家具一应俱全。三十多辆黑色小轿车组成的车队，爆竹放着，鞭炮响着，两条纸元宝串成的银龙一字摆开铺出了小区门口。人间一切的奢华，一切的享受，他从未碰过的用过的，都给他送了过去。

即使黎家已经家徒四壁、倾家荡产了，可黎爸依然借了一大笔钱，为黎初晨风光大葬。

在中国，人死后的头七天，是回魂夜，死去的人会回到人间的家里，去看亲人最后一眼。弟弟的头七，黎初遥决定一个人住在被烧得漆黑的房子里为他守夜。亲友们无法想象一个女孩子怎么敢住在没有灯火还死过人的房子里，纷纷劝她回新租的房子里设灵台。

可黎初遥固执地说："我不怕，我只怕弟弟回来的时候找不到亲人。"

黎家亲人还在劝，林雨却站出来说："你们都别劝了，你们不让她守着她会惦记一辈子的。我陪她在这儿待着，没事。"

"你们两个女孩在这里太不安全了，我也来陪你们吧。"韩子墨说，"男生阳气重，镇得住。"

李洛书没说话，却站着一动也不动，看样子也是想留下来。

亲友们只得作罢。大姨从自己家拿来棉被为四个孩子简单地打好地铺，抹着眼泪走了。

亲戚们一走，房间里瞬间安静下来。韩子墨揉揉鼻子，望着只跳跃着烛光的房间，搓搓双臂道："林雨，你还不赶快把黎初遥拉起来，她都跪了好久了。"

"哦，对。"林雨点头，过去拉起黎初遥，扶她坐在地铺上，温柔地说，"你睡一会儿吧。"

"我睡不着。"黎初遥回答。

"不行，你必须睡。"韩子墨也坐在地铺上，认真地望着她说，"习俗上说，要是初晨回来了，看见你醒着就会舍不得离开，会影响他投胎转世的。"

"是吗？"黎初遥抬眼望着他，漆黑的双眸里带着彷徨与无助，还有深深的疲惫和哀伤。韩子墨忽然特别心疼，这个骄傲又优秀的女孩，在短短的一个月时间里，变得这么可怜，这么脆弱。

脆弱到好像他大声点和她说话，她就会碎掉一般。韩子墨蹲下来，望着她，用特别轻柔的声音说："是啊，我不骗你。"

黎初遥咬了咬嘴唇，垂下头，过了好一会儿才轻声说："可是，我也想再看看他。"

林雨听到这话，鼻子一酸，猛地抱过好友，拍着她的背说："初遥，你别惦记了，你就让他安心走吧。"

黎初遥埋在林雨温暖的怀抱里，哭着说："可是，我舍不得，我想再看看他。"

"我知道。"林雨紧紧地抱住她，"哭吧，哭出来好受一点。"

李洛书站在一边，紧锁眉头，特别难过地望着他们。

房间里，悲痛绵绵不绝地蔓延开来。不管过了多久，黎初遥都无法相信这个事实，最爱的弟弟就这么走了。

人家都说女儿和父亲在上辈子是情人，那弟弟呢？那一定是比情人更重要的存在吧。

亲爱的初晨，你永远也不会知道，你在我心里有多重要。

我多想，一辈子都待在小时候，我们不要长大，不要遭遇那些不幸。我们一直穿着一样的衣服，打着一样的小熊补丁，找同一个理发师剪一样的发型，活在美丽的记忆里，好得让所有的孩子都羡慕。

1

初晨，是我故意忘记你

CHUCHEN SHIWOGUYIWANGJINI

第七章

/ 初晨 /

有些人不可以被替代

CHUCHEN
SHIWOGUYIWANGJINI

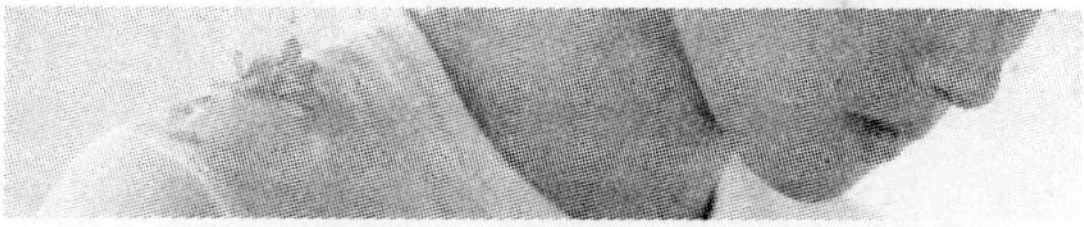

时间不会因为谁的悲伤就停止脚步，日子一天天过着，高三的第一次模拟考转眼就来了，一向排在年级前三的黎初遥考砸了，瞬间从顶峰掉入低谷，落到了一百名之后。

班主任老太太将黎初遥叫到办公室说：“你的成绩一直很好，这次肯定是因为家里的事分心了。可是，黎初遥啊，高考马上就来了啊，不到三个月就是决定你命运的时候了，你要收拾好心情，好好努力。”

老太太说了几句，抬头望了望黎初遥苍白又憔悴的脸说：“当然，也不能绷得太紧，唉……以你原来的成绩全国的学校随便你选，就是想考香港大学也没问题。你的未来是光明的，调整好心情，不要放弃自己。”

“我知道的，谢谢老师。”黎初遥低着头，眼神依旧空洞无光。

出了办公室，黎初遥笔直地走回教室，韩子墨难得想学习地拿着作业本跑过来问：“黎初遥，教教我这道题到底怎么做啊。我看着答案都算不出来。”

黎初遥回过神来，望着他问：“什么？”

“这道题，教我。”韩子墨点点作业本说。

“哦。”黎初遥低下头来，看了看题目，很快地就在纸上解答出来，逻辑思维清楚，公式运用熟练。

韩子墨特稀罕地拿回笔记本道：“哇，你还是这么厉害，佩服！你怎么可能考一百多名呢，比我还低五名呢。你考试的时候在睡觉吧？”

黎初遥说：“哦，那你进步了。”

“那是。为了不让你再看不起我，我可铆足了劲学习。我爸一见我学习可乐了，给我请了七个家教，一门课一个，真是累死我了。”

韩子墨噼里啪啦说了一大堆，却见她心不在焉地听着，便顿了顿，凑过去望着她的脸说：“我怎么觉得你的眼睛变大了？”

“怎么会？”

“就是的。”韩子墨凑得更近了，望着她说，“哇，你的黑眼圈浓得和烟熏妆一样了，怪不得显得眼睛大。”

“是吗？”黎初遥摸摸眼睛。

“你最近有没有好好睡觉啊？”

“没有。”黎初遥刚说完又马上改口道，“哦，有。”

韩子墨坐直身子，望着她，忧心地说：“黎初遥，你要好好的。”

“我挺好的。”

“我是说真的好，就是，不要憋着，不要装作好。”韩子墨有些着急道。

“我是真的好。”黎初遥咬着嘴唇固执地说，“我真的没事。”

韩子墨皱着眉头看她，眼里隐隐露出担忧：“黎初遥，你要是撑不住了就来找我帮忙，不管什么事我都愿意帮你。”

“我知道。”黎初遥点点头，“上次你让你爸送了那么多钱来我还没来得及好好谢你呢。”

韩子墨吃惊道：“啊！你怎么知道那是我爸？那个笨蛋，我叫他不要留名的！”

“很久以前，他去我家接你的时候，我看见过。”

“你的记性真好。”韩子墨说，“早知道我就叫我妈送去了。”

黎初遥笑笑说：“我会还你的。”

“谁要你还了啊？”韩子墨不高兴地说，“你啊，做人别和做数学题一样，算得这么清楚明白。”

黎初遥奇怪地看着他，不明白他为什么忽然不高兴了。

“哎！韩子墨，你个不要脸的，又坐在我座位上。”这时，林雨跑回来，适时打断了这瞬间的尴尬。

“谁不要脸了，我来问问题的。”

“哼，找我家初遥解题是要付费的。”林雨看了看他问的题目，一脸痛苦地说，“这道题我也不会，昨天晚上推算了一整晚都没解出来。”

“是的。最近老师们疯了吧，把我们往死里逼啊。”两人你一句、我一句地抱怨起数学老师太变态了，出的题目都难得逆天了；语文老师太无耻了，布置的作业写到天亮也写不完；英语老师太讨厌了，天天考试听写背全文轮着来。

两人狂叫着，高三实在太苦了。

黎初遥坐在边上，安静地听着。韩子墨不时地偷偷看她，满眼都是担忧。

放学后，黎初遥拒绝了林雨的同行，一个人骑着自行车，漫无目的地在街道中乱转。天色渐渐暗了下来，她不知不觉就来到了原来的小学。那里还和以前一样，一栋教学楼、一个操场、一些绿植，小得一眼就看尽了。

学校里的学生早就放学了，教学楼里一片漆黑。黎初遥走到教学楼一楼的第二间教室，呆呆地站在窗口看了很久，眼前像是产生幻觉一般——天色忽然明亮起来，教室里坐满了孩子，第一组最后一个位置坐着李洛书，弟弟坐在第二组中间。年幼的黎初晨漂亮得整个教室的女孩都比不上，他似乎看见她来了，转过头望着窗口冲她甜甜地喊："姐姐、姐姐。"

黎初遥抬手，捂着心口退后了一步，那疼痛刺穿全身。她扶着墙走开，顺着台阶，走到操场旁，望着操场，忽然像从前那般双手拢在嘴边，冲着操场尽头大喊："黎初晨！回家了！

"黎初晨——回家了！

"黎初晨——回家……了……"

她的声音开始颤抖，她无力地放下双手，缓缓地坐下来。空旷黑暗的操场上依然寂静无声，她再也等不到，像只小雏鸟一般飞奔过来的黎初晨了。

再也等不到了。

也不知过了多久，天色越来越暗，黎初遥还是没有起身的打算。

身后忽然传来一道声音："初遥姐，时间太晚了，回去吧。"那声音里满是担忧。

黎初遥回过头去，有些恍惚，微黄的灯光中，那熟悉的面孔出现在她眼前："是你啊，李洛书，好久不见。"他依然如记忆里那般好看，只是和他形影不离的那个人，已经不见了……

黎初遥垂下眼去，依然坐着不动。

“初遥姐，起来吧，地上凉。”李洛书上前扶她。

黎初遥伸手推开，垂着头说：“我想再坐一会儿。”

李洛书并没有强迫她，转身在她旁边坐下。

黎初遥望着校园，轻声说：“这里还和以前一样，一点也没变。”

“嗯。”

“小时候我每天都带着弟弟走路上学，他小时候可懒了，走几步就不愿意走了，非赖着我背他。他还好吃，我买什么零食他都要和我分。就是买一块口香糖，我都吃进嘴里了，他还要凑上来要我分一半给他。”

“嗯。我看见过。”

黎初遥低下头来，不再说话。李洛书虽然不是一个好的聊天对象，却是一个好的听众。

黎初遥又发起呆来。她并不是故意要这样，也不是故意想让成绩下降得这么厉害。只是，这些日子她没有办法集中精神，她眼前总是一片模糊，脑子总是恍恍惚惚，记忆也断断续续。

她现在就不知道自己是怎么走回家的，等到家门口才发现，自己的书包居然没带回家。

她叹了一口气，使劲地摇摇头，强迫自己扯出一个笑容，打开家门走进去：“妈，我回来了。”

房间里，黎妈走了出来，一脸慈爱地望着她：“遥遥回来啦。”然后望了一眼她身后，皱着眉头问，“晨晨呢？”

黎妈的脸色变了变，有些不高兴地说：“你怎么没去接他放学？”

“妈，你忘记啦，晨晨去国家队参加训练了，过些日子才能回来呢。”黎初遥安慰地笑着。

“哦，对，我们晨晨去国家队了。”黎妈像是想起来一般，开心地拍拍手掌，然后又一脸愁容地说，“唉，我就说不让他去什么国家队，这么远，看都看不见，也不知道吃得好不好，睡得好不好。”

“妈，没事的，我去给你烧饭。”黎初遥洗洗手，去厨房收拾起饭菜来，没一会儿就听见妈妈在外面惊喜地叫着：“哎哟，晨晨，你回来啦。”

黎初遥奇怪地皱眉，放下手中的东西，走出去看，只见黎妈抱着李洛书，亲热地说：“怎么回来也不和妈妈说一声，妈妈好去接你啊。”

李洛书提着黎初遥的书包被黎妈抱着，手足无措地看着她，又看看黎初遥：“我……我……”

他不知道要怎么回答才好。

“妈，弟弟刚回来，你让他先坐下来喝杯水。”黎初遥连忙走过去解救李洛书，顺便给他使了个眼色，小声道，“麻烦你了。”

李洛书点点头。

黎妈拉着李洛书又是问这又是问那，憔悴的神情瞬间焕发出光彩。黎初遥在一边轻轻地叹气。李洛书回答着黎妈的问话，不时地转头望着黎初遥。

晚上吃完饭，黎初遥给妈妈吃了药，扶着她睡下。黎妈拉着李洛书的手，一直不让他走，就这样带着笑容睡着了。

李洛书等她睡熟了，才抽回手回到客厅。黎初遥不好意思地道歉：“不好意思啊，吓到你了吧。我妈伤心过度，脑子有些不清楚了。不过医生说过些日子就会好的。”黎初遥说这话的时候，红着眼眶，却没有哭，一脸倔强地笑着。

李洛书看着她，没有说话，好看的眉头紧紧地皱了起来。这个世界上，有些人喜欢将自己遭遇的一点点不幸无限放大，恨不得告诉全世界。而有些人恰恰相反，他们倔强而内敛，他们把所有的悲伤都压在心底，他们不喜欢任何人的任何一点点同情和怜悯。

黎初遥，正是属于后者。

而恰恰是这样的人，最让人放心不下。

“初遥姐，”李洛书望着她，轻声说，“明天上午十点你能到市体育馆来一趟吗？”

“嗯？”黎初遥疑惑地问，“什么事？”

“初晨有一件东西放在我这儿了，我想明天拿给你。”

“什么东西？”

“你来就知道了。初遥姐，我先走了啊，明天我在体育馆等你。”李洛书说完，连忙拿起放在沙发上的书包，甩在背上跑了出去，也不管黎初遥在后面追问的声音。

“这小鬼，真是越来越不像话了。”黎初遥望着他的背影嘀咕。

可是，弟弟到底有什么东西放在他那边了呢？

黎初遥低下头思索了半天，却丝毫没有头绪。不过，不管是什么，只要是弟弟的，她总是要去拿的。

那天晚上，因为李洛书丢下的那个悬念，黎初遥一晚上都没睡着，一闭上眼就又回到了弟弟出事那天。满眼火光，浓雾冲天，周边的人们慌乱一片，消防车的警笛声悲鸣不止。

她只好睁开眼睛，怔怔地瞪着空无一物的天花板。夜半时分，万籁俱寂。

也不知道过了多久，天蒙蒙亮起来，她坐起身，走进卫生间洗漱。黎爸昨晚又没回来，为了多赚一点夜班费，他已经连续上了三个夜班。

打开水龙头，冰冷的自来水流出，她伸出双手接了一捧水，猛地往脸上扑去，冻得她直哆嗦，困意瞬间消散。

水滴顺着她的脸庞、鼻尖滑落，望着镜子里脸色越发惨白憔悴的人，她用力地告诉自己，不能倒下，妈妈已经倒下了，她必须撑着，她撑得住！

早上十点，她准时到达了体育馆入口，却发现那里彩旗飘飘，人声鼎沸，锣鼓震天，热闹得就像弟弟出事的那天上午。她忽然全身变得僵硬，紧紧地抱着手臂，呼吸变得急促，心脏因为害怕而猛烈地跳动着，冷汗不自觉地往外冒。

她猛地转身，深呼吸了几下，还是压抑不住自己想逃离的心情。她迈开脚步刚想走，就听见身后林雨在大声地叫她：“初遥、初遥，这里！”

黎初遥缓慢地转过身去，脸色苍白地往林雨的方向望去。只见她站在体育馆入口前面的台阶上对着她挥手，韩子墨坐在她身后的铁围栏上，迎着灿烂的阳光，神采奕奕地望着她，笑得像是被春风吹绽的鲜花，漂亮得惹人频频回首，不忍离开。

也不知是因为看见了林雨，还是因为看见了韩子墨，黎初遥稍稍放松了下来，可僵硬的腿脚依然迈不开步子。林雨见她半天不动，耐不住性子跑下来，挽住她的胳膊道：“傻站在这里干吗？走啊。”

“嗯。”黎初遥淡淡地点头。

两人走到韩子墨面前的时候，韩子墨从围栏上跳下来，跑到黎初遥跟前和她打招呼。林雨拉了拉黎初遥的手说：“初遥，这家伙刚才说你很……”

“林雨，你就不能不打小报告吗？”韩子墨连忙上前想捂住林雨的嘴，却被黎初遥手疾眼快地挡住，转头问林雨道：“他说我什么坏话了？”

“他说你很脆弱，让人很想保护呢。”

黎初遥呆呆地望着韩子墨，韩子墨白皙的脸颊不自觉地染上了点点红晕，有些生气地别过头道：“怎么了？不能说了？本来就是脆弱啊！女生弱一些不好吗？干吗非装得和真汉子一样？”

林雨扑哧笑了一声，贱贱地继续问道：“那很想让人保护呢？”

“你好啰唆啊，被人保护有什么不好？”韩子墨看也不看她们两个一眼，仰着通红的脸颊，笔直地往里面走，“快点进场啦，比赛就要开始了。”

“什么比赛啊？”黎初遥一头雾水。

“走啦，进去就知道了。”林雨拉着黎初遥往里走。

体育馆里已经来了不少人，靠前的位置都没有了，他们只能坐在后面几排。体育场上，一百一十米栏的十个栏已经被放好，请运动员就位的广播也已经响起。

黎初遥坐在位置上，不由自主地握紧双手。就在三个月前，他还在这个赛场上生龙活虎地迎风飞奔。可是现在，原本属于他的位置已经被别人代替……

咦？黎初遥眨了眨眼睛，不敢相信地望着那个位置上的少年。那恬淡的气质让人如此熟悉，瘦削的身形也和弟弟一模一样。只是他……为什么会站在哪里？

他抬起头来，紧紧地盯着观众席，漂亮的眼睛似乎有些焦急地在人群中寻找着谁。林雨对着下面招手大喊：“这里，这里，李洛书，看这里。”

可惜声音被淹没在嘈杂的人声中。李洛书低下头，干净俊秀的脸上满是失望。

林雨说：“这家伙真笨，叫了这么多声还没看见。”

“他怎么会在那里？”黎初遥呆呆地问。

韩子墨耸肩道：“这小子，自从你弟弟去世后就开始拼命练习一百一十米栏，还求体育老师把你弟弟的参赛名额让给他。体育老师当然不干了，这小子就天天去缠他。你也知道这小子有多烦人，缠着你也不说话，就那样可怜兮兮地望着你。最后老师也是没办法，就答应了。”

“可是他会跑一百一十米栏吗？”黎初遥不放心地问。

韩子墨好笑道：“一开始当然不会，刚学那几天，每天走路的姿势和僵尸也差不多了。”

“是啊，我看见他刚开始在操场上训练的时候，老是跌跤，全身上下都没一处是好的。”林雨也忧心忡忡地说道，“我觉得，他可能是想完成初晨的梦想吧。别看这孩子闷不吭声的，其实可重感情了。”

黎初遥听着他们的话，身边虽然嘈杂一片，可他们说的每一个字都那么清楚地传进她的耳朵，她甚至能想象李洛书在学校操场训练时跌倒的样子……

为了完成弟弟的梦想吗？

黎初遥的心，不由自主地揪了起来。

她静静地望着比赛场上的李洛书，他正做好起跑准备，裁判员的枪一响，起跑线上的运动员全部像离弦的箭一样飞奔了出去，很快便跨过第一个栏。

李洛书起跑速度偏慢，在第一个栏的时候就已落在后面。韩子墨和林雨都紧张地握紧拳头大声喊：“李洛书，加油！加油啊！”

黎初遥也紧张地看着。过了三四个栏后，李洛书渐渐追了上来，他腿长手长，身手矫健，像一只灵敏的麋鹿一般，动作优雅又敏捷地跨过一个又一个栏。很快，比赛已经进入最后阶段，李洛书和两个少年并列在第二名，看不出谁更快。第一名距离他有一些距离，接近终点的时候，李洛书拼尽全力最后一冲，终于冲出了并列的水平线，飞向终点！

比赛结束了，场上的观众们热烈地呼喊起来，跑第一的少年开心地满场飞奔。而取得第二名的李洛书垂着双手，俊脸上看不见一丝笑容。学校的体育老师却很高兴地冲出来，紧紧地抱住李洛书。老师高兴的笑脸和他那失望的表情形成鲜明的对比。

林雨不解地说："这孩子，对自己要求真高，拿个第二也不错了啊，笑都不笑一个。"

"可能，他只想拿第一吧。"韩子墨轻声道，"如果是黎初晨在的话，那肯定是第一的吧？"

林雨和黎初遥都不说话了，静静地看着场上的颁奖仪式。颁奖嘉宾给李洛书挂上了银牌。

李洛书拿着奖牌，失落地走出比赛场地。黎初遥他们在通道口等着他，希望安慰安慰他，让他别这么在意名次。体育馆的通道很阴凉，外面的阳光一点也溜不进来，李洛书缓步从刺眼的阳光中走过来，抬头望着他们三个人，嘴巴张了张，又抿了起来，一句话不说地低着头站在离黎初遥五步远的地方。

"李洛书，不用难过啦，你跑得很好了，简直就是个天才！"林雨表扬道。

韩子墨鼓励道："就是啊，才训练了三个月就能跑第二，不错了，下次继续加油。"

黎初遥也说："李洛书，你跑得挺好。"

李洛书一直低着头，没有说话。直到听到黎初遥的话，他才缓缓抬起头来，轻声道："初遥姐……"

黎初遥站在那儿一动不动地望着他，以前他这样叫她的时候，她总是觉得很烦，想逃避，因为他声音里、眼神里总带着那么多的期待。期待她对他好一点，期待她能像对待初晨一样对待他。

可是，她一直那么吝啬地不愿意给，不愿意为他付出一分一毫，不愿意为他分出自己对黎初晨的疼爱。

哪怕现在，黎初晨不在了，她也依然如此。

只是今天，在这人声鼎沸的体育馆里，听着他这样犹豫、这样内疚地叫着她的名字，她心软了，真的心软了。

“嗯？”黎初遥很困难地从喉咙里发出这样的声音。

李洛书一直低着头，像是做错事的孩子一般：“对不起，我没拿到金牌。”

“什么？”黎初遥不解地问。

“以前黎初晨和我说过，他想在这次比赛里得到金牌，送给初遥姐当礼物。”李洛书缓缓将紧紧拿在手里的银牌递出去，“对不起，我不太擅长跑步。如果……不嫌弃的话，请收下这个。”他抬头，用明亮的眼睛望着她，希望她能收下他手心中的奖牌。虽然它不是黎初晨想送的那块，却也是他拼尽全力争取来的。

黎初遥望着他手心里的银牌，怔了半晌，上前两步，抬手拿起他手心中的银牌，用很轻很轻的声音问：“他……他是怎么说的？”

“他说，他想变成像初遥姐一样优秀的人，想像初遥姐一样，得一次冠军，然后把金牌送你，让你为他高兴，让你为他骄傲。”李洛书用他独特又清朗的声音一个字一个字地说着，“黎初晨说，他最喜欢初遥姐了。”

黎初遥紧紧地将银牌握在手心，按在胸口。她似乎能感觉到，弟弟在说这话时的样子，那漂亮的眼睛一定和从前一样闪亮，那软软的音调一定和记忆里的一样动听。

这是……弟弟想送给她的礼物吗？

这是他最后留给她的爱吗？

他说，他最喜欢她了？

是吗？他是这样说的吗？

黎初晨最喜欢黎初遥了，就像黎初遥最喜欢黎初晨一样……

黎初遥再也忍不住了，眼里的泪水夺眶而出，一串一串地往下掉着。她紧紧地握着李洛书给她的银牌，使劲按在胸口的地方，转过头，哭得全身颤抖。

李洛书咬紧嘴唇，眼里满是揪心的疼痛：“初遥姐，对不起，我没拿到金牌，你不要难过。我虽然跑步不行，可是我以后会得别的第一名，我得别的金牌送你好不好？”

“初遥姐，以后……我来当你弟弟好不好？”

黎初遥没说话，只是忽然上前一步，用力地抱住他，在他耳边，不停地用哽咽的声音说着感谢。感谢他将弟弟的爱传达给她，感谢他愿意为他们姐弟俩做到这一步，感谢他这样善良，这样贴心。

可是……

可是，她不能让他当她的弟弟，不能。

“对不起，李洛书。”黎初遥松开他，缓缓地后退一步，望着他，特别难过却又坚定地说，“对不起，我的弟弟只有一个人，他叫黎初晨，没有人可以代替他。”

任何人都不可以。

李洛书愣愣地站在那儿，似乎刚从天堂掉入地狱一般，毫无反应地望着她，茫然而意外。当他反应过来她的意思之后，眼里那悲伤绝望的情绪无法遮掩地流露出来。

被拒绝了啊……

连初遥姐都会拒绝他。

他果然是没人愿意要的孩子啊……

一直站在一边看着两人的林雨忍不住叹了一口气，这两个人，一个比一个固执，一个比一个温柔啊。

只可惜，性质一样，而对象不一样。

那一天，李洛书独自在体育馆的操场上坐了很久很久，像是一个被遗弃的孩子般，满眼悲伤地望着前方，却连哭也不敢哭。因为哭的话，一定会被更加讨厌的……

不能哭，他不能哭，也不会哭啊。

他低下头，望着自己的手心，那幼年时割破的伤口现在依然留有疤痕，张狂地划过手心。他用指尖轻轻地触碰着那条疤痕，一下、两下、三下……

就那样，不停地轻抚着，好像这样心里的那个伤口也不会疼了……

那一天，黎初遥收下了李洛书送的银牌，可回到家打开书包一看，却看见一金一银两块奖牌安静地躺在书包里。她有些不敢相信自己的眼睛，抓起金牌端详了半天，完全搞不懂这金牌是怎么出现在她的书包里的。她打电话问林雨，林雨说不知道；问李洛书，李洛书说不知道；问韩子墨，韩子墨也说："不知道啊，说不定是初晨回来偷偷送你的。"

"你别胡说了，怎么可能。"黎初遥轻叱道。

"你真是的，管他怎么来的呢，既然它在你包里，就说明它本来就应该属于你，你就心安理得地收着吧。"韩子墨说完不等黎初遥多问，就挂了电话，笑眯眯地半仰在沙发上，心情出奇的好，闭上眼睛回忆起上午的事。

原来，这家伙听到李洛书说金牌是黎初晨想送姐姐的礼物的时候，就飞奔到体育馆出口的地方，拦住今天拿冠军的家伙了。

他拿着一沓钞票，恶狠狠地对那孩子说："哥们，把你那块金牌卖给我吧。"

"我……我不卖。"少年紧紧地捂着自己脖子上的金牌道，"这是我的第一块金牌，我不会卖给你的。"

"你这小子怎么这么拧？我给你的钱够你打一块真金的了。你脖子上这块是镀金的，镀金的懂吗？就是喷了一层金色的油漆。听哥的话，咱俩换吧。"当时的他不遗余力地说服着那个冠军，简直是口水都快说干了。

"不换！我不稀罕真金的，我就喜欢这块，这是有意义的，是钱买不到的。”少年正气十足，让人忍不住为他竖起大拇指。

“是吗？我看你是敬酒不吃吃罚酒，你是想我用这个和你换喽？”韩子墨举起拳头威胁道。

少年依然一副正气凛然的样子说：“除非你打死我，不然我绝对不会给你的。”

“你、你……你真是茅厕里的石头，又臭又硬！”他简直快气死了，这家伙完全是软硬不吃啊。

少年一脸倔强：“我爸爸从小就教我，威武不能屈，富贵不能淫，我要是把金牌给你了，回家他会揍我的！”

“好小子，报上名来。”

那孩子倒也老实，不卑不亢地说出名字：“我叫唐小天。”

“行！”韩子墨站起来，将手上的钱揣进口袋里，然后又拉着唐小天走到楼梯的拐角处，指着前面正哭得伤心的黎初遥说，“哥们，你知道吗？不是我想要你的金牌，是她，你不知道她多可怜……”韩子墨一把鼻涕一把眼泪地把黎初遥的事说了一遍，“这可是她去世的弟弟最想送她的礼物啊，你拿着虽然有意义，但是对她的意义更大啊。反正你以后还能拿很多金牌，你就当帮帮她……”

“你拿去吧，送她了。”唐小天不等他说完，将金牌丢给他就跑了，跑的时候还用手使劲地抹了把眼泪。

韩子墨惬意地往沙发上一躺，跷着二郎腿得意地自言自语道：“买不到我就抢，抢不到我就骗，骗不到可别怪我去偷啦，反正我是一定会弄到手的，谁让那是黎初遥想要的呢。

“不对！”韩子墨猛地坐起来，敲打着自己的脑袋，“我干吗在意她想要什么呢？真是！

“我一定是看她太可怜了才这样，嗯，一定是这样。”韩子墨如此这般想完，才安心地又一次躺下，扬着嘴角进入梦乡。

/ 初晨 /

第八章 我们家来了新成员

CHUCHEN
SHIWOGUYIWANGJINI

日子依然继续。眼瞅着毕业的日子就快到了，高三教室后面黑板报上的高考倒计时一天比一天少，红色粉笔写成的数字从三位到双位再到单位，值日生每擦掉一天，同学们的心情就更紧张一分。黎初遥强迫自己放下悲痛，开始拼命复习。她每天点着灯看书到深夜两三点，由于熬夜太多，有一次居然在上课的时候流出了鼻血。

“你也太努力了！”韩子墨佩服地拱手道，“你这样的成绩都要学到流鼻血，那我这种成绩岂不是要鼻血横飞才行？”

“你就是鼻血倒流也没用。”林雨在一边嘲讽道。

“说得也是，我估计我在学业上没什么前途可言。”韩子墨摸着下巴说，“不过我可以跟着我爸爸做生意。”

林雨瞥他一眼，满脸不屑地说：“你以为现在生意好做吗？那可是需要很多人脉的好不好？”

“人脉啊……”韩子墨沉思着，过了一会儿忽然眼神一亮，一拍手掌道，“对啊！人脉！”

韩子墨笑了笑，很兴奋地跑上讲台，拍着讲台桌叫道：“同学们，兄弟们，姐妹们，放下你们手里的课本，给我三分钟！我要和你们说一个超级伟大的计划！”

教室里的学生被他这么一叫，都放下课本，好奇地望着他。黎初遥也不例外。

“什么伟大的计划呀？快点说呀。”

“韩子墨，你该不会是想组织我们去炸考场吧？”

台下的同学乱了起来，韩子墨好笑地看他们一眼：“我有这么幼稚吗？我告诉你们，我这个伟大的计划就是，让我们班的四十九个同学能在十年后将这座城市掌握在我们手里，二十年后，我们要成为这个国家的顶梁柱。”

“啊？”

"什么意思？"台下的同学你看我、我看你，完全不懂他在说什么。

"韩子墨，你刚才上课没睡醒吗？大白天的是想当市长还是想当国家主席啊？"林雨调侃道。

"去去去，你这个没文化的，我懒得和你说。"韩子墨不耐烦地对她摆摆手，继续解释着这个大计划，"同学们，你们说在未来的社会里什么最重要？"

韩子墨没等大家回答，就继续说道："没错，是人脉，在各个领域拥有自己的朋友，帮助自己的人脉。比如，你要是认识个医生就不用排队挂号，认识个警察就不会被坏人欺负，认识个老师就不怕自己的孩子没人教，认识个律师就不怕打官司等。我相信大家都懂我的意思。"

台下的同学都纷纷点头，这谁不懂呢？

"有人会说，我不认识这么多人啊。"韩子墨笑了，深深的酒窝陷在两颊，阳光又迷人，"没错，我们现在是不认识，所以，我们就从现在开始建立我们的人脉。我们自己，我们每一个人，都是班上同学们的人脉，而我们必须从现在起将触角伸入每一个领域。所以，我们要从现在，从考大学开始，就按才能分配每一个人应该去考的大学，应该去学的专业。毕业后谁都不许出去，全部回到这里，只要我们同心协力，打拼十年，就一定能将这座城市握在手中。

"同学们，人生就是一场游戏一场梦，让我们组团辗压过去吧！"他意气风发地站在讲台上，说着这个幼稚的大计划，若是仔细推敲，漏洞何止百出。可是在高考那个关口，每个学生能想到的只是考高分，考完高分后该干什么却一点也不知道，只能茫然地随着大军被动地走向独木桥。可这时，韩子墨的一声大喊，好像让人看见了独木桥对面的那道光明，未来的路瞬间变得清晰。只要努力那条路就不难走，那条路上有这么多会帮助自己的同伴。

就在那天，那个下午，韩子墨用自己充满魔力的语言，将大家都煽动起来，让教室里的所有学生都觉得，好像只要听他的安排，实施他的计划，就真的能掌握这座城市、这个国家，甚至掌握全世界。

离高考还有一个星期的时候，学校里的老师已经不再耳提面命地要求学生们学习学习再学习，而是希望他们能放松心情，多注意休息，适当地看点书就好。可同学们哪里休息得下来，他们现在已经不是为自己一个人而考，他们是一个整体，一个团队，他们的同学需要他，需要他考上这个学校、这个专业。这种互相被需要的能量一下被放大很多倍，高三（1）班的同学，从未如此团结过，在高中快要结束的最后几天，为了一个幼稚的计划，努力地冲刺着！

高考那两天黎初遥发挥得很稳定，对完答案后估了六百八十分。这个分数往年已经够上全国重点大学的数学系了，完成韩子墨给她分配的职位倒也没什么难的。只是，想着家里依然病得神志不清的母亲，她犹豫了很久，还是在志愿表上填了本地的T大。

望着桌上的志愿表，她烦躁地站起来，往身后的床上一躺，睁着眼睛望着天花板。她每次遇到烦事的时候总是喜欢躺在床上，什么也不去想，什么也不去干，任时间流逝，能逃避一会儿就逃避一会儿。

夜越来越深，上完夜班回来的黎爸走进家门，发现女儿房间的灯还亮着便走了过去。只见打小就很懂事的孩子已经睡着了，她的眉头紧紧地皱着，似乎心事重重。他走过去，有些心疼地理了理她的短发，又拿起床上的绒毯为她盖上，转身走到电风扇旁，将风力关小了一些。

他走到桌边想为她将台灯关上，却见一张满是格子的志愿表上，被人用铅笔涂了又擦，擦了又涂，纸张都有些皱了，最后志愿定格在T大上。

黎爸拿起志愿表转头望了望女儿，深深地皱起了眉头。他不知道，他那坚毅沉默的样子和女儿如出一辙。

第二天，黎初遥一起来就找不到自己的志愿表了，吓得直冒冷汗，因为老师说一人只有一张志愿表，丢失不补的。她急急忙忙给老师打电话，老师却好笑地叫她不要急，她的父亲一大清早就把她的志愿表送来了。

黎初遥愣了愣，轻声问道：“送去了？填的哪儿啊？”

“清华大学，数学系。”

黎初遥听老师说完，傻傻地挂了电话，坐在客厅里愣了半天。过了好一会儿父亲拎着菜篮子回来，黎初遥连忙走上前问："爸，你怎么把我的志愿改了呀？"

黎爸瞅她一眼，一副不爽的样子说："你还知道叫我爸啊，填志愿这么大的事也不和我商量，要不是韩子墨打电话给我，我还不知道呢。"

黎初遥急得跳脚："爸，你怎么能听他的呢？清华大学有什么好的呀？"

"人家韩子墨也没说错，清华大学的数学系是全国最好的，你分数够了为什么不去？你窝在我们这个小地方干什么？"黎爸叼着一根烟，从菜篮里拿出芹菜开始择菜。

"爸！"黎初遥皱着眉头，特别愁地望着他，"清华大学那么远，我去了妈妈怎么办？"

黎爸吸了口烟道："你一小孩子该读书的时候就读书，该玩的时候就玩，操那么多心干什么？"

黎初遥叫道："怎么可能不操心呢？她是我妈啊！"

黎爸抬手，将烟按灭，特别深沉地望着她说："你还是我们女儿呢，哪里有父母想拖累子女的。"

"我和你妈，只要能走能动，就不想拖累你。何况爸爸还好好的，怎么就让你这么惦记着这个家？"黎爸皱着眉继续说，"爸爸知道你懂事，也知道家里现在难。但是初遥啊，这些都和你没关系，这些事情爸爸扛着，等哪一天爸爸扛不动了，你再来扛。现在，你就好好地读你的书，该玩的时候就玩，在学校里遇见好男孩，想谈恋爱爸爸也不反对，爸妈不需要你操心。"

黎初遥低下头，面上还是带着一丝犹豫。

黎爸笑了笑，抬手慈爱地拍了拍黎初遥的头顶说："你放心，你妈是我老婆，我不会让她吃苦的。难道你不相信我吗？"

黎初遥咬着嘴唇，眼里闪着泪花，猛地上前一步，紧紧地抱着他使劲点头道："相信，我相信的。"

黎爸轻轻地拍着黎初遥的背，像是哄着小宝宝一样，温柔地说：“初遥最乖了，要开开心心的。你开心，爸妈就开心了。”

黎初遥蹭了蹭爸爸宽阔的胸膛，警察制服的质地有些硬，却挺直光滑，温暖清爽，还有淡淡的烟味。记得小时候，爸爸总是骑着二八自行车带着她和弟弟上学，每次她都会和弟弟争抢前面的位置。打小她就什么都让着弟弟，只是这个位置她不愿意让。她太喜欢坐在爸爸的怀里，闻着属于爸爸的味道，又温暖又安全。直到有一次，弟弟不小心从后座上摔下去，摔伤了手，她被老妈狠狠地收拾了一顿之后，才再也不敢和弟弟抢前面的位置了。

真奇怪，明明是很小的时候的事情，她却能记得这么清楚。她甚至能清晰地想起黎初晨微笑的侧脸、明净的眼神、可爱的酒窝、天真的表情，一切好像就发生在昨天，他们都还在，他们依然鲜活，依然健康。

一个星期后，黎初遥毫不意外地收到了清华大学的录取通知书。黎家人都高兴坏了，亲戚们都打电话来祝贺，黎爸沧桑刚毅的脸上终于露出了久违的笑容。他像从前一般夸奖地摸了摸女儿的头，念叨着：“我们家初遥最乖了，从来不要爸爸操心。我们家初遥真聪明。”

就连精神恍惚的黎妈也高兴得清醒了，嚷着让黎爸出去买些好菜，在家给黎初遥做顿好吃的。

黎爸高高兴兴地去买了，黎妈哼着小曲做了几道菜，一家人开开心心地吃了顿中饭。黎初遥见父母那么高兴的样子，心中那沉重压抑的感觉，也稍稍放松了一些。

愁云惨淡的黎家，终于微微转晴了。吃完饭后，黎爸出门上班，黎初遥自觉地将碗筷收拾到水槽，倒上洗洁精开始洗碗。身后黎妈拿着饭盒晃荡晃荡的忙得不亦乐乎。

黎初遥转身问：“妈，你干什么呢？”

黎妈没回头，一边将中午没吃完的菜放入饭盒里，一边说：“烧这么多好吃的，怎么能不给晨晨送点去，我可特地给他留下来了。这天气热得厉害，也不知道他有没有在床上铺席子。正好今天我身子骨有劲，我去看看他。”

“妈，弟弟在学校挺好的，你就别惦记了。”黎初遥赶紧擦了擦手上的水，走过去阻止黎妈道，“他这么大了会照顾自己的。”

“大什么大呀，还没满十四呢。”黎妈有些不高兴地望了她一眼，“闪开闪开，别挡着我。”

“妈……”黎初遥咬着嘴唇，特别难过地望着忙碌的母亲，瘦削的身形，斑白的发丝，憔悴的脸庞，她每个动作都很缓慢，像是透支着身体里剩余不多的力量一样。可即使这样，还是掩盖不住她双眼中对弟弟的疼爱。

“妈，弟弟今天要训练，可能没时间见你呢。”黎初遥阻拦着。

“没事，他训练他的，我就去他寝室给他收拾收拾，在操场旁边看看他就行。”黎妈自顾自地将排骨汤放在煤气灶上热好，放进保温壶里，又走回房间，在衣柜里挑了一件灰色的短袖衬衫和长裤，照了照镜子似乎觉得不满意，又换了一件湖蓝色的连衣裙。转过头见女儿正盯着她，便有些不好意思地说，“哎，每次去你们学校都怕给你们丢脸，不知道穿什么才好看呢。”

黎初遥抿了抿嘴角，使劲地压抑着鼻子里的酸意，浅笑着说：“妈妈穿什么都好看。”

黎妈对着镜子理了理头发，转身回到厨房，拎着准备好的保温壶要走。黎初遥一把拉住她，哀求道：“妈，你今天就别去了好不好？”

“你怎么搞的？老拦着我。”黎妈生气地甩开她的手，“你不想弟弟我还想儿子呢。”

“妈！妈！”黎初遥知道自己拦不住了，只得一个跨步挡在门口，“你真不用去，晨晨今天晚上就回来了。”

黎妈有些不相信地问：“真的？”

黎初遥连忙说：“是啊，他昨天不是打电话回来说了吗？”

“哦，对，你看我这脑子，现在还能记什么事啊。”黎妈拍了拍额头。

“妈，你身子不好，多休息休息，弟弟马上就回来了。”黎初遥将母亲扶回房间，让她躺下休息。可黎妈刚躺下又坐了起来，一脸不信任地望着黎初遥说，“不对，你这话都说过好多次了。上次你也说晨晨快回来了，结果我等了两天都没见着他呢，这次又想骗我？啊，我知道了，是不是晨晨在学校又惹是生非了，你帮他瞒着我不让我去？”

“妈，不是的。”

“肯定是。我可不上你的当，你这孩子就知道护着弟弟。”黎妈越说越觉得对，翻身从床上爬起来道，“不行，我今天必须得去看看。”

“妈，弟弟已经放假了，不在学校，真的马上就回来了。”

“哈，我就知道，放假不回家又跑出去疯。你去把他找回来，看我不扒了他的皮。”黎妈一副“被我猜中了”的表情说道，“快去，再帮他骗我我连你一块儿收拾。”

“我现在就去找他。”黎初遥答应道，解开身上的围裙拿了沙发上的背包就往外走。

黎妈在她身后喊着：“找不到弟弟你也别回来了。”

“知道了。”黎初遥说完就走出家门，站在门口，疲惫地靠在铁门上，缓缓地蹲下，仰头用力地闭上眼睛。想到中午那短暂的开心，就觉得像幻觉一样。

现在，清醒了，她又要回到现实生活里了。

要找个人来代替黎初晨，想也不用想，人选只有一个。

想到那个孩子，黎初遥就忍不住想起他那双眼睛。明明那样美丽纯净却带着那样浓厚的忧伤与期盼，当他望向自己的时候，总觉得沉重得无法负荷。

黎初遥捂着胸口，她也不知道为什么，心又开始揪得慌。她用力地吐了一口气，却怎么也无法纾解心里的抑郁和烦闷。

找就找吧，没什么大不了的。那个安静体贴的孩子，应该不会拒绝吧？

一想到要去找他，却发现认识这么多年了，自己连他家在哪儿都不知道，电话号码也不记得。

黎初遥给韩子墨打了电话，那家伙居然关机了。于是她又给林雨打电话，好不容易打听到地址，便找了过去。

她虽然从没去过韩子墨家，却也知道这孩子家里不差钱，但是没想到这么不差钱。他家的别墅光从外面看就有三四百平方米。最夸张的是人家的别墅是建在郊区，他家居然深藏在闹市，这里的地价多金贵啊！

黎初遥抬头望望四周高耸的写字楼和不远处的商业街，再看看这栋独门独院带着一些中式风格的别墅，怎么都觉得不协调。

她伸手在门铃上按了下，没一会儿，铁门上的小窗口就打开了，一个中年男子望着她问："什么事？"

"叔叔你好，我是韩子墨的同学，我来找他有些事。"黎初遥礼貌地说。

男子点点头，关上小窗口，将铁门打开，领着黎初遥进去了。

铁门内是个小院子，走了十几米才进屋子。刚到玄关，她就看见一个妆容精致的女人，长及腰间的鬈发被打理得一丝不乱，剪裁合体的白色紧身连衣裙将她的曲线完美地展示出来。她摇曳身姿，妩媚得像猫一般。那个女人迎面走来，手上拎着时尚的香包，看样子正要出门。

黎初遥呆呆地望着她，觉得她是一个将女人味发挥到极致的人。

"老张，这是谁啊？"女人瞅着黎初遥问。

"是韩子墨的同学。"老张如实回答。

"墨墨的同学啊，叫什么名字啊？"女人一听是韩子墨的同学，便热情起来，美丽的脸上洋溢着和蔼的笑容。

黎初遥张张嘴巴，想叫阿姨，可想想，她这么年轻，怎么看都不满三十，于是改口道："姐姐，你好，我是韩子墨的同学黎初遥，请问他在家吗？"

"姐姐？"女人捂着嘴娇笑了两声，满面笑容地说，"哎哟，我是韩子墨的妈妈啦。他还在睡懒觉呢，你跟我来。"

黎初遥跟在韩妈身后走着，韩妈爽朗地笑着，似乎还在为刚才黎初遥叫她姐姐而高兴。她回头望着黎初遥说："你就是黎初遥啊，墨墨经常在家说起你呢。”

“啊？”黎初遥有些吃惊，“不会吧？”

“就是。去年催着他爸爸给他找家教，说要好好学习，不能让你看不起，前几个月为了你的事还和他爸爸吵了一架呢。”

“为了我的事吵架？”黎初遥被说得更加摸不着头脑了，她有什么事值得韩家父子吵架呢？

韩妈捂着嘴娇笑道：“我老公啊，是个铁公鸡，除了我和儿子，其他人可不能用他的一分钱。上次墨墨回家让他爸爸借钱给你们家，他爸爸死抠门，不肯借，两个人就吵起来了。我还是第一次见到儿子发火呢，那狠话放得一句比一句绝啊，连离家出走都说了，气得他爸啊，直拿鞭子抽他。”

黎初遥愣住了，她没想到韩子墨借钱给他们家还要挨打。他一直表现得很轻松，就像他爸的钱他可以随便花随便用一样，却没想到，情况会是这样的。

韩子墨这家伙，到底在装什么好好先生啊？他什么都不说，要不是她看见他爸爸送钱来，她甚至连这件事都不知道。

“阿姨，钱我会还你们的，等我上了大学就开始打工，一定会还的。”黎初遥坚定地说。

“不用了，那点钱何必放在心上。我儿子从小就这样，讲义气、心肠好，像我！反正啊，我老公赚的钱，就是要拿来给我和儿子败的嘛。”韩妈笑眯眯地带着黎初遥上了二楼，推开一间卧室的门，笔直地走了进去，大声叫，“墨墨，你同学来找你。”

韩子墨像是没听见，依然趴在床上睡得香甜。原来这家伙手机关机，是因为还没起床啊。

韩妈扯着他的被子说：“你这孩子怎么叫不醒呢？快起来，有人找你。”

“谁啊？大清早的来干吗呀？”韩子墨不爽地翻了个身。

“还大清早呢？太阳都快下山了！”韩妈一把扯掉韩子墨的被子。

只见韩子墨光着身子，就穿着一条灰色小内裤躺在床上，毫无防备地揉着眼睛。那介于少年与男人之间的身体就躺在湖蓝色的床单上，纤瘦又结实，白皙又光洁。黎初遥本来心中还想着韩子墨装好人的事，可一看到这幅画面，脑子就不自觉地空白了。

韩子墨终于睁开眼睛，迷茫地望去，只见剪着一头利落短发的黎初遥站在门口，双手插兜，表情僵硬地望着他。

韩子墨一下就清醒了，猛地坐起来："黎初遥，你怎么来了？"

黎初遥被他一叫，脑子立刻清醒过来。她抓抓头发，有些不好意思地转过头去，双颊微微变红。韩子墨眨眨眼睛，忽然想到什么，猛地从地上抓起被韩妈扯掉的被子，严严实实地捂在身上，满面通红地吼道："黎初遥！你个臭流氓！快点给我出去！"

黎初遥红着脸，也没想到怎么反驳，只是低着头一声不吭地转身就往外冲。身后的韩子墨还未平静，极其郁闷地对着他妈妈吼："妈，你怎么回事？怎么能让女生随随便便进我房间呢？"

"哪里来的女生？刚才那个不是男生吗？"韩妈倒是一点也没发现黎初遥是女生。

"她哪里像男生了？她是女生好不好！你害我被她看光了啦！"韩子墨简直要哭了。

"你吼什么吼？哪里被看光了？你不是还穿着内裤吗？重要的地方还是掩盖住了啊。"韩妈依旧一副无所谓的样子。

"你……你根本不知道！"韩子墨用力地将全身裹得严严实实的，闷闷的声音从被子里传出来，"我重要的地方早就被她看过了！"

"什么？"韩妈也尖叫了起来。

站在门外的黎初遥听到这话，脸更加红了，她真的很想冲进房间解释解释，可一扭头就看见韩爸默默地路过这里，和她擦身而过的时候，还用特别诡异的眼神上下打量着她。

"叔叔好。"黎初遥尴尬地望着他笑笑，心里恨不得去把韩子墨的嘴巴用力堵住！

韩爸点点头，没说话，一脸严肃地挪动着肥胖的身子，从她面前走过。下楼梯的时候，还忍不住回头看她。

黎初遥不动声色地任他打量着。韩爸打量了一会儿，转头走下楼梯，嘀咕道：“原来这个就是黎初遥啊。臭小子看女生的眼光太差，连老子的一半都没继承到。”

黎初遥一头黑线地站在门口，腹诽道，这都什么跟什么啊！

她又在门口等了好半天，韩子墨才穿着可爱的机器猫睡衣，磨磨蹭蹭地从房间里面出来，一脸不爽地问她：“你来干吗？”

“我来找李洛书。”黎初遥说道。

“原来是来找他的啊。”韩子墨的表情更不爽了，连语气都变得怪腔怪调。

“嗯，他人呢？”黎初遥问。

“他住在后面的屋子里。”韩子墨一边说一边揉着眼睛往下走，到了客厅大叫一声，“刘嫂，去把李洛书叫来。还有，我饿了。”

一个四十多岁的妇人从一楼走出来，一脸笑容地说：“我就知道你一起来就会喊饿，中饭我都没收，全放在锅里温着呢，我给你端上来，马上就能吃了。”

“刘嫂最体贴了。多弄一点，帮我同学也做一份。”韩子墨指指黎初遥吩咐道。

“好的。”刘嫂干脆地答应道，转身就往厨房走。

“不用了，我吃过午饭了。”

“吃过就再陪我吃点嘛。”可能是刚睡醒的原因，韩子墨的声音里带着软软的尾音，像撒娇一样。黎初遥揉揉鼻子，不好意思再拒绝。

两人在装潢偏欧式的餐厅坐定，没一会儿刘妈用推车把饭菜推了上来。黎初遥瞪着眼睛看着，这家伙真够奢侈，就一个人吃饭还弄个十碗八碟的，连饮料都用漂亮的玻璃杯盛了四种。刘妈给韩子墨上完菜后，又给黎初遥上了一份一模一样的。黎初遥连连摆手：“我吃不完这么多，太浪费了。”

刘妈笑得依然和蔼：“吃不完没关系，剩下的给院里的小狗吃，不会浪费的。”

“哦。”黎初遥点头，有些不自在地坐在座位上。

韩子墨似乎饿极了，手里的刀叉筷子勺子交替使用着，一下没停。黎初遥撇了撇嘴，百无聊赖地拿着叉子叉了点蔬菜沙拉吃，又酸又甜的味道让她很不习惯。她抿着嘴，使劲把嘴里的东西吞下去，心想，一点也不好吃。

“你找李洛书干吗？”韩子墨好奇地问。

“当然是有事了。”

“什么事？”

黎初遥瞥他一眼：“你这人怎么这么八卦？什么事都要问。”

“什么叫八卦？我这是关心你，别人求还求不来呢。”韩子墨大声反驳。

“好好好，谢谢你的关心，我感到很荣幸，行了吧？”

“这还差不多。”韩子墨满意地点点头，“快说吧，什么事？”

黎初遥叹口气，无奈地说：“你还真是打破砂锅问到底啊。”

“那当然，我这个人最执着了。”

黎初遥放松身子，往椅背上靠了靠，说：“也没什么大事，我妈病了，把李洛书当成我弟弟，最近几天一直吵着要出去找他。所以我来找李洛书，想让他到我家里去一趟。”

“哎哟，那我劝你不要找他。”韩妈不知道什么时候站在了后面，穿着高跟鞋，踩着大理石地板，风情万种地走过来，往餐桌边的椅子上一坐，跷起腿来，双手放在膝盖上，一副悠然自得的模样望着黎初遥说，“你要是真想你妈妈早点好，就千万不能找他去。”

“为什么？”黎初遥问。

“哈，你不知道啊？怪不得。”韩妈甩着手，夸张地说，“我说你怎么敢来请他去你家呢。”

“阿姨，什么意思？”黎初遥皱眉问。

“那小子，刚出生的时候，一个算命的老道士就说他是天煞孤星，命中带克，克父克母，谁和他关系好，谁就会被克死。”

“哪里有这么夸张，是迷信吧。”

“迷信？哈哈，原先我们也是不信的。”韩妈翘起兰花指，稍稍拨弄了一下头发，斜着眼睛说，“这事一次是迷信，两次是迷信，三次还能是迷信吗？你不知道，那孩子刚出生就克死了自己的爸妈，我们家的人都不敢和他亲近，就怕被他克着了。结果他天天在外面游荡，交了一个好朋友，听说是形影不离，每天都去他好朋友家玩。你猜，结果怎么着？”

“妈！”韩子墨看了黎初遥一眼，小声打断自己的母亲，“你别说了！”

“有什么不能说的，这些是事实啊。”韩妈正说在兴头上，并没有注意到她面前的听众已经手脚冰凉，脸色苍白地紧盯着她。韩妈继续说，“他的朋友啊，就在今年，连人带自己家房子一起被大火烧掉了，烧得面目全非啊，真是死得可怜……”

“妈！”韩子墨用力地拍了一下餐桌，站起来，生气地瞪着韩妈。

韩妈被吓了一跳，拍着胸脯，仰头望着他说：“你干什么啊？想吓死妈妈啊。”

“妈，你别在黎初遥面前说这种话了！”韩子墨看了一眼已经血色全无、用力紧绷着自己的黎初遥，心里有些心疼，“李洛书的朋友就是她弟弟。”

“啊……”韩妈捂着嘴巴，一脸惊讶，眼里又是内疚又是同情地望着黎初遥说，“哎哟，真对不起，我真不知道那孩子就是你弟弟。唉，真是可怜啊。”

黎初遥低着头，没说话。

“既然这样，你就更不应该来找李洛书去你家了啊，小心他把你妈妈也克死。”韩妈说，“你啊，就应该和我们家人学学，离那个丧门星远远的。他要是敢黏过来，你就一口唾沫吐过去，叫他滚。”

“妈！”韩子墨的声音里带着无奈，想劝说什么，忽然语气一顿，有些尴尬地出声叫道，“李洛书……”

黎初遥回过头去，只见李洛书穿着淡蓝色的格子衬衫、白色的七分牛仔裤，干净得像是远离尘世的精灵一般。他单手扶着门，静默地望着他们，漂亮的脸上一丝表情也没有，像是早已习惯有人在他背后这样说他一般。

李洛书没有看任何人，只是望着黎初遥，用很轻很轻的声音问：“你找我？”

黎初遥也不知道为什么，不由自主地站起来，转身望着他，轻轻地点头：“嗯。”

她还想再说什么，却被韩妈尖锐的声音打断：“谁叫你进屋子的！我不是说过，你只能待在后院的小屋里，进出只能从花园走吗？”

韩妈拍着身上的衣服，指着门口叫道：“快给我滚出去。”

“妈妈！你干什么呀？”韩子墨也生气了，站起来阻止母亲尖锐的叫声。

“儿子，你干吗凶我啊？你知不知道，我每次见到他都要输钱啊！哎哟，今天真晦气！”

“妈！你够了哦！”

李洛书没理会韩家母子的争吵，依然望着黎初遥，眼神一如既往带着温和与期待。

韩妈拉了黎初遥的手臂一把，说：“孩子，我和你说真的，别看他长得像天使就想去拯救他，你要真把他找去你们家，肯定有你后悔的时候。想想你弟弟是怎么死的，你真的不怕吗？”

黎初遥望着她，皱起眉头。再次望向李洛书时，她有些不敢与他的眼睛对视。她移开眼神，微微低下头，余光看见李洛书的双脚，缓步向后，一步、两步，转身，然后是房门关上的声音。

韩妈得意地笑着：“这才对嘛，宁可信其有不可信其无。”

“真是听不下去了！”韩子墨气得摔了筷子，“只不过是少了条掌纹而已，至于吗？”

“至于！当然至于！”韩妈不服气地反驳，“自从那孩子住进我们家，我打牌就没赢过，每天都几十万几十万地往外输。要知道，他来之前，我可是逢赌必赢的。”

韩家母子还在争辩，却听见黎初遥忽然出声：“阿姨。”

“嗯？”韩妈转头。

黎初遥抬头，俊秀的脸上满是坚毅和固执，她望着韩妈说：“您不打牌不就不会输钱了？我家楼下的邻居要是早点关掉煤气灶，我弟弟就不会死了。虽然我不知道李洛书的父母是怎么死的，但是，事出一定有因，才会造成这样的果。这些错怎么能怪罪到李洛书一个人身上？只是因为一个算命人的一句话？这不公平，也不合理，更不科学。”

“你！”韩妈瞪着她，“你这是不相信我了？”

“不，并不是我不相信您，但是我们家并不是迷信的人，也不习惯把自己的过错怪罪到别人身上。所以，我还是会邀请李洛书到我家里去。”

“好好，你叫他去，叫他去，等你们家出事了你就知道自己现在的决定有多蠢了。”

“谢谢您的提点。如果没有别的事，我先走了。”黎初遥微微欠身，彬彬有礼道，“谢谢您的款待。”

说完，她转身顺着李洛书刚才出去的门往外走去。韩子墨站在身后看着她的背影，忍不住笑了起来，有些激动地说：“妈，你说她是不是特别正直啊？”

“正直有什么用？明明就是一个蠢货，以后要害死她一家子。”韩妈说。

“妈！你不要再说这种话了！初遥说得对，你为什么把所有的不幸都归结在李洛书身上呢？他明明什么都没做，在我们家连话都不敢说，还要人家怎么样啊？你总得给人家留条活路啊。”

“好了好了，我不和你说李洛书，一和你说他你就和我吵。”韩妈气呼呼地转身走了。

韩子墨心里特别不舒服，他有些担心黎初遥会因为妈妈对李洛书的态度而讨厌自己。

黎初遥走出别墅，刚打开房门，屋外刺眼的阳光和炙热的空气像热浪一样向她袭来。她眯了眯眼睛，向前走一步，反手关上房门。屋檐下的阴影处，那抹笔直的身影抓住了她的视线——她看见了垂着头站在那儿的李洛书。他缓缓抬头，望着她的时候，双眼通红，满满的都是感激，他似乎是听见了黎初遥刚才在屋里为他辩解的话。

一行泪水顺着他俊秀光洁的脸颊快速滑落，他慌忙垂下头去，不想让她看见自己这狼狈的样子。

只是，当她那么铿锵有力地说，那些不幸，都与他无关，他没有做错任何事的时候，他真的忍不住了。

黎初遥垂下双眼，望向他握在胸口的双手，抬步走了过去，拉起他的手，用力地将他的手指一根一根掰开，将他手心里的刀片拿出来。刀片锋利的刃已经割破他的手掌，鲜血顺着伤口流淌出来。黎初遥没有像第一次看见他自残那样震惊和慌张，经历这么多事的她已经变得处变不惊了。

她观察了伤口，并没有多深，应该还未割下去就中止了。她掏出口袋里的餐巾纸，压住他的伤口，皱着眉说："又做傻事了。"

李洛书抿着嘴唇，低着头，难过地说："初遥姐，你看，等手心的伤口结痂，留下疤痕之后，我就也有感情线了。那样我就不是断掌纹路，不是天煞孤星了对不对？"

"傻子，别人说你是天煞孤星你就是天煞孤星吗？你也太好欺负了吧。下次谁再这么说你，你直接就把口水吐在他脸上，看谁还敢说。"黎初遥看他那可怜的样子，忍不住抬手揉揉他的脑袋，连教训他的语气都带了一点点温柔的味道。

李洛书微微睁大眼，他没想到黎初遥会这样教他这种幼稚的反抗手段。可是一想那些骂他的人被一脸口水恶心得尖叫的样子，就觉得好笑。

李洛书忍不住笑出来，脸上的泪痕还没干，可他就是这样被逗乐了。

黎初遥也笑了笑，然后像从前一样，很随意地邀请他："要不要去我家？"

李洛书抿抿嘴，用力地点点头。

下午四点，太阳正是炽烈的时候，马路上车辆少了很多，人行道上的行人更是寥寥无几，连街道两边的大树都被太阳烤得垂下了枝条。两人一前一后地走着，穿过一个又一个招牌下的阴影。

走在后面的少年忽然停住，用漂亮又明亮的双眼，期盼地望着前面的人的背影说："初遥姐，我以后叫黎初晨好不好？"

前面的人身子一僵，也停下了脚步，过了好一会儿，才又迈开脚步往前走，炎热的空气中传来她的回答："随便，你高兴就好。"

后面的少年像是得到宝物一般，开心地跳起来，欢快地跑上前去，和前面的人走在一排。

一路上，他一直用那样高兴又热切的眼神望着她，像是走失已久的孩子，终于找到亲人的眼神。

"妈，初晨回来了！"推开家门，黎初遥向屋里叫着。

黎妈连忙从房里出来，憔悴的脸庞在看见李洛书之后瞬间被注入了活力，她开心地将日思夜盼的"儿子"拥入怀中。

黎初遥望着相拥的两人，垂下眼，轻轻地想，从今天开始她将有一个新弟弟了。这个弟弟比原来的弟弟还要漂亮，还要体贴，还要……黏人。

第九章

CHUCHEN
SHIWOGUYIWANGJINI

/ 初晨 /
独自生活真的好辛苦

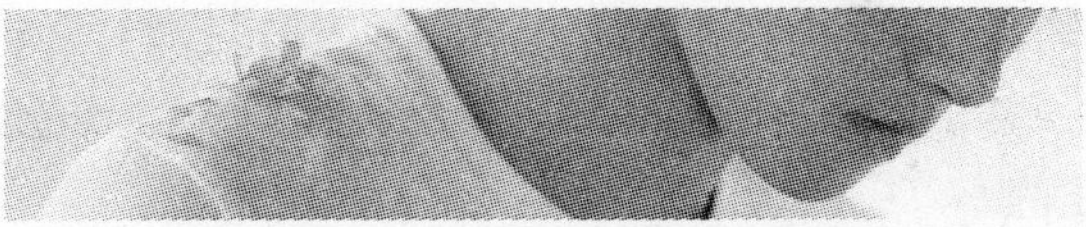

那年的高三毕业生，也不知怎么的，流行起了谢师宴。考中大学的学生一个个排着队请班上的老师吃饭，再叫上亲戚好友摆上几桌，倒也热闹气派。黎初遥在班上的人缘一般，只参加了几个同学的谢师宴，其中属韩子墨的最气派。

韩妈是个很讲究气派的女人，在市里最好的五星酒店摆上了几十桌，邀请众亲友前来捧场，拉着韩子墨站在酒店门口迎宾。韩妈一脸春风得意地站在一边，听着来客羡慕地高呼："韩太太真是好福气啊，儿子生得又聪明又帅气……"

韩妈从头到尾嘴巴都没合上，占尽春风。

黎初遥和林雨绕过人群，走到韩子墨身后戳了戳他的后背。韩子墨转过身来，一脸笑容地望着她俩："你们来了，快进去坐啊，我给你们留了好位置。"

韩子墨今天穿了一身笔挺的黑西装，头发梳得一丝不乱，一改平日运动男孩的风格，身姿挺拔地站在那儿，看上去既成熟又稳重，仪表堂堂，英气逼人。

黎初遥忍不住调侃道："你怎么打扮得和新郎官似的。"

韩子墨闻言不由得面颊一红，瞪着她嚷："我做新郎官，你来做新娘子啊？"

"就你？"黎初遥将他上上下下打量一番，道，"不好意思，我才不要小腊肠。"

"你！"韩子墨一下就被戳中死穴，也不管自己穿了什么样的衣服，原形毕露地伸出双手就要掐黎初遥的脖子，黎初遥几个大步就跑到一边。韩子墨还要迎宾，不能跑去抓她，只能鼓着俊脸，哀怨地瞪着她。不时有老太太、中年妇女走到他身边，摸摸他的脸，塞给他一个红包，好声好气地说："娃啊，怎么气呼呼的，来，笑一个。"

"子墨，快点笑，怎么这么没礼貌呢。"韩妈训斥道。

韩子墨扯了扯嘴角，勉强笑了一下。

“哈哈，我以为他来当新郎官，原来是来卖笑的啊。”林雨捂着嘴巴嘲笑道，“你看他那样，真有趣。”

黎初遥也笑了，忽然想到一个问题：“他考上什么学校了啊？弄这么大的阵仗。”

“你不知道啊？他考上的是清大，和你一个学校。”

黎初遥静默了一会儿，叹气道：“清大都堕落成这样了，连他都能考上。”

“亲爱的，你的嘴巴越来越恶毒了。”林雨中肯地评价。

“谢谢表扬。”黎初遥淡定接受。

两人相视一笑，携手走进宴会厅，胡吃海喝去了。

三个月的暑假说长不长，说短不短，一晃就过去了。开学前一天，黎初遥拖着一个大行李箱，背着一个大包，送她去火车站的李洛书还帮她拎着两个大包。火车站的人很多，候车的位置早就被人坐满了，黎初遥和李洛书只能站在那儿等。

“初遥姐，你带这么多东西，一会儿下车怎么拿得动啊？”李洛书有些担心地说。

“没事的，我拿得动。”黎初遥可不是什么弱质女流之辈，这几个包还真不放在眼里。

黎初遥转头望了眼李洛书，他现在已经住进她家了，每天陪在妈妈身边，会陪她去散步，会给她端茶，还会向她撒娇，每天“妈妈、妈妈”地叫着，就像真的黎初晨一样。

有时候就连黎初遥都有些恍惚，她觉得李洛书越来越像黎初晨了，不仅说话的语气、动作，连笑起来都很努力地眯着双眼，想笑得和黎初晨一样灿烂美好。

此刻，他又这样笑了。

黎初遥皱着眉头问：“你在干吗？”

他却站得笔直，双手背在身后，微微歪着头，眯着眼睛笑：“什么？”

是的，初晨总是喜欢用这个姿势、这个语气说话。黎初遥转过脸：“为什么这样笑？很奇怪啊。”

他原来的笑容就像寒冬里的路灯，在黑暗里，偷偷地照亮着一点点地方，散发着一丝丝温度。可是现在，这种笑容，好假，好勉强。

李洛书身子一僵，背在身后的双手缓缓放下，高高抬起的头垂了下来：“黎初晨就是这样笑的啊。”

他只是想变成黎初晨啊……

黎初遥望着他，没说话。火车站的广播里播放着火车的班次，黎初遥乘坐的火车就要到了。她拿过李洛书手中的两个大包，一个背在前面，一个背在后面，一边试重量一边随意地说：“好难看，一点也不适合你。”

李洛书低着头，应了一声：“哦。”

黎初遥试完了重量，觉得走起来并不怎么吃力，伸手拖起行李箱，准备走了。看着垂头丧气的李洛书，她又忍不住上前一步，揉揉他的头发：“你原来的笑容就很好看，不要把它藏起来。”

说完她收回手，转身道：“好啦，我要走了。在家要好好照顾妈妈哦。”

李洛书依然低着头，睁大眼睛，不敢相信黎初遥会这样说。她说……他的笑容很好看？

他猛地抬起头来，这时，黎初遥已经走远，快要淹没在人群中。李洛书忽然很想叫住她，真的很想叫住她！

想跟她说……

“初遥姐！”他听见自己这样大声地叫她，这是第一次，这样大声地叫她，用尽全身力气，将这个刻在胸口的名字用力叫出来。

黎初遥回过头来，只见李洛书站在那儿，纤瘦的身形不时被人群挡住，断断续续地露出他那张俊俏的脸。

他望着她，双手合在嘴边，大声地朝她喊：“我也喜欢初遥姐！我也喜欢初遥姐的笑容！”

黎初遥挑挑眉毛，虽然没太听清楚他的话，但是看口型似乎知道他在说什么。她扬起嘴角，笑着对他挥挥手。

李洛书站在那儿，紧紧地望着她，直到过了好久，才回过神来。

他垂下眼，不知道为什么，心情好低落啊，就连九月的艳阳天看上去都阴沉沉的。

黎初遥从火车上下来的时候，正是凌晨四点，她在火车站等了四个小时才等到学校来接新生的大巴车。到了学校门口，找到数学系所在的迎新处，跟着接新生的师兄提着大包小包去了女生寝室。师兄人很好，帮她拎了两个大包上四楼，黎初遥自己拎着一个大箱子上去。进寝室放了东西后，她又跟着师兄去办了入学手续，才真正算是尘埃落定。

和师兄道了谢后，自己顺着学校的小路往女生寝室走。清大的校园环境非常好，到处种满了枫树。黎初遥想，等枫叶红的时候，这里一定很美。清大的女生寝室是六人间的老式寝室，一边是上下铺，一边是桌椅柜子。厕所在外面，三四个寝室合用一个公用厕所，条件并不是很好。

寝室里已经站了三个人，一个是新生，剪着齐刘海，扎着马尾辫，有点小胖，却胖得不难看。另外两个应该是送她来上学的父母，她爸妈正爬上爬下地为她擦桌子、挂蚊帐、铺床、整理带来的东西，忙得满头大汗。女孩尴尬地站在那儿，刚想帮点忙就被父母制止。她的母亲叫女儿赶快把今天穿的衣服脱下来，换上干净的，她好把脏衣服洗了，这样女儿今天就不用洗衣服了。女孩嚷嚷道："不用了，人多不好脱。"母亲只能作罢。

黎初遥抿抿嘴唇，微笑着走进去，自己打开行李箱，拿出从家里带来的抹布，用从学校领的盆接了凉水，开始擦自己的床和柜子。女孩的母亲问："你怎么自己来啊？你爸妈没来送你啊？"

黎初遥笑着回答："我妈妈身体不好，坐不了火车。我爸爸上班太忙了，没空来。"

那母亲特别慈祥地说："我来帮你擦，你擦不干净。"

"阿姨，没事，我弄得好，谢谢了。"黎初遥客气地拒绝。

"没事没事，我帮你弄啊，我一下就弄好啦。"那母亲不由分说地连着黎初遥的桌子柜子也一起打扫起来。黎初遥尴尬地站在后面，直说不用了。而那母亲就像是母爱泛滥了一样，手脚麻利地收拾着。

那女孩上来拉了拉黎初遥：“没事，你让我妈帮你弄好了。你饭卡办了没？”

黎初遥答道：“没办。”

“走，我们一起去办饭卡。”女孩拉着黎初遥跑出寝室，欢快地说，“我叫柳依依，你呢？”

“黎初遥。”

“你老家哪里的？”

“杭州。你呢？”

“青岛。”柳依依有些胖的脸颊，笑起来异常憨厚可爱。她挽着黎初遥的手臂说，“以后你有机会可以去玩啊，很漂亮的。啊！对了，我带了一个iPad，下了好几部恐怖片。你喜欢看恐怖片吗？等会儿一起看呀。”

“好呀。”黎初遥很快就被柳依依的热情打动，也表示出自己的友好。

等其他新生到寝室时，她们两人已经好得勾肩搭背了。女生的友谊，有时候就是这么简单，先来先得。

第一学期课程排得并不紧张，老师对学生更是不闻不问。很多学生在试过逃课没有任何惩罚后，逃课的人数和次数渐渐增加。柳依依这家伙似乎对钱非常看中，刚开学就开始到处打工，哪里有钱就往哪里钻，有时候还带着黎初遥一起去。

黎初遥自然也很缺钱。母亲生病每天都要吃药，家里住的房子也需要交房租，还有自己的学费，父亲一个人的工资根本不够用。两人这边发发传单，那边卖卖酸奶，倒也没多少钱，还累得够戗。

柳依依听说摆地摊很赚钱，一个月一两千随便赚赚，便和黎初遥提议一起出去摆地摊。

黎初遥心动了，将父亲给的生活费全部拿出来和柳依依一起跑到服装城，进了一大包饰品、手机链等小东西，开始在天桥上面摆摊。可是生意并不像她们想象中的那么好，有时候蹲一个晚上什么都卖不出去。

柳依依耐性不足，不到两个星期便厌烦了摆地摊，把货全部扔给黎初遥，自己又跑去超市卖酸奶了。

黎初遥虽然在学习上顶尖，可是在卖东西上是完全没辙，因为生活费全部套进了货里，弄得她连吃饭的钱都不够。

清大的食堂还挺不错，什么吃的都有，就是价格贵。一到吃饭的时候黎初遥就发愁，因为要找到一块钱的菜还真有点困难。黎初遥捧着饭盒在窗口转了一圈，打了一份一块钱的水煮大白菜，问食堂阿姨多要了点菜汤，打算一会儿连汤带饭一起泡着吃了，心想着赶快吃完好继续出去摆地摊，那么多货卖不掉也真是愁人。

黎初遥就近找了个位置，刚准备吃的时候，忽然听见有人大声叫她，她转头看去，就见韩子墨抱着课本，拨开人群跑到她面前，张嘴就控诉道："你这个没良心的！居然不等我自己到学校报到！我不是和你说了，叫你坐我家车一起来吗？你就这么喜欢坐火车啊？"

黎初遥解释道："你不是跟你爸妈一起来吗？我坐你家车感觉不自在。"

"那你到学校以后也不联系我！开学都快两个月了，你一个电话都没给我打过。你这人怎么这样啊！白眼狼！"

黎初遥打断他的抱怨："我怎么白眼狼了？我没事干吗联系你啊？"

韩子墨见她比自己还大声，气得牙痒痒："你这家伙，真是无情！我不管，你今天算是给我抓住了，走，陪我吃饭去。"

黎初遥被强拉着，晃晃手里的饭盒说："我已经打过菜了。"

韩子墨一把抢过她的饭盒，掀开后露出一脸嫌弃的表情："怪不得你面黄肌瘦，吃的都是什么。走啦！"

黎初遥拗不过韩子墨，只能跟着他走。韩子墨拽着她到学校门口的一个小饭店，找了个包厢坐下，一连点了好几个菜。他还像以前一样奢侈，一个人吃饭也弄个十菜一汤。

"你不是在数学系吗？我怎么找了一个月也没找着你啊？"韩子墨趁着菜还没上的空当问。

黎初遥说："我哪里知道，我天天都在教室上课。"

"不可能啊，你们教室我都去过好几次了，怎么都没见过你？"

"我哪里知道，你人品不好呗。"黎初遥瞥他一眼，可没好意思说她经常逃课跟着柳依依出去打工。

服务员陆续把韩子墨点的菜端了上来，韩子墨热情地招呼黎初遥吃。黎初遥看了一眼桌上的菜，默默地打开饭盒，吃着自己在学校食堂打的饭菜。

"哎，你怎么还吃这个啊？"韩子墨有些恼火，"看不起我是不是？"

"不吃怎么办？倒掉吗？"黎初遥说，"我可不像你，有钱人，专门浪费粮食。"

"你这家伙真是……"韩子墨唰的一下站起来，凑过去抢过黎初遥的饭盒，放在自己面前，就着饭盒里的勺子嗷呜嗷呜地吃起来，几大口就吃了大半。

黎初遥瞪大眼睛问："你干吗呀？"

韩子墨塞了一嘴的食物，指着饭桌上的菜说："我吃了你的饭，你得吃掉我的，你可不能浪费食物。"

"你还给我！"黎初遥上前去抢。

韩子墨嘴巴大张，迅速地拨动着勺子，把饭盒里的饭菜全部扫进嘴巴里，鼓着嘴，敲得空空的饭盒当当地响。

黎初遥被逗笑了，嗤笑道："噎死你。"

韩子墨嚼了半天才把嘴巴里的东西都吃完："喂，轮到你吃我的饭了。"

"真是的，点这么多，我哪里吃得掉。"黎初遥只能在他殷切的眼神下，拿起筷子，勉强地享用韩大少爷的大餐。

韩子墨单手托着下巴，微笑地看她吃："让你吃就吃，这么多废话。"

吃过饭，韩子墨揉着肚子说不舒服。黎初遥问他怎么了，韩子墨皱着眉头说："你那饭盒里的饭都快冷了，吃着能舒服吗？"

"谁叫你要抢我饭吃的！"

“哎哟，不行，肚子疼！快走快走。”韩子墨催促着黎初遥，掉头就跑。

“干什么呀？”

“回家上厕所！”

“男生寝室在那边！”

“哎呀，你跟我走吧。”韩子墨一把拉过黎初遥，往饭馆后面的一个巷子里跑去，没跑几步就到了一幢老公寓楼前，一溜烟就上去了。

黎初遥跟在后面走着，走到三楼看见门开着，便走了进去。一进门便是客厅，里面装修得挺简单的，只铺了地板。客厅的家具看上去都是崭新的，墙上的液晶电视干净得一点灰尘也没有，香槟色的真皮沙发上横七竖八地散落着几件外套，茶几上堆着一大摞崭新的大一教科书。客厅的两边连着三个房间，黎初遥伸头看了一眼，三个房间里也只简单地放了几件家具，也是全新的，一个房间里摆满了男生的衣物，黎初遥猜想，那应该是韩子墨的房间。

厕所传出一阵动静，黎初遥回过头去，只见韩子墨从里面出来，见着她就开始抱怨：“黎初遥，我算是发现了，我见到你就没好事。”

“那你还找我干什么？”黎初遥顶了回去。

韩子墨一怔，半天说不出话来，最后嘟囔道：“我不是在这里人生地不熟嘛，只认识你一个人，不找你找谁？”

“谁让你没事要和我考一个学校，降低我的档次。”黎初遥转身走到那看着就很软乎的真皮沙发上坐下，顺手拿了一个抱枕抱在怀里，晃悠着双腿笑眯眯地望着他。

“你！你会说人话吗？你不气死我就不高兴，是吧？”韩子墨气得抓狂，走过去扯开她怀里的抱枕，“不许抱，这是我的。”

“小气。”黎初遥瞥他一眼，拍拍手，瞅着四周问，“你一个人住在这儿啊？”

韩子墨点头：“是啊，我们寝室六人住一间，其中有三个男生天天晚上不洗脚，臭都臭死了，怎么住啊！只能让我爸给我在学校边上买套房子啊。”

黎初遥翻了个白眼，这家伙，说起买房子就和买白菜一样简单。要知道她家自从被烧掉之后，都快两年了还在租房子住，看他那理所当然的样子，好想抽他！

“干吗？你那是什么眼神？”韩子墨问，还不等黎初遥回答就恍然大悟地说，“哦，你羡慕啊！”

黎初遥哼了一声：“我才不羡慕。”

“羡慕就直说啊，我们关系这么好，我可以让你一起来住啊，反正我这里房间多。”韩子墨说着说着就来劲了，真觉得让黎初遥也住进来是个好主意。他拉起她的衣袖，将她拉到一个房间门口，推开门说，“你看这间怎么样？蛮大的，还带阳台，阳光也好，这间让给你住啊。”

黎初遥看了看，房间里配备着一张大床和桌椅书柜，粉白的墙壁，柔美的窗帘里还藏着一个飘窗，没事的时候坐在飘窗上晒晒太阳、看看书，应该很惬意吧。

“怎么样，不错吧？”韩子墨卖力地推荐着。

“是不错。”黎初遥点点头，“不过，我可不想和男人同居。”

韩子墨愣住，俊脸唰地红了起来，连连摇头否认：“不是不是，我不是这个意思，什么同居啊！我的意思是合住啦！我一个人住这里很无聊，你能住过来我们可以做个伴。再说，你住六人一间的女生寝室也很难过啊，一到十一点就断电了，会很无聊啊。我这里又有电视又有电脑……”

黎初遥看他那慌忙解释的样子，忍不住笑了：“好了好了，你激动什么啊，和你开玩笑的啦。你这里蛮好的，不过咱俩住一起总是不太方便，还是算了。”

“哦。”韩子墨像泄了气的皮球，蔫蔫地应了声。

黎初遥抬手看看手上的手表，已经快七点半了，再不出去摆摊，好位置就要被人占光了。她走回客厅拿起书包说：“我还有事，先走了。”

“都这么晚了，你还有什么事啊？”韩子墨跟在后面问。

“我去摆地摊。”黎初遥倒也没回避，如实回答。

“这么冷的天出去摆什么地摊啊，能赚几个钱？”韩子墨跟在黎初遥身后出了门。

黎初遥像是被踩着尾巴的猫一样跳起来，指着他的鼻子说：“几个钱也是钱好不好，你以为几个钱好赚吗？你一天到晚花那么多钱，有一分是自己赚的吗？你知道赚钱多难吗？几个钱，说得这么容易，你赚给我看看啊。”

“你这么生气干吗呀？”韩子墨被她这么一凶，有点莫名其妙，“我不就随口说说，赚就赚啊，我赚给你看，不就摆地摊嘛，有什么难的。”

“说得容易，你去摆试试，我看你能赚到几个钱！”黎初遥接口。

“去就去，能有多难。”韩子墨不经激，挺身道，“我好歹也是学国际贸易的，摆摊简直是大材小用。”

“你别后悔。”黎初遥好心地提醒一句。可韩子墨不听，非拉着她去寝室取货，然后去商贸城卖。韩子墨一出校门就想打车，被黎初遥敲了一下头，“还没赚钱就想花钱！你知不知道打车过去最少要三十块，给我坐公交车！”

“啊，公交车？”韩少爷苦着脸，一脸不情愿。

“不坐你就回去。”黎初遥淡淡地丢下一句话就上了公交车。韩子墨犹豫了一秒，也上了公交车。刚上去他就后悔了，车厢里满满的都是人，因为是空调车，窗户紧闭，热得让人想脱外套却伸不开手。韩子墨因为比黎初遥晚上车几秒，所以落在她后面。其实也没差多远，只有几步的距离，可就这几步的距离，让他怎么挤也挤不过去。

他只得放弃地站在原地。前后左右的人都贴着他站着，和这么多陌生人近距离地站着，让他全身都不舒服。公交车一个大转弯，韩子墨的身子不能自已地往右边倒去。他使劲控制自己，不让自己压在别的乘客身上。可身后的乘客毫不客气地压在他身上。韩大少一脸痛苦地皱着眉，他觉得自己都快被挤成纸片了！

黎初遥虽然也被挤得够戗，可看见韩子墨那张拧在一起的脸，就忍不住偷笑起来。

过了半个小时，车子总算到了目的地。韩子墨几乎是被人流挤下车的，脚落地半天都找不着北，晕晕乎乎地被黎初遥拽着走。

两人到了天桥上，把货物摊开，并排蹲靠在桥栏上。韩子墨冷得直往手上哈气："黎初遥，你说我们面前要是没这摊东西，再放个碗是不是还蛮像要饭的？"

"要饭？就你这样要饭是要不到钱的。"黎初遥转头，上下打量了一番韩子墨说，"卖身的话倒还值几个钱。"

韩子墨听她这么说，一张方才还冻得快变成冰块的脸转眼就像洒了春雨，瞬间获得新生。他笑着朝她身边靠："卖身？卖身好啊，就卖给你。"

"走开走开，你别挤着我，我可没钱。"黎初遥挑眉，把他往旁边一推。

"挤挤暖和，我快冻死了。"韩子墨不管黎初遥怎么推他，就是往她身边挤，像是要把刚才在公交车上被挤的份都在她身上讨回来一样。

黎初遥拿他没办法，只能任他挤着自己。

"买不买人家嘛，人家好便宜的，十块钱还包邮哦，亲。"韩子墨靠在黎初遥身上，努力地装出一副卖身的样子。

"买，当然买。"黎初遥被他逗笑了，忽然抬起手抚上韩子墨的眼睛。

韩子墨愣住，她的手指冰冰凉凉的，让韩子墨连呼吸都停住了。其实他早就知道，自己喜欢这个女孩，却没想到，只是这样微微靠近，就能让他的心跳得像闪烁的霓虹灯。这一瞬间，连天桥上冷冽的寒风都伤不到他分毫，因为他的血液是沸腾的，他的心是火热的。

"不知道从这么漂亮的眼睛里割出的眼角膜是不是能卖贵一点。"黎初遥的手慢慢向下，按在他的胸口，有些惋惜地说，"这年头肾不值钱，听说只够换一个手机，不过心脏的话应该贵一点吧。"

韩子墨火热的心，瞬间又被寒风冻住，半天都回不过神来。

黎初遥见他不说话，有些不好意思地说："生气了？我开玩笑的啦。"

韩子墨扭头不理她，连身子都往一边靠，不和她挤在一起了。黎初遥凑过去，主动贴着他，说："哎哟，我们韩少爷长这么帅，我怎么舍得把你拆开来卖呢？肯定是整着卖更值钱嘛！"

韩子墨唰一下站起来，哇哇叫着扑上去掐她："你这家伙，太坏了！你就这么对我？"

黎初遥扭着身子往后退，笑道："好啦，不卖了，我自己收着好好疼，行了吧？"

"谁要你疼啊！"韩少爷暴怒了，气恼地蹲回原处，戴上军绿色的棉衣帽子，一句话不说地盯着路人。寒风吹动他帽子上的茸毛，被冻得通红的脸不断地往衣服里缩，恨不得整个头都缩进镶着毛边的帽子里。

黎初遥叹了一口气，从背包里拿出一个东西递给他："给你。"

"什么？"韩子墨特别委屈地转过头去，只见一个粉红色的保温杯递在他眼前。黎初遥说："喝点热水，暖和暖和吧。"

韩子墨哼了一声，扭过头说："我不要喝白开水，我要喝奶茶。"

黎初遥缩回手："不要算了，你冻着吧。"

韩子墨见她真要放回包里，连忙上前抢过杯子，默默地打开杯盖，按了下杯口的按钮，将里面冒着热气的水倒在杯盖里，一口喝下去，身子瞬间就像是注入暖流一般。他眯着眼睛说："啊，复活了，复活了，好暖和。"

黎初遥看他那夸张的样子，好笑地摇头道："算了，你还是回去吧，别在这儿受罪了。"

韩子墨喝了热水后心情好了起来，又变得活跃起来："我才不走，让你看看我的实力。"

"好啊，快给我看看你的实力吧，我也期望奇迹发生啊。"黎初遥忍不住翻白眼，她真的很想把这些货全部卖掉啊！

韩子墨说："你等我一下。"

说完，他便跑了出去。黎初遥好奇地看着他的背影，只见他在天桥上的各个小摊边驻足了一会儿。然后跑回来，将黎初遥的货物打包一收，拉着她起来："走吧。"

"干吗？"

韩子墨笑道："今天晚上收工，明天再来。"

黎初遥叫道："可是我还什么都没卖出去。"

"这样卖你是永远卖不出去的，走啦。"韩子墨一脸神秘地说，"我有办法。"

"什么办法？"

"你别管，你先拿着这些东西去我家，我去买点东西，一会儿回来找你。"韩子墨将家里的钥匙丢给黎初遥后，转身跑了。

黎初遥不知道他搞什么鬼，只能听他的话去他家里等着。她看了半个小时电视后，就听见韩子墨在门外敲门。跑过去打开门一看，那家伙拎着大包小包跑回来，刚进门就把东西往地下一丢，大喘气道："累死了，你快看看我买了什么。"

韩子墨笑得一脸神秘。黎初遥蹲下身，打开一看，里面装着各种包装纸和亮片、水晶、绢花等装饰物。黎初遥疑惑地问："你买这些干吗？"

"哎，这都不懂还想做生意。"韩子墨摇头道，"我刚才把天桥地摊都看了一遍，发现你们卖的玩意差不多，基本都是手机链啊，破袜子破围巾破帽子什么的，而且连款式都差不多，这样你怎么能有竞争力呢？

"做生意嘛，一定要做到人无我有，人有我优。"韩子墨一脸做生意我最拿手的样子说，"所以我们现在，就开始把我们的货包装成独一无二的货吧！"

"就靠这些？"黎初遥有些不相信地指着地上的那些装饰物。

韩子墨点头，激动地把东西都拖到客厅，然后将黎初遥的货全部倒出来，开始给女士棉袜加两个毛毛球，给单调的毛线帽串几个铆钉或亮片，给丝巾缝上白色的绢花。他随意地发挥着，任何普通的地摊货从他手里过一遍之后，瞬间就变得又独特又好看。黎初遥都愣住了，韩子墨推她两下："别偷懒啊，我弄好的你用塑料包装袋包装一下，一定要挂一点韩文日文的吊牌上去哦。"

黎初遥点点头，将他弄好的东西都小心折好，再在原来的吊牌上贴上可爱的图案，然后放进透明的包装袋里，一个个地堆放整齐。

两人一个缝，一个装，时间一点点流逝。等他们弄完大半的时候，韩子墨伸伸懒腰说：“好累啊，不弄了。”

黎初遥指着剩下的一点货物说：“就剩一点点了，弄完吧。”

“不用，这些就这么卖。”韩子墨看看时间已经快十一点了，“我说怎么这么困，都这么晚了啊，睡觉睡觉。你晚上也别走了，就在这儿住吧。”

“不了，女生寝室还没关门呢，我还是回去吧。”黎初遥一边说一边开始收拾东西。

“你干吗非要回去呢？你回去我还得送你，还得再走回来。”韩子墨说，“你就在我这儿住吧。”

“你不用送我啊，我自己回去就是了。”黎初遥将东西一点点地整理好放进大帆布包里，“你早点睡吧，我走了。”

“喂，你这人怎么这样！”韩子墨跟在后面叫，“好啦，我送你啦，送你。”

“真的不用送了。”

“你是女生，我怎么可能放心你走夜路？”

“有什么关系，我都习惯了。”

两人一边斗嘴一边出了楼道。将近凌晨的夜晚更是冷，黎初遥一出来就冻得打了个寒战，韩子墨立刻说：“你看吧，冷吧，所以说住我那里多好。”

“你干吗这么想我住你家啊？”黎初遥在寒风中抖着声音问。

“我一个人住很无聊啊。”韩子墨的声音有些委屈，殷切地望着她，“你是我在学校唯一的朋友啊，陪我一下有什么关系。”

黎初遥转头，望着他有些落寞的脸说：“你不要装得这么可怜啦。”

“我本来就很可怜嘛。”

“好啦，下次去住好了吧？”对于韩子墨，黎初遥还真有些硬不下心来。

“真的吗？”韩子墨的俊脸瞬间亮起来，好像刚才的落寞都是假的，“你说的，一定要去哦！”

"是啦。"黎初遥不耐烦地答应。

昏暗的灯光下，一高一矮的两个身影并排走着。没一会儿，高个子的人将矮个子身上的大包裹抢了过来，背在自己身上。两个身影慢慢远去，寒风中偶尔能听见两句细碎的拌嘴声，清脆而欢快。

黎初遥扛着一大包东西回到寝室的时候，已经十一点多了。室友们大多已经上床休息了，只有柳依依还坐在桌前埋头抄着什么作业。她见黎初遥推门进来，抬头招呼道："回来啦？今天收获如何？"

黎初遥摇摇头："啥也没卖出去。"

"干脆半价甩出去算了，看着这包东西都烦，坑死我了。"柳依依也有些愁了。

"半价甩估计都没人要。"黎初遥将东西放下，打开包包，想从里面摸出自己的保温杯喝口水，却发现怎么也找不到，"杯子呢？"

"黎初遥，你弟弟打了好几个电话找你。"柳依依说，"我一晚上坐在这里光给你接电话了。"

"哦。"黎初遥站起身来，拿起书桌上的马克杯重新倒了杯水，捧在手上，低头吹着热气。

柳依依问："你不给他回一个过去？"

黎初遥摇头道："不了，太晚了，家里人估计都睡了。"

柳依依有些羡慕地说："你弟弟真好，每天晚上都给你打电话。我那弟弟，我打电话回家叫他接他都不接。"

黎初遥笑笑，没搭话。她休息了一会儿，起身脱下外套，拿起洗漱用品去外面公用的水池洗漱。刚洗到一半，就听见柳依依在寝室叫她："黎初遥，你的电话！"

黎初遥擦干手，转身回到寝室。寝室里已经熄灯了，黑漆漆的一片，她就着走道上的灯光走到阳台窗边的电话旁，接起电话："喂？"

"喂？"电话那头，响起李洛书的声音，"你刚回来啊？"

"回来有一会儿了。妈妈睡了吗？"

"睡了。"

"爸爸呢？"

"爸爸今天晚上值班。"

"又值班啊……"黎初遥有些担心地说，"他这个星期都值了三个大夜班了吧，身体吃得消吗？"

"爸爸说他不累。"李洛书如实报告。

"怎么可能不累，天天加夜班。"黎初遥有些担心。

"你不也是吗？天天出去摆摊。"李洛书在那头，似乎也有些担心她。

"我不累啊。"黎初遥嘟囔着，"就是卖不出去。"

"还没卖出去啊？"

"嗯。"

"姐，你是不是进的货都很难看啊？"

"你是在置疑我的眼光吗？"

李洛书连忙辩解："没有啊，只是你平时穿衣服都和男生一样，怎么卖得好女生的东西。"

"看你这话说的，完全就是不相信我。"

"没有，真没有。"

"行啦，我知道你没有。我先挂了，我洗脸洗到一半，水等下冷掉了。"黎初遥打断他。她没穿外套，站在窗边和他说了几分钟，已经冷得受不了了。

"哦……你先挂吧。"李洛书的声音有些恋恋不舍，却依然体贴。

"嗯，晚安。"黎初遥说完就直接挂了电话。

电话那头，一个清俊的少年蜷曲在沙发上，低着头，一只手紧紧地抓着话筒，话筒里传出嘟嘟的占线声，可他还舍不得挂。他维持着那个姿势，用很小很小的声音问："姐，你什么时候放假……什么时候回来？"

第二天，黎初遥跟着柳依依去超市做了一天榨汁机促销员。负责人六点半才放她们下班，两人拿着微薄的日薪坐着公交车回学校。柳依依一路上掰着手指算着她这个月的收入，算完后有些郁闷地抱怨："黎初遥，你说，我们这个月，卖完香烟卖酸奶，卖完酸奶卖方便面，又发传单又当礼仪的，折腾来折腾去，还没赚到八百块。我什么时候才能存够钱买手机啊！”

黎初遥淡定地说：“再存七个月不就够了。”

柳依依哭着脸叫唤：“我等不及了。我想要手机啊，手机！啊，对了，初遥，我听说学校期末考试的一等奖学金有五千块呢！你入学成绩好像排前十吧？有希望竞争一把啊。”

“那是必须的。”黎初遥一脸坚定，和钱有关的事，她是绝对不落人后的。

两人一边聊天一边下了公交车，沿着校园的小路往女生寝室走。绿荫葱葱的小道上不时有校园情侣牵着手走过，柳依依有些羡慕，她抬手挽着黎初遥的胳膊，小鸟依人地靠在她身上，好像黎初遥就是她的男朋友一样。

两人走到寝室楼下，忽然一个黑影从路边冲出来，挡住她们的去路。柳依依一向凶悍，凤眼一抬就想骂人，可话刚到嘴边，就愣住了，两眼直愣愣地望着眼前的男生，小心脏扑通扑通乱跳：“啊，好帅……”

柳依依不自觉地直起身子，放开挽着黎初遥的手，害羞地望着他。

那男生看也没看她一眼，只是一脸怒气地盯着黎初遥大喊道：“骗子！”

黎初遥歪了歪头，疑惑：“什么？”

“不是说好今天一起去摆地摊吗？你人呢？”

“这不才七点，现在去正好啊。”

“我找了你一天了，你这家伙，连个电话号码都不留给我。”韩少爷生气了，他和傻子一样在女生寝室楼下等了半天。

“我不在寝室，你打来也没用。时间到了我自然会去你家找你的啊。”黎初遥安抚道，“你再等一会儿，我上去拿了东西马上下来。”

“快点去！”韩子墨一脸不高兴地催促道。

黎初遥点点头，连忙往寝室楼上跑，柳依依也跟着上来：“黎初遥，那男生是谁啊？长得好帅，超级帅的啊！我们学校居然还有如此帅哥，我竟然一直不知道，你怎么勾搭上的啊？”

"他是我高中同学。长得帅吧？当年是我们学校的校草。可惜啊，就是没女生追他。"黎初遥笑着说。

"为什么？这么帅，为什么没人追？"柳依依奇怪地问。

"这个我就不知道了。反正总是有什么原因吧，你懂的。"黎初遥一副不好多说的样子。

柳依依停住脚步，心中暗暗猜想，莫非是有什么隐疾？

黎初遥走在前面，嘴角偷偷露出一抹坏笑。韩少爷啊韩少爷，凭柳依依这广播一般的传播速度，估计您在大学期间也别想找到女朋友了。

不知道为什么，明明很累的身体，却因为偷偷地欺负了一下韩子墨，就变得轻松起来了。

黎初遥背着巨大的帆布袋，冲下楼去。远处，那站得笔直的韩子墨仍然一脸不耐烦地等着她，看见她出来就走过去，一副不情不愿的样子，抢过她的大包，两人又坐上公交车，往商贸城去了。

今天晚上，果然如韩子墨说的一样，生意好了起来。韩子墨站在天桥上，用力地叫卖着："走过路过，不要错过，日韩代购来的小饰品啊，只卖一天，卖完就没啦。"

"真的是从韩国代购来的？"

"是啊，我上周去的，随便买了一点，赚点机票钱啦。哦，美女，这条围巾你戴着太漂亮了！"

"我看这个和前面小摊上的好像啊。"

"你看错了，那种便宜货我这里也有啊，你看。"韩子墨翻出没加工过的围巾给那女生看，"这种你要的话，十块钱一条拿走。"

那女生比较了一下，一条是镶着水晶珠子的围巾，一条是普通的，她犹豫了半天，还是要了那款带珠子的："这个多少钱？"

"八十。"

"这么贵？"

"不贵了，你看这珠子，都是水晶的哦，这么亮，而且全是手工镶上去的。你看，排列得多整齐，手工多细致，你去哪里买啊。整个商贸城就我这里有，不信你去转转。”韩子墨一副诚恳到不行的样子继续忽悠着。

黎初遥默默地捂脸，心想，还手工细致，她镶这条围巾的时候都快睡着了！这家伙，简直是个大奸商！

一晚上，黎初遥就见韩子墨脸不红心不跳地忽悠了一个又一个女生，一个负责卖，一个负责收钱找钱，倒也搭配得默契。到十一点收摊的时候，黎初遥发现，他们居然已经卖了不少货物，连没装饰过的货物都卖掉不少。

她兴奋地点着钱，简直快开心死了。

“怎么样？我厉害吧！”韩子墨凑过来邀功。

黎初遥使劲点头：“厉害！厉害！”

韩子墨听到她的表扬，整个俊脸都笑开了花：“赚了多少？”

“我算算。”黎初遥闭上眼睛心算道，“除去成本，毛利估计在一百四十块左右。”

韩子墨特别失望地说：“啊，才这么点钱？”

“拜托，很多了呢。要是每天生意都这么好，我就发财了。”黎初遥捏着钱包一脸笑容。韩子墨看着她笑，心里也特别高兴，原来赚到钱能让她这么开心啊。

韩子墨放下手中的小物品，凑过去道：“以后我每天都来帮你卖好不好？”

“你不怕冷啊？”

“其实，也不是很冷。”韩子墨笑，“而且，我觉得摆地摊很好玩。”

“是吗？”黎初遥笑，“我也觉得。那我要付你工钱吗？”

“说工钱多俗气啊。再说，本少爷是缺钱的主吗？”黎初遥一听他不要钱，要当义工，又开心了。

“不过……”韩子墨话锋一转，“黎初遥，我跟着你在寒风中吹了这么久，给你创造了这么多的营业额，你怎么说也得谢谢我不是？”

黎初遥瞥他一眼：“我就知道你没这么好。说吧，要我怎么回报你？”

“我还没想好。这样吧，”韩子墨从口袋里掏出手机递给她，“你先拿着我的手机，等我想好了再告诉你，省得每次找你都找不到。”

“我还是给你钱算了。”谁知道这家伙会要求什么。

“我不会要求太过分的。我保证，我发誓还不行。”韩子墨拉过黎初遥的手，将手机塞进她手里，“最多要你陪我吃顿饭，这样行了吧？”

“那你打去寝室约我好了。”

“你这人怎么这么固执？我白天打到寝室你在吗？谁知道你又跑去哪里打工。我手机放你这儿一下怎么了？很占地方吗？”眼看着韩子墨又要发脾气了，黎初遥连忙将手机收到口袋里：“好啦，我先拿着。”

“这还差不多。”韩子墨笑了，继续手脚麻利地收拾东西。他收拾着收拾着眼角的余光就看见天桥下面的冰激凌店，店里的广告牌上写着：爱她就请她吃哈根达斯。

韩子墨的俊脸一下亮了起来，他推了推黎初遥：“黎初遥，请我吃哈根达斯吧。”

黎初遥手上的动作一停，深吸了一口气，抬起头，一字一句地说：“韩少爷，我们今天一共才赚了一百四十块。”

“我知道呀。”韩子墨点点头，依然笑靥如花，“正好可以买两个球的。”

黎初遥闭上眼睛，使劲地压抑住自己想上去抽他的冲动，手抖了抖道：“你还是别跟着我摆摊了，我养不起你。”

说完，她背起包包往前走。韩子墨连忙跟上：“你这家伙，真抠门。”

“你这家伙，真烧钱。”

韩子墨跺着脚道：“我怎么烧钱了？这么冷的天，我都快冻成冰块了，请我吃个夜宵怎么了？”

“冷你还要吃冰激凌！”

“店里面不是有空调嘛。”

“烦死了，走开啦！”黎初遥终于忍不住，一拳揍了过去。韩子墨惨叫地控诉：“你这家伙，真冷酷，真暴力！”

到公交车站牌时，韩少爷吵着要打车回去，又一次被黎初遥无情否决，韩少爷苦着脸被拉上公交车。还好夜班车上的人很少，车厢里有大把空位，两人挑了后面的位置并排坐下。累了一晚上，谁也没力气说话，安安静静地坐着，随着车辆的启动、靠站、又启动，摇晃着脑袋。

随着车辆的又一次靠站，黎初遥觉得肩头忽然微微一重，转头看去，只见身旁的那人已经睡了，脑袋就搁在自己的肩上。他的下巴上长出了短短的胡楂，浓密的睫毛在眼下投射出一圈淡淡的阴影，调皮的刘海随着车身的晃动一点点地掉下来，盖住清俊的眉眼，嘴唇因为吹了一夜的寒风，裂了几条口子。

黎初遥静静地看着他，缓缓地皱起了眉头，心下想着，下次还是别带他来了吧，这家伙细皮嫩肉的，别冻坏了。

忽然，他紧闭的双眼毫无预兆地睁开，直直地与她对视，让黎初遥心中猛地漏跳一拍。像是做了坏事一样，她连忙别开眼，不知为何，心中泛起异样的感觉。

他依然靠在她的肩头，在她耳边轻声问："我很帅吧？"

"什么？"

"不然你干吗偷偷看着我？"

"谁看着你了？"黎初遥的脸更红了，瞪着他说，"你不自恋会死啊？"

"哼！"韩少爷不高兴地扭头道，"你夸我一句会死啊？"

"笨蛋……"

虽然不会死，但是就是夸不出来啊。

两人都死死地扭着头，一个望着左边，一个望着右边，互相不搭理，却又忍不住，小心翼翼地偷看对方。

这一刻，好像有一种不一样的感觉，经过一晚上的寒冷和风吹，慢慢开始变化了，发酵了。

第十章

CHUCHEN
SHIWOGUYIWANGJINI

/ 初晨 /

是你回来了吗

随着天气越来越冷，期末考试越来越近，黎初遥和韩子墨的每日摆摊计划只实施半个月就暂时搁浅了。黎初遥开始进入复习状态，每天晚上泡在图书馆里学习，向着一等奖学金冲刺。而韩子墨自然不会一个人跑去摆摊。

学校的图书馆平日里没什么人，一到快考试的时候，就变得一位难求。黎初遥有时候去晚了，找遍三层教室都找不到位置，她也不好意思把那些占了座却没来的人的书移开。

每到这时候，韩子墨就像个招财猫一样在脑中出现，一直挥着手说，到我家来，到我家来，我家清静。

到我家来，到我家来，我家家电齐全，带网络，二十四小时提供热水。

黎初遥使劲拍拍脑袋，将幻想出来的“招财猫”从脑中赶走，埋头继续苦读。口袋里的手机不时地响起来，可黎初遥开了静音模式，自然是理都不理。

等她从图书馆出来，打开手机看一眼，基本上都是韩子墨发的短信。这手机其实她早就想还给他了，可是他总是有无数个理由再塞回来。然后每天无时无刻、乐此不疲地骚扰她。她给他回了条短信后，没到三十秒，他的电话就来了。

一开口自然是毫无新意地指责她冷酷，都好几天没和他见面了。

黎初遥自然说自己忙着复习，韩子墨在电话那头耍赖，非要叫她出来吃夜宵。黎初遥拗不过他，答应他明天晚上去，他才作罢。

回到寝室，室友们都在各忙各的。马上要考试了，寝室里的气氛也挺紧张的。黎初遥走到寝室最里面的位置坐下，将书包里的高数拿出来，换了英语书进去。

“你复习得怎么样了？”柳依依坐在她旁边问。

“还行吧。”黎初遥回答。

“我怎么一点也看不懂啊？是不是我逃课逃得太多了？”柳依依苦

闷地抓头，“下学期可不敢这么逃课了。”

“嗯。”黎初遥点头。大学的课程确实难，平时学习又不抓紧，到考试的时候真有些悬。

“对了，黎初遥，我这儿有份好差事你干吗？”

“什么好差事？”

“寒假给两个小学生当家教，一小时一百块，一天四个小时。我算了下，一个寒假可以赚七千多块钱呢，比你摆地摊强多了。”柳依依说，“本来我是想自己做的，可是我妈非叫我回家过年。怎么样？你做不做？”

“嗯……”黎初遥有些为难地低下头，这薪酬确实挺高的，她也很想做，只是她也想回家看看妈妈。

柳依依见她为难，便说：“你要是不想做我就回绝了，没事。”

“不，你先别回绝，我考虑一下。”

“行，你考虑好告诉我吧。”

黎初遥点头，考虑了半天之后，还是决定做了，毕竟这种薪酬高的兼职不是能随便遇到的。而且家里欠了那么多外债没还，自己赚点钱，能还一点是一点，总比欠着别人的心里不安强。

黎初遥决定了之后，就告诉了柳依依。柳依依爽快地为她联系了几个孩子的家长，第二天又带她去面试。黎初遥一报出高考分数，再加上清大的招牌，家长们自然是满口答应。

晚上，黎初遥没等李洛书打电话来，自己主动打了电话回家。电话是黎妈接的。黎妈的声音听着很有精神，状态似乎不错，她在电话里问黎初遥什么时候放寒假。

黎初遥说了时间，又把寒假要留在学校打工的事告诉她。黎妈有些不同意：“你这孩子，掉进钱眼了，大过年的打什么工啊，赶快回来吧。”

“妈，我这是提早接触社会，对自己有帮助的。”黎初遥说，“再说了，这次薪水真的蛮高的。”

“废话，大过年的，不出高价谁给他们家孩子补习啊。”黎妈说话依然利索明快，让黎初遥一直悬着的心稍稍放下了一些。

“妈，那些家长说大年三十到初七那几天放假的，我到时候回去好不好？”黎初遥好声好气地问。

“哦，过年能回来啊，那你去呗。”黎妈听她说过年能回来便同意了。黎初遥刚想说话，就听见黎妈不耐烦地说，“哎呀，别动，我和你姐还没说完呢，一边待着去。

“你弟哦，一见你打电话来，就不得了了，作业也不写了，眼巴巴地在这儿等着。”黎妈似乎又抢回了话筒，继续和女儿唠嗑，“你说你弟弟怎么就这么黏你呢，像话吗？”

黎初遥笑着说：“他打小不就黏我嘛。”

“是啊。我还记得他四岁的时候，你刚上小学，他在家里找不到你，哭得房顶都要被震塌了。没办法，我天天抱着他到你教室外面转，指着你说，看，姐姐在里面上课呢，他就不哭了。”

“我记得呢。”黎初遥握着电话，微笑着，小时候的那个画面清晰地浮现出来。那时候弟弟长得特别漂亮，妈妈抱着他站在窗边，他全身贴着玻璃，用葡萄般的大眼睛往里面看，看见她就开心地叫。

“遥遥啊，妈和你说，你弟今年期末考居然考了全校第一。”黎妈说这话的时候充满了骄傲，“哎哟，我就说嘛，姐姐这么聪明，弟弟怎么可能是笨蛋呢。”

“是啊。”黎初遥一直微笑地听妈妈说着。

“你看，你一出去上大学，你弟成绩就突飞猛进了。我就说，以前就是你太惯他了，什么题目不会张嘴就问你，问完就忘记了。你看他现在没人问了，自己去学、去研究，这成绩能不好吗？”

“是我太惯他了。”黎初遥低着头说。

“哎哟，好了啦，给你，等不及了啊。”黎妈似乎又被身边的人打断了，不耐烦地说着。过了一会儿，电话里传来李洛书的声音：“喂，姐。”

“嗯，弟弟。”不知道为什么，这句弟弟，这么顺畅、这么轻易就叫出口了。几个月前她还那么排斥他替代了黎初晨。

“你寒假不回来吗？”李洛书在那边问。

“也不是，晚一点回来吧。”

“那是什么时候呢？”

“估计二月二十一号吧，肯定会回来过年三十的。”

“哦……那还有好多天哦……”电话那头的声音听上去很是失落。

“很快的啦。”黎初遥在心里算了算，“也就还有十七天而已啊。”

“嗯。”李洛书轻声答应。

“对了，妈妈怎么会以为你的成绩是初晨的？难道她现在已经糊涂得字都不会认了？”黎初遥问出自己心中的疑惑。即使李洛书考了全校第一，那成绩单上的名字也应该是李洛书啊。

“我改名字了。”李洛书的声音很小，好像是生怕房间里的黎妈听见一样，“我一进高中就改名字了。”

“啊？”黎初遥愣住。

“我不是和你说过吗？我要当黎初晨。”李洛书还在电话那头轻声说，“现在班上的同学、老师都叫我黎初晨。姐，我已经不叫李洛书了。”

黎初遥握着电话，久久不能言语，过了好一会儿才问：“这样……真的好吗？”

“嗯，很好啊。”李洛书说，“能当姐姐的弟弟、爸妈的孩子，真的很好啊。”

“你不会……难过吗？”他的世界里，再也不会有人叫他李洛书，那天在大火里被烧死的人，似乎变成了李洛书，只是，那个叫李洛书的孩子，没有一场风光的葬礼，没有人为他哭泣，他就这样，消失了，再也不会有人提起……

“不会。”李洛书的声音都像是很努力地在笑，“我喜欢当姐姐的弟弟，我喜欢姐姐和黎初晨的所有回忆，我喜欢，真的。姐，我不难过，只要想起你，我就一点也不难过。”

黎初遥也不知道怎么的，眼眶就那样湿润了，心里酸酸的。这一瞬间，她真的很心疼这个孩子，真的心疼这个完全放弃自己而变成黎初晨的孩子。她很想和他说，不要这样，李洛书也很好，李洛书也有很多人喜欢。

可是……她自私地想，就这样吧，就这样。

她想要的孩子，确实是黎初晨啊……

期末考试如期而至。柳依依在寒风中控诉着学校的变态。大一第一学期本来只有八科考试，两天就能考完，可学校非要考两门休息两天，再加上周末，一下就将考期拖至十天。

柳依依郁闷地说：“别的学校都已经放假了，就清大要比别人晚一个星期放假。”

黎初遥倒是无所谓，反正早放假她也不能回家。不过林雨他们已经放假了，连高中生也放假了。昨天晚上黎初晨打来电话的时候就说已经放寒假了。

也不知道为什么，她最近已经习惯将李洛书叫成黎初晨了。

可能是因为，她已经从心里接受了他变成黎初晨的事实吧。

第一场考的是高等数学，是黎初遥的拿手科目。题目并不算难，她做得很顺。柳依依就可怜了，她觉得自己瞬间变成了文盲，两眼一黑，什么都看不懂。看黎初遥奋笔疾书的样子，她简直快羡慕死了。

回到寝室后，柳依依哭丧着一张脸，看见黎初遥就忍不住下狠手掐她两下：“我心理不平衡啊！我们明明逃了一样多的课，为什么你会做我不会做呢？”

“我认真复习了。”

“我也认真复习了。”

黎初遥挠挠脸颊，不知道怎么安慰她。柳依依幽魂一般碎碎念：“怎么办？第一门就不顺，后面估计都得挂啊。”

“不会的啦。”黎初遥宽慰道，“别难过了，要不，中午我请你出去吃炒菜？”

“算了，还是我请你好了。”每次黎初遥说请客吃饭，都让人有一种恨不得自己掏钱埋单的冲动。

黎初遥和柳依依正争执着由谁请客，寝室电话忽然响了。黎初遥没接，柳依依看这情形就说：“肯定又是招财猫打来的。”

因为韩子墨最近出现的频率，连柳依依都不能忽略了。他每次一打电话来就一直说，来啊来啊，我请你们吃饭。

来啊，来啊，我请你们看电影。

来啊，来啊，来我家玩。

诸如此类。真的很像一只招财猫在不停地挥动手臂。

黎初遥笑了，她也觉得柳依依这个形容非常正确。她来到电话旁一看，是个陌生的本地号码。她接通后，礼貌地说：“你好。”

“姐，是我。”电话那边伴随着嘈杂的闹市声。

“黎初晨？”这个名字很顺地叫出口，一点障碍也没有。黎初遥疑惑地眨眨眼，“你在哪儿？”

“我在你学校门口啊。你考完试了吧？”黎初晨问。

“嗯，我考完了。你站那儿别动，我马上过去接你。”黎初遥挂了电话，拉着柳依依连忙往学校门口走。

“怎么了？”柳依依问。

“我弟来了。”黎初遥拉着柳依依小跑起来，很快就到了学校门口，四处张望着，最终在校门口右边一座蒙着灰尘的公用电话亭旁，找到了那个安静漂亮的少年。

那少年的目光似乎早已等在那儿了，看见她望过来，连眼角都染上了笑容。他拿起地上的背包，甩在背上，迈开大步向她跑来。这时，黎初遥的记忆像是混乱了一般，那向她跑来的少年，渐渐变小，变成五六岁般的孩童，张着手，欢心雀跃地跑到她面前，“姐、姐”地叫着。

黎初遥的眼泪就那么流了下来，一滴一滴的，毫无预兆地落下来。那样悲伤的表情，惊得离她只有几步之遥的少年停住脚步，像是做错事的孩子，手足无措地望着她。

他小心翼翼地叫她：“姐……”

黎初遥忽然张开双手，一把抱住面前的少年，轻声地、颤抖地叫他：“初晨……初晨……姐姐好想你……”

“姐……”不知为什么，被她抱住的少年，也难过地哭了。

那表情，像是痛苦，又像是幸福。

矛盾得让人心碎……

吃饭的时候，黎初遥一反常态，居然主动点了好几道菜，其中还有两道是荤菜。柳依依啧啧地说：“果然弟弟来了就是不一样啊。小弟，你知道她平时请我吃什么吗？一菜一汤，菜是青菜豆腐，汤是豆腐青菜。”

黎初晨抿着嘴唇，低头笑了笑。

柳依依看呆了，她从未见过哪个男孩能笑得这么好看，像瞬间点亮一片阴霾的阳光。

“去去，我有那么抠门吗？”黎初遥推了她一下，“净胡说。”

柳依依被推醒了，有些不好意思地转过头，小声地和黎初遥说：“你弟长得真好看，要是我弟，我也这么疼他。”

黎初遥笑道：“他打小就长得好看。”

“比你长得好看。”柳依依又问，“你弟叫什么名字？”

“黎初晨。”

“初晨，初晨，真好听。”柳依依悄悄念了两声，转头小声和黎初遥说，“比你的名字好听。”

黎初遥点头承认。初晨这个名字本来就好听，寓意也好，初晨代表着希望、阳光和驱除一切黑暗的温暖。

柳依依望着眼前这个漂亮的少年，有些不知道怎么和他说话。她大大咧咧惯了，对谁都吐槽过来吐槽过去。刚刚看见他们相拥时，她本来想上去吐槽一句：你们姐弟俩到底有多久没见了，能哭成这样啊？可是当她看见他们流泪的样子后，心却那么猛地一痛。虽然就痛了那么一下，却痛得她也想跟他们一起哭了。

“发什么呆呢？你最爱的鸡翅上来了。”黎初遥在一边推了推她，柳依依连忙拿起筷子，开始吃饭。

吃饭时，她发现黎初遥像换了一个人一样，平日总是淡漠的脸上，时不时流露出温柔的笑容。她会把碟子里最大块的鸡翅、最好的鱼肉，都夹到她弟弟的碗里。

而他弟弟，每次都是稍稍犹豫一下，然后头也不抬地把它们吃下去。

柳依依想，他们感情一定很好。

好得都有点让人羡慕了。

吃完晚饭，柳依依先回了寝室，黎初遥带着弟弟在学校逛着，感受着清大的百年底蕴。学校的小湖旁，有不少游客正拿着照相机拍照，学生们三三两两地从他们身边走过。

黎初晨告诉她，妈妈担心她寒假一个人待在学校害怕，所以叫他来陪她。黎初遥不以为然地说："这有什么可怕的，寒假不回家的人多着呢。我要知道你过来是绝对不会同意的，你一个人坐火车，万一丢了怎么办？"

黎初晨说："我哪有这么笨。"

"这可难说了，多的是大学毕业了还被拐卖掉的人。"黎初遥转头望着身边的少年，他穿着一件洗得有些泛白的卡其色棉袄，简朴得都有些让人心疼了。

黎初遥上前一步，拉起他的衣服看了看，皱眉道："果然是我的旧衣服。"

黎初晨有些不好意思地笑笑："是啊，妈妈拿给我穿的。"

"妈妈也真是的，你都多大了，还让你捡我的旧衣服穿。"

"这衣服挺好的呀，又没破。"黎初晨拉了拉衣摆，倒是一点也不在意。

"是没破，可是……"黎初遥看了他一眼，不好再说下去，可是他何时穿过旧衣服？以前每次见到他，穿的都是和韩子墨差不多样式的衣服，一看就价值不菲。

黎初晨微微歪头，漂亮的眼睛像是洞悉一切一般，轻声说："姐，初晨从来就不嫌弃姐的旧衣服。"

黎初遥也不知道怎么了，想也没想，拉着他就走："姐给你买件新的去。"

"不用了啦。"黎初晨连忙拒绝，"我有衣服穿啊。"

"走啦，买套新的好过年。"黎初遥不容拒绝地拉着他去新街口买衣服。

依然是挤得要死的公交车，依然是新街口，可这次黎初遥带着的是毫不抱怨的黎初晨。他总是安静地跟在她身边，人流多的时候，她怕和他走散了，很自然地伸出手去，像小时候无数次做过的那样，紧紧地拉住他的手。

她无知无觉，牵得顺手与自然；他六神无主，带着局促与欢喜。

这一天下午，黎初遥为了找又便宜又好看的衣服，拉着黎初晨逛了整个新街口，将所有的店都逛了一遍。因为临近新年，服装店的打折力度也很大，有的打七折，有的打五折。黎初遥选中了一件不打折的呢子大衣，黎初晨穿上后比海报里穿着同款衣服的模特都好看。

店里一群导购员都被惊艳了，全部靠拢过来，你一句、我一句地夸赞着。

黎初遥站在黎初晨身边，看了眼吊牌上的价格，心里默默滴血，钱不够啊！

"姐，我不喜欢这件。"黎初晨扯回她手中的牌子，脱了衣服，拉着她转身出去，"我喜欢刚才那家店的那件。"

"哪家？"黎初遥见他没有吵着要买，生怕他后悔一样，连忙跟着他走了。

黎初晨带着她往回走，街上的声音喧嚣不止，一家店的喇叭里喊着："跳楼价！吐血价！新款羽绒服买一送一！买一送一了啊！"

黎初晨的步伐变得更加轻快了，拉着黎初遥走进店里，拿起一件白色的羽绒服，比在身上说："姐，就买这件吧，又便宜又暖和又好看，而且买一送一。"

黎初遥眨眨眼睛，也不知道是那衣服真的蛮不错，还是因为穿在了黎初晨身上，那普通的款式瞬间变得又简单又大方，白得有些暗的颜色也变得柔和了。

“是不错。”黎初遥走过来拿起羽绒服，在手里摸摸，惊喜地说，“还挺厚呢！”

“是啊。”黎初晨笑着说，“姐，你也试试。”

黎初晨把衣服拉开，让她试试。因为是白色，女生穿也挺好看。黎初遥对着镜子照了照，开心地伸手拍拍他的肩膀说：“不愧是我弟，真会挑东西，那就这件吧！”

黎初遥爽快地付钱，新衣服也没脱，直接叫导购员把旧衣服包起来。姐弟俩穿着一模一样的外套，兴高采烈地走了出去。

阳光下，黎初晨摸了摸身上的新衣服，转头，再看看那个和他穿得一模一样的人，低下头，无声地笑了。

真好……

变成黎初晨真好……

初晨，是我故意忘记你

CHUCHEN
SHIWOGUYIWANGJINI

第十一章 我好像有男朋友了

/ 初晨 /

CHUCHEN
SHIWOGUYIWANGJINI

从街上回来，天已经快黑了，黎初晨住的地方却让她头疼了。班上没什么相熟的男同学，也不好意思让弟弟住在男生寝室，若让他一个人住旅馆的话更是不放心。思来想去，最后还是决定让他住到韩子墨家去。

反正他不是一直叫她去嘛，她就遂了他的心愿好了。

打开门的时候，韩子墨见是黎初遥，展颜一笑："你怎么来了？"

他的身上传来一股烟味和酒味，衣服也有些乱，没有平日里干净阳光的样子，屋里还传出很多男生的笑闹声。黎初遥皱着眉头说："你不是天天叫我来吗？怎么，我来了，你不欢迎？"

韩子墨使劲摇摇头："欢迎！欢迎！快进来！"

韩子墨让开路，让黎初遥进来。这时他才发现，她身后跟着一个少年，和她穿着一模一样的外套。韩子墨微微一愣，想起小时候这对姐弟也是穿着一样的衣服，大摇大摆地到他家和他道歉，然后弄伤了他的腿。

不知道是不是酒精的原因，他晕晕乎乎地问："你弟怎么也在这儿？"

"他来找我，晚上住你家行吗？"黎初遥问。

"行，当然行。"韩子墨爽快地点头答应，拉着黎初遥姐弟俩兴冲冲地走到客厅，大声叫，"兄弟们，咱们的聚会又多了两个朋友。"

"欢迎欢迎。"客厅里四个男孩横七竖八地躺在地板上，语调不清地叫着。房间里四处散乱着啤酒罐和扑克牌，铺着各种从饭店打包过来的食物。整个房间里烟雾缭绕，乱七八糟的，和黎初遥第一次来的时候，简直是天壤之别。

黎初遥看了韩子墨一眼，心里嘀咕，这个骗子，还说什么只认识我一个人，很寂寞很无聊！结果呢！朋友多得一屋子都塞不下！我怎么会忘记他是个超级有人缘的家伙呢！

喝过酒的韩子墨有些兴奋地拉着黎初遥往地板上一坐，开心地揽着她的肩膀和屋里的男生们介绍："来，我给大家介绍一下，这是黎初遥，我老乡，我高中同学，也是数学系的天才。"

旁边的一个男生明显喝多了，看见剪着短发的黎初遥还以为她是男生，伸出手一把搂过她，靠在她的肩头："来，兄弟，陪哥们再喝点……"

他的话还没说完，就被人一把推开，两人之间插进了一个少年。男生跌到一边，怒气冲冲地坐起来问："是谁？是谁推老子？"

少年坐在两人中间，好看的脸上有些怒意："她是我姐姐，别动手动脚！"

男生抓抓头发，走过去仔细看了看黎初遥："女生？不像啊。"

"哪里不像了？"韩子墨也推了他一把，指着黎初遥说，"你有没有眼睛啊？这不明摆着是女生吗？"

那男生抓抓头，还是不相信地望着黎初遥。黎初遥淡定地拿起一罐啤酒，拉开拉环，喝了一小口，苦涩的味道让她直皱眉。她嫌弃地又放回地板上，真不明白为什么男生喜欢喝这种东西。

韩子墨一边喝着酒，一边来回望着穿着一模一样外套的姐弟。他憋了半天还是憋不住，生气地指着两人说："你们都多大了，干吗还穿一样的衣服？真奇怪！"

"今天服装店做活动，我看挺便宜的就买了。"黎初遥笑着拍了拍身上的衣服。

"便宜？"韩子墨来劲了，直起身子说，"你不是吃饭的钱都没了吗？怎么还有钱买衣服？"

"上个月摆摊不是挣了几百块嘛。"黎初遥老实交代道，"正好够买一件的，还送一件呢，真划算。"

"划算什么呀？买一送一？买一送三商家都不会亏。你忘记我怎么教你做生意的吗？等等……"韩子墨摇摇摆摆地说了半天之后，忽然瞪着因醉酒而通红的双眼问她，"你把我们摆地摊赚的钱都花了？"

"嗯……"黎初遥挠挠脸颊，有些不好意思地说，"不是快过年了吗……"

"你太过分啦！你怎么能用那个钱呢！"韩子墨大怒，把屋里的人都吓了一跳。所有人都停下动作，傻傻地看他。韩家少爷，他难道是在为几百块钱生气？这是要逆天了吗？

黎初遥不解地顶嘴："我怎么就不能用那钱了？"

"不能不能就是不能！那钱我让你请我吃个夜宵给我打个车你都不肯。"韩子墨委屈地控诉道，"你怎么就舍得给他买衣服呢？"

"衣服可以穿嘛，夜宵吃掉就没了。"

"那我也要衣服，你也给我买。"

"没钱了……"

"我不管，我不管，我也要衣服。"韩子墨开始无理取闹。

"好嘛，我这件送给你，好了吧？"黎初遥有些郁闷地脱了外套丢给他，"干吗呀？和个小孩一样无理取闹，有意思吗？"

韩子墨接过衣服，紧紧地拽在手里，抿着嘴，双眼通红，委屈得要死，却不知道说什么。

他身边的一个朋友见气氛尴尬，拿起酒杯，哥俩好地揽着韩子墨的肩膀说："兄弟，这么生气干吗？不就是一件衣服吗？你韩子墨难道还缺这点钱？"

"这不是钱的问题！"韩子墨气愤地喝了一大口酒，用袖子抹了下嘴唇说，"我就是不服气！黎初遥，你太偏心了！你说，我陪你摆了半个月的地摊，每天都被冻得要死，回来焐半天都焐不热，我是为什么？为了那几百块钱吗？我每天和傻子一样在街头叫卖是为了什么？真的是因为我喜欢摆地摊吗？我每天晚上不睡觉，给你加工那些可笑的围巾手套，难道那是我的爱好吗？当然不是！我做这么多，还不是因为想你高兴！想讨好你！想对你好！可是你呢？赚了钱一毛也不给我花！你连个冰激凌都不给我买！你太过分了！"

韩子墨控诉到后面，委屈得都快哭了。他韩大少爷从小到大哪里被这样对待过。

一个男生说："好像是有点过分，两个人赚钱一个人花。"

黎初遥用力咬嘴唇，哪里过分啊？是他自己说不要工资的。

另一个男生说："怎么能这样呢？连个冰激凌都不给买。"

什么冰激凌啊！明明是哈根达斯！你以为是肯德基的甜筒吗？

“等一下！”终于有一个比较清醒的男生找到了重点，击掌道，“难道这是在告白？”

房间里的人再一次全部静默了，然后集体恍然大悟——原来是告白啊！

“哦！”房间里的男生一起发出狼嚎一般的叫声，吹口哨的吹口哨，拍桌子的拍桌子，起哄得一身劲，“告白了！告白了！韩子墨告白了！”

韩子墨也忽然反应过来，刚才自己像怨妇一样说了些什么，羞恼着嚷嚷：“你们干什么啊！不要吵醒邻居啦！”

“韩子墨原来喜欢这种类型的！”

“哇噢！仔细看看确实挺好看的。”

“是啊，是啊，这么晚还到你家来，你们该不会是……已经在交往了吧？”

男生们又开始狼嚎了。

“他不是我喜欢的类型。”黎初遥淡定地抛出一句话，打断了男生们热血沸腾的幻想。

韩子墨羞红的脸僵住了，男生们也安静下来。一个长得挺阳光的男孩挺不服气地问：“为什么啊？我们韩少爷要样貌有样貌，要才华有才华，要钞票有钞票！你还有什么不满的？”

“就是啊，这世上还有比我们韩少爷更好的男人吗？”

“妹子，你眼睛睁大点看看好吗？”

黎初遥面对众人的围攻，为求快点解脱，只能随口抛出一个理由道：“他比我弱啊。我不喜欢比我弱的男生。”

众人齐声问：“比你弱？”

黎初遥点点头：“嗯，他打不过我，小时候被我打到哭着求饶哦。”

“哦！”众人齐齐回头看向韩子墨，全是一副怪不得的眼神。

韩子墨瞬间被激怒了，猛地站起来，一把拉起黎初遥，用力地往房间里拖，一边拖一边放话道：“黎初遥，我今天一定要让你看看，谁比较厉害！”

“喂喂喂，你干吗？”黎初遥使劲往后赖着，却敌不过他的蛮力，被拖着往前走，“别激动嘛，开玩笑的，开玩笑的啦。”

“嗷！”男生们再次在他们身后欢欣鼓舞，鼓掌尖叫，“上吧！韩子墨！推倒她！”

“上吧！韩子墨！一展男人雄风！”

“干巴爹！欧吧！”

“放开我姐！”一直安静坐着的黎初晨也跟着站起来，想上前去阻止韩子墨，却被一个戴眼镜的男生抱住，拿起酒瓶就给他灌：“嘿嘿，小弟，陪哥哥喝一杯。”

黎初晨也不说话，一拳打过去。那男生被打个正着，眼镜都掉下来了，捂着眼睛到处找眼镜。

黎初晨刚要起来，又被其他几个男生缠住，怎么也甩不开。他急红了眼却无计可施，只能看着黎初遥被韩子墨拖进房间。

黎初遥被韩子墨拖进了房间，砰的一声，关上门，落锁后，她才有些紧张起来。她的手腕被韩子墨拽得紧紧的，她用一只手使劲去掰都掰不开。她抬头望着他，只见他双颊通红，眼里也带着几分醉意，直勾勾地看着她的样子，丝毫没有平日里阳光爽朗的味道，而是充满了魅惑和让人心跳不已的小性感。

“喂，韩子墨，你放开我。”黎初遥使劲挣扎着，韩子墨的手一丝一毫都没有松动。他猛地一用力，将黎初遥甩在床上。黎初遥被甩得有点晕，还没回过神来，身子就被他压住了，手、腿、胸膛隔着衣物紧紧相贴，压得她喘不过气来。黎初遥慌忙大叫，“你干吗？你快起来啊！好重！我喘不过气来了！”

韩子墨听她这样说，微微撑起了身子。身上的重量瞬间消失了一半，她连忙呼吸了几下，瞪着他说：“你快放开我！”

“有本事你自己挣开啊。”这时的韩子墨执拗得像个孩子。

“再不放开我喊了！”黎初遥威胁道。

“你喊吧，外面都是我的人，你喊破喉咙他们也不会进来救你的。”韩子墨也不知道是真醉了还是假醉了，明明对答如流，做的却是他清醒时绝对不会做的事。

“放开！放开！”黎初遥生气了，手脚并用地挣扎起来。韩子墨俯下身子，用力将她紧紧地压住，看着她气得通红的脸颊，得意地说：“翻不了身了吧？打不过我了吧？知道我比你强了吧？哈哈哈！”

“韩子墨！我看你真是皮痒了！”黎初遥被他贱贱的笑声激怒了，奋力反抗起来。虽然说韩子墨力气大，可终究是个男生，不会真的下重手去欺负一个女生。而黎初遥就不一样了，一上手就对着韩子墨英俊的脸蛋抓了一下。韩子墨疼得哇哇叫，连忙用手将她的两只手按住，黎初遥张开嘴巴又对着他的耳朵一口咬下去，吓得韩子墨抬起身子往上一躲。黎初遥打架经验丰富，自然是不会放过这个空隙，唰的一下弯起膝盖，对着他的肚子猛地一顶。

“啊！”韩子墨惨叫一声，疼得从黎初遥的身上翻下来，咕咚咕咚滚到地上。黎初遥冷哼一声站起来，一脚踩在他脸上，仰起头道：“废物，一辈子就在我脚下喘息吧！”

韩子墨捂着肚子在地上一动不动的，黎初遥用脚揉了他的脸几下，他也没反应。是不是自己出手太重了？踢到要害部位了？她连忙蹲下身去，担心地望着他问：“韩子墨？你没事吧？”

韩子墨捂着肚子，蜷曲着躺在地板上，很可怜的样子。

“韩子墨？”黎初遥又担心地叫了一声，伸手推了推他，过了好一会儿才听到他用特别委屈的声音说：“你就知道欺负我。”

“哪有？”

“有，就是有。”韩子墨皱着眉头爬起来，靠在床边，开始一条条细数黎初遥的罪行，“你看你，小学的时候打伤过我的手，害我跌伤过腿，高中的时候，还老是和林雨一起捉弄我。”

“都老皇历了，你还提那些事干什么？”黎初遥开始有那么一点点内疚了。

韩子墨低着头继续说道："我好不容易和你考上一个学校，你连找也不找我。我想给你买好吃的、好看的衣服，不想你这么辛苦每天到处去打工。可是我也知道，你自尊心强，你不会接受这些。我想，既然你不愿意用我的钱，陪我过舒服的日子，那我就陪你过苦日子吧。我陪你去摆地摊，陪你去打工，可就是这样，你还是不领情，有事没事就赶我走，好像很烦我似的。我给你的手机，你从来不用，不会主动给我打电话，也不给我发短信。"

他特别挫败地说："黎初遥，有时候我会想，你可能……可能一点点、一点点都不喜欢我。

"每次我这样想的时候，就好难过。"韩子墨说这话的时候，眼睛红了。他扭过头，努力地睁大眼睛，好像那样就不那么难过了一样。

黎初遥蹲在他边上，抿了抿嘴唇，不知道说什么好，她能清楚地闻到他身上那淡淡的烟酒味和萦绕在他身边的哀愁。她忽然有些心疼了，她觉着韩子墨应该是被大家宠爱呵护的少年，怎么能为她露出这样伤心的表情。

黎初遥抬手，轻轻捂着跳动得有些快的心口，不敢看他的眼睛，望着地板，轻声道："其实，我每次赶你走，是不想你跟着我去挨冻受累，并不是嫌你烦。

"我这个人话本来就少，打电话也不知道说什么，所以很少主动给别人打电话，并不是只不给你打电话。"黎初遥轻声解释。

"所以呢？"韩子墨转过头，满眼期盼地望着她。

"所以……"黎初遥有些犹豫。

韩子墨等不及她说了，激动地站起来，一把拉住她的手说："所以，你是喜欢我的吧？"

"啊？"

还没等黎初遥反驳，一直被人踹得咚咚作响的房门，终于被人从外面踹开了。门外的少年们像是叠罗汉一样，一起扑进来，每个都衣衫不整，满脸青紫，就像经历了一场大混战一样。

韩子墨看见他们几个，就像看见亲人一样，满脸笑容地拉着黎初遥的手，激动地对他们说："黎初遥说她也喜欢我！黎初遥说她也喜欢我哦！"

"哇！恭喜恭喜！"

"韩子墨，你终于追到黎初遥了啊。"

"嫂子，你弟弟好凶啊，把我的眼镜都打碎了。"

"是啊是啊，还咬了我好几口。"

"哇，会咬人啊，不愧是你弟弟。"

"韩子墨，你闭嘴，谁说喜欢你了！"她想说的是，所以我并不讨厌你啊！不是喜欢你啊！

"哎哟，不要害羞啦！来，抱一个。"韩子墨上前要抱她，黎初遥红着脸一把推开："滚开啦。"

"抱一个！抱一个！"群众热烈要求着。

屋子里吵吵闹闹乱成一团，不时地传出哄笑和叫好声。谁也没注意，一个纤瘦的少年，从人群中慢慢地后退，慢慢地、慢慢地，退到另外一间无人的房间里，转身进去，锁上门，将屋外的热闹和繁华与自己隔离开来。他靠着门，有些呆滞地望着房间，漂亮的眼睛里毫无神采。房间里灯光明亮，落地窗外一片漆黑，窗户上倒映出他模糊的影子。他缓缓走到窗边，抬起手，摸着窗户上的自己，那黑暗中倒映出的轮廓依稀在笑。也许玻璃的影像太过于模糊，那笑容，似乎比哭还难看。

安静的房间里，不时地传来外面欢快的笑声。

他垂下头，抬手整了整刚才被人弄皱的新衣服，一边整理一边用很轻很轻的声音说："没关系，我当黎初晨就好。

"我当黎初晨就好……"

他像是自我催眠一般，一遍一遍地告诉自己。

1

初晨，是我故意忘记你

CHUCHEN SHIWOGUYIWANGJINI

第十二章

那天晚上之后，韩子墨就开始以黎初遥的男友自称。他给每一个高中同学打电话说他们两个在交往了，不管黎初遥怎么否认都没有用。韩子墨固执地认为那是她害羞了，就像他的那群朋友固执地叫她嫂子一样，让她都抓狂了。好在这样的日子没过多久，放假后，韩子墨被家里派来的车子接了回去，黎初遥终于摆脱了那个烦人的家伙。

她觉得，他一走，世界瞬间清静了！

林雨笑着在电话里调侃："你是有多讨厌他才会这么觉得？"

黎初遥想了想回答："也没有多讨厌啦，就是觉得他有点烦而已。"

"他就是那种性格，烦是烦了点，喜欢你倒是真心的。"林雨说。

"你怎么知道他是真心的？"

"你当所有人情商都和你一样低呢？我高中的时候就看出来了。"林雨一副"什么也瞒不了我"的语气说。

"你怎么看出来的？"

"你弟去世的时候，是他发动全校的师生去捐款和祭拜的。那时候你为了照顾你妈，把大学志愿填在本地大学，也是他去找你爸让他改的。我那个时候就觉得他对你过分热心了。"林雨似乎在吃什么东西，嚼了两下继续说，"后来我听说他和你去了一个学校，我就确定了，那小子对你意图不轨啊。"

黎初遥嗤笑道："都多大人了还乱用成语，这怎么叫意图不轨呢？"

"那叫情有独钟好了吧？"林雨无所谓地修正。

黎初遥笑了笑没接话。林雨又在电话那头问："哎，你到底什么时候回来啊？我都想你了。"

"还要过些日子。"

"你也真够厉害的。寝室的人都走光了吧？你一个人在寝室里不害怕吗？"林雨佩服地问。

"我最近不住女生寝室，和我弟一起住在韩子墨的房子里。"

"你弟？"林雨愣了愣才反应过来，"哦，李洛书啊。"

这下让黎初遥反应不过来了，这个名字她已经好久没有想起了，抬头望了眼坐在地毯上认真地串着水晶珠子的少年，半天没回过神来。

"这孩子也真够可以的，我听说他连姓名都改了，就这么死心塌地地完完全全变成另外一个人……"林雨还在电话那头絮絮叨叨地说着。

黎初遥没注意听，又说了两句就挂了电话。她握着手机直愣愣地看着前方，那孩子这几天一直在帮她加工自己进来的货物，不得不说他的手比韩子墨的巧多了。韩子墨只是胡乱地把蕾丝或珍珠水晶缝上去，让那些货物与众不同而已。可那孩子不是，他认真地按货物的颜色和款式搭配装饰。他做得很仔细，他缝的每一粒珠子都很牢靠，打的每一个蝴蝶结都很紧凑，那些普通的帽子手套围巾，经过他的加工之后，比正宗的日韩货还要时尚可爱。

黎初遥走过去，蹲在他的身边，随手翻弄了一下他弄好的货物，说："都做这么多了，休息一下吧。"

他抬头，望着她腼腆地笑笑："姐，我不累，多做一点，晚上能多卖几个。"

黎初遥转头，望了望外面的天色，皱着眉说："今晚天气冷，你就别出去摆摊了，在家待着吧。"

由于黎初遥白天晚上都得做家教，所以他主动接过了摆地摊的任务。还别说，这小子卖货的速度比她快多了，每晚的利润至少是她的三倍。

"没事，我穿着姐给我买的羽绒服呢，不冷的。"他依旧笑着，似乎对屋外的寒冷一点也不畏惧。

黎初遥拗不过他，吃过晚饭，便带着他坐上了公交车，他去天桥摆地摊，她去做家教。晚上她下课，先去天桥接他，再一起回家。这几天，他们都是这样过的。

公交车先停靠在市中心，他要先下车，黎初遥有些不放心地交代道："冷了就先回家，知道吗？"

他点了点头，双手拿着大帆布袋子，吃力地随着拥挤的人流走向公交车后门。黎初遥站在车里，向下看，过了好一会儿才看见他纤瘦的身影从人群中挤出来。公交车再次发动，车身从他面前缓缓开过，他转过身，使劲地对着公交车里瞅，好像在寻找她的身影。还未找到，车子已从他面前开过，他跟着车子走了两步，身子前倾，傻傻地望着、望着，直到再也望不见了……

黎初遥来到做家教的小女孩家。那孩子挺乖的，听课的时候总是一动不动，很认真的样子，眼神却是直直的。黎初遥知道她在发呆，每教一会儿都要叫她两声，让她复述一下自己刚才说了什么。就这样一点点地教，黎初遥觉得自己对这孩子真是用尽所有耐心了。可是效果一般。这孩子，心思根本不在学习上。

"这道题我讲了三遍了，你还没听明白？"不知道为什么，黎初遥今天似乎没什么耐心了，也许是因为屋外的树枝被寒风吹动得越来越厉害吧。

小女孩有些胆怯地望着她，似乎被她不耐烦的语气吓到了。

黎初遥压下心中的急躁，柔声说："那我再讲一遍，你仔细听好吗？"

小女孩点点头。

"这种类型的题目很重要的，考试肯定会考……"黎初遥拿起笔在纸上流畅地演算起来。题还未算完，就听见身边的小女孩用惊喜的声音说："老师，下雪了。"

黎初遥抬起头，放下笔，猛地站起来，椅子摩擦地板发出刺耳的声音。她瞪着窗外飞舞的白雪，难以置信地道："下雪了？"

"是啊……"小女孩的话还没说完，就见自己的老师拿起地上的书包，将她的东西全部塞进去，匆忙地说："小茵，今天就到这里，老师有急事，先走了。"

"老师，你要走了啊？"小女孩开心起来，上课时木讷的眼神瞬间变得清明，"老师，再见。"

"再见。"黎初遥小跑到客厅，和女孩的家长请了假，便急匆匆地跑出去。她在马路上焦急地等了好久才等到出租车，车子在风雪中缓慢地往前开着，雪花打在挡风玻璃上，被雨刷刷过，干净了一秒，一会儿又落满雪花，又被刷掉。就这样循环着，车子终于在商贸城前停下。

黎初遥付了钱，打开车门，冲进风雪里。她担心那个孩子，那个很体贴、很安静的孩子，骨子里却透着一股执拗，执拗得让人为他担心。

她快速跑上天桥的阶梯，放眼望去，天桥上一个人也没有。她松了一口气，转身往回走……

看样子，那孩子是回去了吧。

也是，这么冷的天，这么大的雪，傻瓜也知道躲一躲的吧？

黎初遥一级一级阶梯地往下走，还未走下天桥，一个人影迎面向她跑来，在离她几级阶梯的地方站住，和她一样，带着满身风雪，急急地呼出白色的雾气。他仰着头，揉着有些冻僵的脸说："姐，你今天这么早就下课了？"

黎初遥眨了下眼睛，轻轻点了点头："是啊，我看下雪了，就早点来接你。你去哪儿了？"

"没去哪儿，就在天桥下面的奶茶店，你一来我就看见了。"站在台阶下的少年，仰着绝世美好的容颜轻柔地笑着，好看得似乎能融化了这场冰冷的风雪。他对她伸出手，轻声道，"姐，我们走吧。"

她怔了怔，望着他伸出的手，缓缓走下台阶，轻轻地握住。两只戴着厚厚毛线手套的手紧紧地握在一起，他们并肩走下天桥。雪，越下越大，他们都没带伞，雪花在他们身边顽皮地飞舞着。黎初遥转头，望着身边的少年。记忆中似乎在很久很久以前，他也是这般满身风雪地来到她的身边，在黑暗的楼道里，静静地等着她回来。

那时，他还只是个让她觉得麻烦的小男孩。

而现在，黎初遥低下头，望着他们交握的手，不自觉地又用了些劲将他的手再握紧些。

而现在，他已经是她最重要的弟弟，最爱的亲人了……

"初晨。"黎初遥轻声叫。

"嗯？"

“初晨。”

“怎么了？”

“没事。”黎初遥低下头，轻声道，“我就是想叫叫你。”

“姐……”黎初晨转头，望着身边的人，他漂亮的眉眼也不知何时，沾染了风雪，显得那般悲凉。

静默了一会儿，黎初遥随便找了个话题问：“今天生意怎么样？”

“不好。街上没什么人，就卖出去几样东西。”

“我就说天冷吧，你还非要出来，不听姐姐话的下场。”

“没不听你话……”

“还狡辩。”黎初遥敲了敲他的脑袋。

黎初晨抬手揉了揉，委屈地说：“不敢。”

两人说着说着，就上了公交车。公交车里的暖气让人瞬间暖和了起来，黎初遥脱下手套使劲地搓了搓双手，焐着冰冷的脸颊。

黎初晨也脱了手套，手伸进口袋里，过了好半天才紧紧地捏着拳头掏出来，递到黎初遥面前道：“姐，这个给你。”

“什么？”黎初遥定睛一看，只见他的手心躺着一条粉色的水晶手链。手链由一样大小的粉色水晶珠串成，中间是一颗大号的紫水晶珠和一个圆形的银片吊坠。

黎初遥从他手上拿起来，惊叹道：“哇，好漂亮哦。”黎初遥再仔细看了看水晶珠，发现和他下午缝在手套上的很像，转头不确定地问：“这不会是你亲手做的吧？”

黎初晨扭过头，抿了下嘴唇说：“这个珠了有很多，零散地放着容易掉，我就把它们串起来，结果发现挺好看的。”

“不是挺好看的，是非常好看。”黎初遥立刻将手链戴在手上。手链的长度刚好够在手腕上绕两圈，既不会单调又不显累赘，真的非常好看。

黎初遥抬着手腕，对着公交车上的灯光看了又看，喜欢得不得了，开心地拍了拍黎初晨的肩膀，夸奖道：“初晨，你真能干！”

黎初晨抿着嘴唇使劲地忍着，他不想表现得那么开心，好像经不住夸一样肤浅。可是为什么他这么努力地忍，还是忍不住笑开了呢？

黎初晨低头，抬手，摸着鼻子，小心翼翼地将他的开心全部藏起来。是的，要藏起来，要是老天爷看见他这么开心的话，会把这些都收走的吧？

大年三十的前一天，黎初遥带着黎初晨回到了老家，黎爸骑着摩托车去火车站接了他们。黎初遥刚进门，黎妈就快步走出来，抱着他们姐弟亲热地说："你们可回来了，想死妈妈了。"

黎初遥仔细地打量着妈妈，她精神很好，眼神清明，笑容满面，一点也不像是生病的人。黎初遥高兴极了，用力地抱了抱妈妈："妈，我也想你。"

黎妈开心地拍拍黎初遥的头说："哟，出去半年嘴巴变乖了，会撒娇了。小时候就和你爸一样，一句好听的话都不会说。"

"妈！"黎初遥不高兴地嘟起嘴。

"来，妈给你们做了好吃的，快来吃饭。"黎妈拉着他们两个就往餐桌上一按，自己忙前忙后去给孩子们热菜。黎初晨主动上去帮忙，拿了筷子，给家里人都盛了饭并端上桌。黎爸见儿女们都回来了，心情也好，开了小酒倒在杯子里。黎初晨熟门熟路地从碗橱里拿出炒好的花生米，倒在碟子里端过去给他下酒。

黎爸点头赞道："乖。"

黎妈走过来说："那还用说，我们初晨是越大越懂事了。小时候连碗都不洗，现在都会烧饭了。遥遥，我和你说啊，你弟弟现在做菜可好吃了，比你的手艺还好。"

"是吗？那明晚大年三十就让他发挥好了。"

"我看行。"黎妈欣慰地看着黎初晨问，"你觉得呢？"

"好，我来烧。"黎初晨笑着答应。

"真乖。"黎妈开心地摸摸他的头发，转头又对黎初遥说，"你看看，你一不在家，你弟功课也好了，也会做家务了，什么都能干……”

“是是是，我不好。”黎初遥连忙承认错误，“我以前太惯着他了，什么都不让他做。我以后改，什么都让他做，好了吧？”

“也不能什么都让你弟做……”黎妈又反悔了，生怕姐姐欺负弟弟。

“知道了啦。”黎初遥好笑地说，抬头看了看饭桌上的三个人，一切好像又回到了从前。爽朗又泼辣的妈妈，少言而温柔的爸爸，乖巧且漂亮的弟弟，一切，都没变……

她笑了笑，将碟子里最后一个鸡腿夹进黎初晨碗里。黎初晨望着她笑笑，低头不言不语地将鸡腿吃掉。

“看吧，说过不宠他，又把好吃的都让给你弟。你啊……”妈妈一边吃着饭，一边又絮叨开来。

吃过饭后，黎初遥回到自己的房间，将旅行箱里藏着的一万块钱拿了出来，然后偷偷地叫来爸爸，塞进他手里：“爸，这是我这学期赚的，你拿着去把小舅舅家的债还了，他们家也不容易。”

“都给我了，你不用啊？”

“没事，我有助学贷款，有特困生补助，还有奖学金，我再打点工，上学不用花钱还有得赚呢。”

黎爸拿着钱，皱着眉头说：“你啊，别打那么多工，学习重要。”

黎初遥看着父亲日渐衰老的面孔，心疼地说：“爸也是，别加那么多晚班，身体重要。”

“没事，爸能吃苦。”黎爸说，“爸今年升大队长了，工资也加了。家里的债爸慢慢还，能还掉，你好好读书，别瞎忙活。”

“知道了，爸。”黎初遥笑着点头，像小时候一样，抱住父亲，赖在他结实而宽厚的胸膛上，轻声说，“爸，我可想你了。”

黎爸有些吃惊，记忆中，自己的女儿一直是聪明而理智的，很少这般撒娇。他笑了笑，拍拍她的头，慈爱地说：“这孩子，越大越会撒娇了。”

黎初遥安静地赖在父亲的怀抱里，闻着熟悉的烟草味，感受着父亲像哄小宝宝一样，轻拍自己的后背，那样厚实的手掌，温柔的力度。这一刻，黎初遥好像忘记了一切悲伤，似乎一切苦难都未发生，她的世界还像原来那般美好。

她的亲人都还在，她还是活在幸福里的孩子。

只是……那时死去的人，是谁呢？

让她肝肠寸断般悲痛的人，是谁呢？

亲爱的初晨，姐姐好害怕。

姐姐害怕，会像妈妈一样忘记你，真的真的忘记你，让另外一个温柔的孩子，彻底……取代你。

亲爱的初晨，你会难过吗？

在天堂的你，会哭吧？

“爸爸，我就要忘记初晨了，我就要忘记他了。”黎初遥在父亲怀里忏悔着，“我怎么能这样呢？弟弟会难过的，他一定会难过的！”

黎爸垂下眼，望着自己聪慧懂事的女儿，连心尖尖都软了。他抬手，轻抚着她的短发，用最温柔的声音说：“不会的，初晨最喜欢的就是你了，他不会希望你活在悲痛里。”

“爸……”黎初遥抬头，眉头紧锁，一脸自责。

“你看……”黎爸一手轻轻地拍着黎初遥的背，一手指着客厅里陪着妈妈看电视的少年说，“那就是初晨，就是你的弟弟，他从来没有离开过。他还是那么健康，那么孝顺，他还是我们全家的珍宝。”

“不是的……”黎初遥焦急地想争辩什么。

黎爸却拍拍她的背，轻声说：“初遥，忘记是好事。爸爸感谢他，能让你和妈妈都忘记。”黎爸吸了口气，摸了摸女儿的头顶说，“初晨就由爸爸记住，爸爸会连着你和妈妈的份，一起记住，记得牢牢的，绝不会忘记，不会让他伤心的。

“所以，我们聪明的初遥，你只要开开心心的就好。”

“爸……”黎初遥鼻尖微酸，眼眶里涌出泪水，久久不能言语。

她很感谢爸爸这样对她说，可是，这样真的好吗？

忘记黎初晨，真的好吗？

她不知道，她只知道，那晚她又梦见了黎初晨。

这次，不是在漫天的大火里，而是在学校的操场上。他从操场的另外一头跑过来，渐渐近了，近了。他还是十四岁时的样子，他从她面前跑过，没有停下。她着急地大声叫他的名字，他回过头来，笑着对她挥手，像是在告别一样。

第二天，黎初遥醒来，躺在床上发了好久的呆才坐起来。穿好衣服从房间出去，庭院里阳光正好，她眯着眼睛享受着冬天的暖阳。院门忽然被人推开，那人在她身后说："姐，你起来了？"

黎初遥转过身去，定定地看了他一眼，然后点头说："嗯，起来了。"

他望着她笑，好看得不得了。

恍惚间，她想，是谁说过，世上最美好的事就是，早上起来，发现阳光和你都在。

从这一刻起，她真的释怀了。

三十那晚，林雨约了好多高中时候的朋友一起去河坝上放烟花。同学们都是用塑料袋从家里提了一些烟花爆竹出来，只有韩子墨，像个大爷一样两手空空地站在河坝上等着他们来。

"韩子墨，你的烟花呢？什么都没拿，可别指望我的给你放。"林雨依然是见到韩子墨就拌嘴。

韩子墨睨了眼林雨提着的袋子，嫌弃地说："你那也叫烟花？"

林雨单手叉腰，怒道："那你说，什么叫烟花？"

韩子墨伸手一指，沿着河坝开来的一辆小型货车停在他们面前。车上下来两个工人，打开货柜，从里面搬出一堆一堆的大型烟花。

林雨两个眼珠都快被瞪出来了，直想骂他是土鳖了的暴发户。

韩子墨说："看见了吧？知道什么叫烟花了吧？"

林雨不服气地说："我呸，你这哪里叫烟花，你这叫礼炮。"

"哇，韩少，你这火力绝对能把河坝都炸了。"同学们纷纷走过来，嬉笑道。

韩子墨兴致正浓，高兴地说：“那就炸吧，炸坏了我赔！”

同学们都大笑着叫：“韩少，你还是这样牛气。”

韩子墨得意地大笑。

“光赔可不行，蓄意破坏国家重要公共设施，可要判十年以上徒刑的。”黎初遥带着黎初晨也不知道从哪里走出来，淡定地泼着冷水。

“啊，真的吗？”韩子墨惊道。

“同学，多读点书吧。”

“初遥！大过年的，你就不能让我高兴会儿吗？”

“你的兴奋点不就是被我虐吗？”

“哈哈哈，黎初遥，也就你能收拾这个臭屁的暴发户。”

“你才暴发户呢。”

吵闹声中，绚丽的烟花冲上天空，在半空轰的一声绽开。然后，接二连三地冲上去，重重叠叠地绽放在头顶上方，火树银花，照亮半边夜空。他们都被那美丽的烟花惊艳。可这美丽太过于短暂，他们只有不停地点燃一筒筒烟花，才能将它留住。

天空，整个都被照亮了。

太美了……同学们仰头看着，烟花将那一张张年轻稚嫩的面孔染上璀璨的色彩。他们停下动作，望着这壮丽的景象，这将是他们这一生都难以忘记的一场烟花雨。

黎初遥抬头看着，不同颜色的烟火在眼前交替着射向空中，然后再依次炸开，七彩斑斓，美不胜收。忽然感觉肩膀被人拍了拍，她转头望去，韩子墨也不知道什么时候站在她边上，眉眼弯弯地望着她笑：“好看吗？”

他的声音被烟花升空的声音掩盖住了，可她看懂他的嘴型了，点点头回答：“好看。”

韩子墨脸上的笑意更浓了。他贴近她的耳边，大声说：“以后我每年都放给你看。”

这一刻，黎初遥承认，她心动了。她笑着抬起头，望着美丽的烟花，任由身边的人牵起了她的手，紧紧地握着。

那之后的很多年，一到过年听到喧闹的鞭炮声，看见美丽的烟花，她总是会想起这场灿烂华丽的烟花雨，想起那个在烟花雨下笑着对她承诺的少年……

可这一切，也就之于回忆，之于梦中。

寒假特别短暂，一周的时间瞬间就过去了，黎初遥又踏上了返校的列车，同行的还有韩子墨。

“你干吗坐火车？”黎初遥瞪着坐在对面卧铺上的韩子墨问，“你家不是有专车接送吗？”

“哦，我没有坐过火车嘛。哇，这么窄的卧铺要怎么睡啊？电视里看到的卧铺好像比这个要宽吧？”韩子墨皱着眉头测量着卧铺的宽度，担心地嘀咕，“睡上去会不会掉下来啊？”

黎初遥叹了口气问：“你的行李呢？”

“叫我家司机送去学校啦。”韩子墨回答，“我昨天不是给你打电话，让你把行李给我吗？”

黎初遥揉了揉太阳穴，深深地叹了口气，这个只知道浪费钱的白痴。

黎初遥脱了外套，盖上被子，半躺在铺位上看书。火车一晃一晃的，对面的人也躺下来，侧着身子，傻傻地盯着她看。

黎初遥被他盯得难受，合上书，转过脸去问：“你老盯着我干什么？”

“我怕我睡着了。”

“卧铺就是拿来睡觉的。”

“可是床太窄，我会掉下去的。”

“那你为什么要坐火车？”黎初遥抓狂了。

“坐火车很好啊，我们可以在这么小的车厢里待上十二个小时呢。而且，为了不被别人打扰，我还把上铺的票都买了，嘿嘿嘿。”韩子墨说着说着奸笑起来，那简单的脑子里在想什么，黎初遥不用猜就清楚明白。

她默默地拿起书，一巴掌拍在他脸上：“这种猥琐的想法放在心里就好，不然我打断你的狗腿。”

韩子墨摸着脸颊，委屈地说：“好凶。”

黎初遥哼了一声，继续看书，而他继续看她。他看着看着就看见了她手腕上的那条水晶手链，一下激动地坐了起来，指着她的手腕问：“你怎么戴粉色水晶手链？”

黎初遥眼也没抬地反问：“为什么不能戴？”

“粉水晶是招桃花运的。”韩子墨生气地说，“你都有我了，还要什么桃花？快摘下来。”

黎初遥淡定地翻了一页书：“你们家的人就是太迷信，戴粉水晶是招桃花，那紫水晶呢？”

“紫水晶是去霉运的。”韩子墨一边回答一边起身，踩在鞋子上走过去，亲自动手想把她的手链拿下来。

“别动。”黎初遥用另外一只手护住手链道，“这是我弟亲手做给我的，弄坏了看我怎么收拾你。”

韩子墨顿了顿问：“黎初晨给你做的？”

“嗯，漂亮吧？”黎初遥炫耀般摇摇手腕。

“漂亮个屁！这臭小子从小就看我不顺眼，他什么心思？想给我招情敌吗？”

“得了，别用你那小肚鸡肠想我弟。”黎初遥瞥他一眼说，“你以为我弟和你一样啊，一天到晚不学无术，就知道研究迷信。”

“这不是迷信，粉水晶招桃花很灵的。我有一个小姑姑，四十多岁了还嫁不出去，我妈给她一条粉水晶手链戴着，不到一年，果然就顺利嫁掉。”韩子墨信誓旦旦地说，“这事你弟也知道的，这臭小子一定是故意的。”

“招就招呗，招桃花也没什么坏处。”黎初遥无所谓地说。

“摘掉，摘掉。”

“走开。”

“摘掉嘛！”

“再啰嗦我揍你了啊。”

韩子墨无比委屈地默默闭嘴，盖上被子睡觉。

火车行驶了几个小时，已到夜里，车厢里的大灯全部关上了。黎初遥将书放在枕头底下，定好起床的闹铃才躺下休息。铺位对面的韩子墨早已经睡着了，整个人躺在铺位的最外面，只要再稍微翻一点点身，就会整个掉下来。

两个铺位就隔着一臂的距离，黎初遥忍不住伸手过去，将他往里面推了一下。他又骨碌地滚进去，继续呼呼大睡。

黎初遥也困了，闭上眼睛睡了。半夜里似乎总是听见有重物掉落的声音，她迷迷糊糊地想，这家伙要掉下去几次才够？

第二日，太阳刚刚升起的时候，黎初遥被手机闹铃吵醒。她睁开眼睛，转过头去，就见韩子墨乌黑着一双大眼望着她。她抬手垫在后脑勺下面问：“昨天晚上掉下去几次？”

韩子墨摸着脑袋说：“没数，到后半夜都不敢睡了，跌得疼死了。”

黎初遥笑了：“看你下次还坐不坐火车。”

韩子墨揉着头，想了想说：“坐，当然坐。你看，我们的床位隔得这么近，其实就等于睡一张床上了，我伸手就能摸到你的头……”

一本书飞过去，精准无比地砸在他脸上，黎初遥淡定地甩手道：“跌死你算了。”

因为黎初遥是提前一个星期回校，学校里还没什么人气，女生寝室空空如也，拎着行李箱走在楼道上，都能听得见回声。

“要不，你还是住我那里吧。白天都这么阴沉，晚上可怎么办？”韩子墨拎着黎初遥的行李箱跟在她后面走着，“你想想，大晚上的一个人也没有，要有什么动静多可怕。不是说女生寝室最容易闹鬼吗？”

黎初遥瞪他一眼，从口袋里掏出寝室钥匙，旋开门锁。寝室里经过一个寒假已落满灰尘，六张床铺上的被子都叠得整整齐齐的，用报纸盖好。黎初遥放下东西，走向最里面的床位，爬上上铺，掀开报纸，把被子和床垫都抱下来，拿到阳台上去晒。好在火车是清早到的，此时太阳刚出来，可以好好晒晒被子，不然晚上真没办法睡。

“你看，你还要打扫卫生，还要晒被子。我那边昨天就让钟点工去打扫好了，拎包入住哦。”韩子墨还在不遗余力地说服她。

黎初遥一边晒着被子一边说：“你不用再说了，我不会去你那儿住的。”

“为什么啊？你前段时间不是去了吗？”

“那是和我弟一起住，当然没问题。”黎初遥转过身来，指着他说，“和你，当然不能。”

韩子墨哼了声，嘀咕道：“卑鄙……”

“你说什么？”

“我说卑鄙的黎初晨！”

“你干吗骂我弟，又讨打。”黎初遥举了举拳头，吓得韩子墨缩着脑袋跑了。

黎初遥花了一上午把寝室收拾好，然后又给做家教的几家打电话，和他们约好开始上课的时间，才休息下来。晚上，黎初遥一个人住在女生寝室楼里，十一点之前，她开着灯看书倒没什么感觉，十一点之后寝室准时熄灯，寝室里黑漆漆的一片，一点声响都没有，只有她自己的呼吸声，心里确实有些发毛。她拿起手机开始和林雨发短信聊天，其间韩子墨的短信也不时地进来。

黎初遥一改平时不爱发短信的习惯，在黑夜里当起了拇指一族。

“过几天就是情人节了哦，我们一起过啊。”黎初遥打了个哈欠，看着韩子墨的最新短信，终于有些困了。刚准备回复说不，手机咚咚地响起来，她一看，是家里的电话号码。这么晚会给她打电话的只有一个人。她按下接通键，轻声道：“喂。”

“姐。”果然，黎初晨的声音从听筒里传出来，“你睡了没？”

“还没呢。”黎初遥回答。

“哦，路上顺利吗？”

“挺顺利的，坐卧铺一点也不累，一路睡过来。下次你来也坐卧铺吧。”上次和黎初晨一起回家的时候，正巧赶上春运，没买到卧铺票，两人是坐硬座回去的。

“好啊。”黎初晨的声音很轻快。

“对了，初晨，你知道戴粉水晶的意义吗？”黎初遥忽然想到韩子墨那义愤填膺的样子，便随口问了一句。

电话那头沉默了一会儿，似乎在犹豫，却还是老实交代：“知道。”

“那你还给我戴粉水晶？”

“我……我没想那么多。”黎初晨想了想说，“串珠子的时候只剩下粉水晶了，你要不喜欢的话，就不要戴了。”

“喜欢，怎么会不喜欢呢？”黎初遥笑，“你亲手做给我的，我肯定戴着。招桃花就招呗，你姐我除了韩子墨，还没招过什么桃花呢。”

“嗯。”黎初晨轻声答应，静默了一会儿，又说，“姐，妈妈说，你刚走她就想你了。”

“哦？真的？”

“真的。”黎初晨低着头，手指在电话机按键的缝隙中来回地推着，“妈妈说，一想到你还要好久好久之后才回来，感觉天就像黑了一样。”

黎初遥哈哈大笑：“妈妈真是越来越爱我了。”

“是啊，她很爱你，最爱你了。”黎初晨轻声说。

“才不是呢。妈妈最爱的是你，小时候她不知道有多偏心呢……”

夜，越来越静，黎初遥和弟弟聊了很久，直到困得坚持不住了，才挂了电话。手机里积攒着二十几条短信和未接来电。

打开一看都是韩子墨的，第一条还是接着刚才聊天的内容：“怎么我一说情人节你就不回话了？”

第二条：“喂，说话呀。”

第三条：“你干吗不回我的短信？”

第四条：“你在和谁打电话呢？”

第五条：“北京移动来电提醒您：139××××0214 曾拨打过您的电话。”

第六条：“打这么久！”

第七条：“北京移动来电提醒您：139××××0214 曾拨打过您的电话。”

……

第十四条：“还在打！”

第十五条：“北京移动来电提醒您：139××××0214 曾拨打过您的电话。”

……

第二十条：“讨厌讨厌讨厌，一定又是黎初晨！”

第二十一条：“北京移动来电提醒您：139××××0214 曾拨打过您的电话。”

……

第二十八条：“我生气了！”

黎初遥看着短信，哭笑不得，摇摇头，拿起手机正想给他回一个。可是刚按上拨通键，还没通，手机就因为没电而自动关机了。黎初遥看着黑屏，眨眨眼睛，心想，韩子墨啊韩子墨，老天爷都叫你继续生气呢，我可管不着。

她将手机扔到床头，盖好被子睡觉去了。

离学校不远的小区里，住户们都熄了灯，只有一户还灯火通明的。屋里的少年躺在床上，似乎在等一个很重要的电话。他不时地拿起手机，看一眼、再放下，又看一眼、再放下。

想再给她打个电话吧，可是刚才自己都已经打了那么多了。

再打是不是太烦人了？

而且他原来的手机是设了来电提醒的，她看见了应该会给他回电话吧？

要是不回就证明她一点也不在乎自己。

嗯，不能再给她打电话了，再打就太丢脸了。

……

怎么还不打电话来？这可恶的家伙！

韩子墨恶狠狠地拿起电话，心想，我要打个电话过去骂她。他用力地拨出了黎初遥的电话，电话那头很快做出回应："您所拨打的用户已关机。"

韩子墨大叫一声，一把将手机扔在地上，摔成了好几片。他气得在床上使劲扑腾："臭黎初遥！臭黎初遥！"

第十三章

CHUCHEN
SHIWOGUYIWANGJINI

/ 初晨 /
请原谅我这般不美好

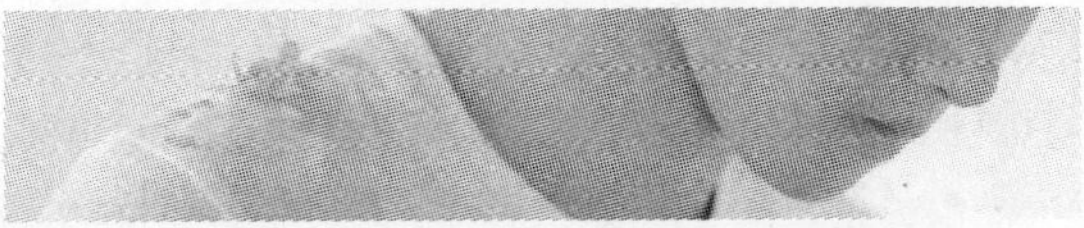

黎初遥不知道韩少爷诅咒了她一个晚上，第二日依然早起去给人做家教。早上一家，下午一家，晚上一家，日子过得很充实，晚上一个人习惯了，也不觉得女生寝室可怕了。没两天，陆续有女生提前回到学校，都是来过情人节的。黎初遥摸着下巴想，这似乎是个商机。

于是她跑去花市，买了一百多朵玫瑰让店员送去了韩子墨家。韩子墨看见这么多玫瑰，又知道是黎初遥买的，还以为她是来道歉了呢，心中又是甜蜜又是不好意思地想，这家伙也真是的，他一个大男人怎么可能喜欢玫瑰嘛。不过，看她这么有诚意地道歉，他就勉强收下吧。

黎初遥跟在店员后面，捧着最后一束玫瑰花出现，韩子墨一见她就脸涨得通红，人高马大的男孩两手仿佛怎么放都觉得别扭。

黎初遥走到他面前说："喂，韩子墨。"

"嗯。"韩子墨使劲点了点头，脸蛋红红的，特别期待地望着她。

"情人节那天……"黎初遥考虑了下韩少爷那不堪打击的玻璃心，斟酌了一下说，"我不能陪你过了。你也知道，我家里情况不是很好，我要多打些工才行……"

韩子墨使劲点头："嗯，我知道！要多打些工嘛，我知道！没时间陪我嘛，我知道！所以要送我这么多玫瑰嘛，我知道！

"没关系，我一直很支持你的事业的。"韩子墨特别大方地笑着说，"你要打什么工？我陪你去啊。"

"真的吗？"黎初遥睁大眼睛，高兴地拍掌道，"太好了，我还担心我一个人拿不了这么多花呢，你陪我的话就最好了。"

"嗯？"韩子墨的笑脸僵了一下，有了不好的预感，"拿花？"

"是啊。情人节那天晚上，我们出去卖玫瑰吧。"黎初遥走上前，一把抓住他的手，双眼闪出"$"的符号，"你看，我现在从店里买来只要两块钱一朵，放在水里好好养着，后天出去就能卖十块钱一朵，暴利啊暴利！一个晚上能赚好几千呢。"

“这些花……是要拿来卖的？”

“当然了，不然拿来干吗？”

“是啊，不然拿来干吗？呵呵呵……”韩子墨傻笑地学她说了一句，转身，悲伤地飘回房间，一下扑倒在软软的床上，又一次使劲扑腾，“臭黎初遥！臭黎初遥！”

这时，黎初遥正拿着水桶在厨房里接水，哼着歌带着好心情地把玫瑰花一朵朵插进水桶里。再连水桶一起端到客厅，拿起剪刀将根茎上的刺剪掉，用单筒透明礼品袋装上，再系上彩带，一朵十块钱的精品玫瑰花就做完了。

她做这事的时候，忽然就想到，要是黎初晨在就好了，他一定会认认真真地帮她做得好好的。

晚上的时候，黎初遥给黎初晨打电话的时候就说了这件事。黎初晨在电话那头轻声笑着，似乎被她需要是一件让他觉得最幸福的事了。

也不知道是从什么时候开始，国人用近乎狂热的热情过起了外国情人节。其实中国也有情人节，很多年轻人算不清楚每年的农历七夕到底是几号，所以过不用算的二月十四日似乎更方便一些。

黎初遥在高中的时候，并没有感受过情人节的魅力，只知道那天晚上放学走在街上，总能看见有女生一脸幸福地拿着玫瑰，身边陪着或丑或俊的男生。

那时候的她和林雨也幻想过，自己要是有了男朋友，绝对不要在情人节那天捧着花在街上走，因为那样真的好傻。

只是今天，她将成为，制造傻气的人！

“来买玫瑰吧！先生，你爱她吗？爱她就买一朵吧！

“帅哥，你有女朋友吗？什么？没有？那买一朵送给喜欢的人吧！”

黎初遥这个大花童，捧着花篮，一旁放着一辆自行车，自行车上还有好几桶玫瑰花。她站在街口的集市上，努力地叫卖着。

只是，和她一样有生意头脑的人真的不少，满条街到处都有像她这样卖玫瑰的。

竞争状况非常激烈啊！

不远处，韩子墨正坐在旁边的咖啡店里旁观，大少爷还在生气，才不要帮她呢。

咖啡店里高朋满座，全是卿卿我我的小情侣。经常有后来的情侣进来找位置，看他一个人坐在那儿，都会走过去，站在他身边等一会儿，用无声的态度告诉他：喂，单身的，没对象就回家睡觉去，别占着座位啊。

韩子墨被等了几次，脸皮再厚也有些不好意思了，他干脆叫来服务员，点了满桌的食物，再点了一杯饮料放在对面，制造自己在等人的假象才不会显得太过于尴尬。

咖啡店里的暖气开得很足，他穿着白色的毛衣，单手托腮，小口喝着红豆奶茶，就着精致的小蛋糕，悠闲地望着窗外的黎初遥。

外面很冷，那家伙的脸被冻得通红，不太爱笑的脸上今晚堆满了笑容。她真的很认真去卖了，可是已经一个小时了，她才卖了几朵。

韩子墨摇摇头，他就知道卖不掉。可她兴冲冲地进货来，他也不好泼她冷水。

虽说情人节的玫瑰大涨价，只是她能想到卖玫瑰，和她一样缺钱的人都能想到，有女朋友不想被宰的男人能想到，不想男友被宰的女人能想到，真正不在乎钱就想在情人节送玫瑰的人也不会在路边买，肯定会去花店买包装精美的捧花。

所以情人节卖玫瑰，看似商机，其实，真得看运气。

他放下马克杯，转身对着邻座的男人说了什么，又指了指黎初遥。那个男人点点头，从他手里接过钱便走出去，没一会儿那男人从黎初遥手里买走了十朵玫瑰，回来后，送给了身边的女伴。

韩子墨对他友好地笑了笑。

每隔十分钟，他就找一个人去黎初遥那儿买玫瑰。看着她卖出玫瑰时开心的笑容，他也跟着笑了，和她闹别扭的那些坏心情一下一扫而空。

又过了一会儿，黎初遥手里的玫瑰只剩下十几朵，咖啡店里的男士也被他找得差不多了，他只得走出店铺，在街角随便抓了个单身的男人，塞给他两百块钱，拜托他去把黎初遥手里的玫瑰都买了。

那个男人似乎怀疑这是什么骗局，警惕地望着韩子墨说：“你给我钱叫我去买玫瑰？然后花送给我？找的钱也给我？有这么好的事？”

男人大手一挥道：“我才不上当。”

“大哥，我不是骗子。那姑娘是我女朋友，掉钱眼里去了，这么大冷天非要出来卖玫瑰。”韩子墨道，“您看她冻的，我都心疼死了。您帮我把她的花买了吧。”

“你有钱还让女朋友出来卖花啊？”男人似乎信了，从韩子墨手里接过钱。

“她不听我的。”韩子墨委屈地向陌生男人告状，“我不让她卖，她会打我的，她凶着呢。”

“你在说谁凶呢？”熟悉的声音，在他身后平静地响起。

“我在说……”韩子墨猛地转头，一见来人，便迅速往后退了两步，头摇得和拨浪鼓一样，“我没说你，没说你。”

“哈哈哈——”路边的男人忍不住笑起来，走上前望着黎初遥劝道，“小姑娘家别对你男朋友这么凶，他可疼你了，给我钱叫我买你的玫瑰，想你早点收工和他过节哟。”

“我没这么说啊。”韩子墨连忙否认，虽然他确实是这么想的。

黎初遥眯着眼睛瞪着韩子墨，心道怪不得自己卖得这么顺利，原来都是他叫人来买的。

“我的玫瑰是不是都叫你给买走了？”黎初遥盯着他问。

韩子墨连忙摇头：“没有啊。我是看你就剩几朵了，才找人买的，之前的可不关我的事。”

“真的？”黎初遥不信。

“真的！”韩子墨使劲点头。

黎初遥看着他那张显得特别真诚的脸，决定相信他一次，不过……

“你跟我来。”黎初遥一把拉过韩子墨的手腕，气势汹汹地抓着他往前走。

“姑娘，别太凶，别太凶啊。”陌生男人在身后不停地叮嘱着。

黎初遥回头给了他一记眼刀，凌厉的眼神让他默默闭嘴，心道，这姑娘果然好凶。

黎初遥把韩子墨抓到自己卖玫瑰的地方，指着自己放自行车的地方说：“你给我待在那儿，在我花没卖完之前不许乱动。”

“哦。”韩子墨可怜兮兮地望了她一眼，乖乖地走到一边蹲下。

黎初遥眼神一瞟，心中好笑，却强忍笑意，板着脸继续卖她的玫瑰。

结果，她卖玫瑰的速度明显减缓。黎初遥站得有些累了，转头望了一眼，只见韩子墨正蹲在那儿玩手机。

她越想越觉得是那家伙在捣鬼，刚刚的玫瑰肯定都是被这个散财童子找人买去了。她刚想举步上前逼问他，就被一个男生拦住。那男生很大方地掏出两张一百的，要把黎初遥剩下的花都买走。

黎初遥微惊，终于相信刚刚那些花都是自己卖出去的。她开心地将花递给男生，从腰包里掏零钱找给他。

蹲在一旁的韩子墨偷偷抬头看了他们一眼，抓抓头，继续玩手机。手机屏幕上显示着他正在编辑的信息，他点击发送后，买花男生的上衣口袋里亮了亮。

韩子墨偷笑了一下，把手机揣进兜里，双手伸到面前哈着气，使劲地搓着。

就在这时，一朵玫瑰花忽然被递到他眼前，他眨眨眼，抬起头一看，只见黎初遥拿着最后一朵玫瑰，正望着他笑：“这朵送你。”

韩子墨愣了一下，傻傻地问：“这花，不是拿来卖的吗？”

“嗯，是拿来卖的。可是，今天是情人节嘛。”黎初遥说，“我想，你收朵玫瑰，会开心吧？”

韩子墨看着玫瑰花，抬手缓缓接过，他能明显地感觉到，自己的心跳得特别快。

一直以来，韩子墨都不知道自己为什么这么喜欢黎初遥。

现在，他知道了。这个表面冷漠、有些吝啬的女孩，其实有着一颗世界上最柔软的心。

让人想更多地感觉到她的温暖。

那天晚上，韩子墨特别开心地拉着黎初遥往商场跑，在一家家居精品店里抱起一款两万多的紫水晶花瓶就往收银台跑。黎初遥一把拉住他问："你买花瓶干什么？"

"养玫瑰啊！这可是我有生之年第一次收到玫瑰呢，当然得好好养着。你看，插在这里多配啊！"韩子墨兴冲冲地将玫瑰插进花瓶里，开心地捧在手里，歪着头左看右看欢喜得不行。

黎初遥用力地扭过头，握起拳头，告诉自己要冷静，不要和这种烧钱精计较！

"怎么了？你觉得不好看吗？那这款呢？"他又拿起一款更贵的问。

黎初遥深吸一口气，抬手，将他手里的花瓶拿下来，然后扯着他的手腕往外拖，一边拖一边说："我既然送了你花，当然也要送你花瓶。"

"真的吗？真的吗？初遥，你人太好了！"

"那当然，好人做到底，送佛送到西嘛。"黎初遥皮笑肉不笑地说着。

黎初遥一路拉着韩子墨走出了商场，在路边买了一瓶最便宜的矿泉水，将里面的水倒掉了一半，递给他："给你。"

他接过去不解地问："这是什么？"

"花瓶。"

韩子墨整个呆住，半天未动。

待黎初遥走出老远后，他才回过神来追过去说："就这个吗？这怎么可以！花瓶不是应该又美观又昂贵的吗？"

"啊啊，是啊，就和你一样。"

"什么，你说我是花瓶？"韩子墨跳起来要揍她。

黎初遥抬手拉住他辩解道："说你又美观又昂贵有什么不好？"

"对哦。"他仔细想想，好像也没错。

黎初遥不动声色地走开了几步，摊手摇头继续说："也最没用了。"

“黎初遥！”韩子墨瞪大眼睛吼道，“我就知道你最坏了。”

情人节的街道上，一对年轻的情侣一前一后地追逐着。女孩的短发被风吹得飞了起来，她脸上带着恶作剧得逞的坏笑，吐着舌头一路逗着身后的男孩逃得欢快。男孩一手捧着矿泉水瓶，一手挡在瓶中的玫瑰花前面，怕寒风将花朵吹谢。他虽一身被捉弄过后的怒气，嘴里喊着幼稚可笑的威胁话语，可忍不住冒出的开心笑容，让人一眼就能看出，他是多么喜欢前面的女孩，即便她总是使坏，总是捉弄他。

这世上有些人总是特别执着，执着于某个人、某件事情。比如韩子墨，他不管黎初遥如何否认、如何发飙，都对外宣称她是他的女朋友。每年只要是叫得上名字的节日，不管是儿童节还是妇女节、劳动节或植树节，他都会送黎初遥礼物。而那礼物都是一样东西，那就是——手链。

林雨说，等黎初遥大学毕业，完全可以开一个手链展，把各式各样的钻石的宝石的水晶的金的银的玉的手链全部展出来，那效果绝对能亮瞎全城女性的眼睛。

黎初遥笑得不置可否，抬手拨弄了下短发，衣袖稍稍往下掉，露出手腕上那条粉色的水晶珠手链，唯一一颗紫色水晶光泽闪亮，夺目异常。

每次韩子墨看到这一景象就抑制不住去商场买手链的冲动，然后缠着黎初遥把她手上的那条换下来，可每次都以失败告终。

越是这样，他越买来送，他越送，她就越不换。就这样循环着，黎初遥柜子里精致的手链盒越积越多。当她的柜子快要塞不下的时候，他们大学毕业了。韩子墨送黎初遥的毕业礼物不出意外的话又是包装精美的手链，黎初遥接过后连拆都没拆就直接放进包里，让韩子墨有好大的不满意：“你现在连拆都不拆了。”

“拆它干吗？不用看也知道里面是什么。”黎初遥穿着黑色的学士服，站在树荫下望着教学楼前摆着各种造型合影的同学们。七月的毕业季有些炎热，她拽着宽大的衣袖不停地扇着，想解解酷暑。

“这次的手链和以前的不一样，比那些好看多了，你打开看一眼嘛。”韩子墨也穿着同样的学士服，手里拿着方正的学士帽，站在一旁一边帮她扇风，一边缠着她拆礼物。

"不看不看，看了你又得缠我戴上。"黎初遥翻了个白眼道，"你到底是有多不喜欢初晨送我的这条手链，非要我换下来？你说它招桃花，大学四年，除了你这朵桃花，其他的我可一朵也没见着。"

"那是你笨……"韩子墨嘀咕一声，心里默默地计算着自己偷偷赶走了多少朵想接近她的烂桃花。黎初遥身处男女比例二十比一的数学系，即使一头短发，五官俊俏，帅气得不像个女生，却也因为学习成绩突出，性格淡漠，而更增她的精英魅力。

这种魅力，在她大四获得国际数学比赛金牌后，更突显出来。她的后辈们无论男女，只要能和她说上一句话，都能激动得哭出来。

"黎初遥，能跟我一起照张相吗？"一个男同学走过来邀请道。

"好啊。"黎初遥大方答应。

韩子墨眼里寒光一闪，以迅雷不及掩耳之势扑过去，插在两人中间，嬉皮笑脸地说："我也一起照。"

咔嚓一声，快门按下，镜头中留下了三个人的身影。

很多年后，黎初遥翻看自己大学毕业簿的时候，发现她的每张照片上都有韩子墨的身影，不管是她和男生照的还是和女生照的，他总是站在中间，揽着她的肩膀，笑得一脸灿烂。

后来，她一个学心理学的朋友告诉她："这种行为是占有欲非常强的人才会做出来的。"

黎初遥点头说，她知道。

"并且，极度没有安全感。在他心里，认定你会被某个强大的对手抢走。"

朋友的最后一句话，让她恍惚了很久，很久……

久到茶都凉了，灯都熄了，人都走了，她才垂下双眼，望着手腕上的手链，长长地叹了口气……

毕业后，黎初遥回了老家。她本来有更好的去处，只是弟弟黎初晨在前一年也考上了清大，离家很远，她担心母亲在家没人照顾，便在投简历时，往B市投了几份。却没想到，B市最大的房地产公司龙翔集团看完简历，连面试也没有就叫她去上班，开出的工资也很可观。

黎初遥以为自己是撞大运了，可去公司进了老总办公室后，就火冒三丈得恨不得把桌子对面那个嬉皮笑脸的家伙撕成碎片。

“是不是很惊喜啊？”韩子墨转着大皮椅得意地问，“是不是做梦也没想到我会在这里呢？”

黎初遥淡淡地望着他，一言不发。

“给点表情好不好？

“要不，您吱一声？

“生气啦？

“初遥，别生气嘛！”

“没事我走了。”黎初遥站起身来，转身就走。韩子墨连忙追过去拉住她说，“初遥，你去哪儿啊？你还没见我爸呢。”

“不用了，我不想走后门。”

韩子墨拉住她不让她走：“谁说你走后门了？我爸可是从你高中的时候就盯上你了，说你是个人才，又聪明又能干，以后肯定是个好员工。我和他说你毕业了想回家找工作，他连忙叫你来公司上班，肥水不流外人田嘛。”

“真不是你在后面捣鬼？”

“你还不相信你自己的实力吗？清大高才生，拿的奖牌奖状一大箱，谁不想请你啊？”

“这么说，好像也对。”黎初遥摸着下巴道，“我确实是难得的人才。”

“对吧！”韩子墨连连点头。

“不过，你在这儿干吗？”

“我也在这里上班啊。”

“职位？”

“董事长助理。”

“呵呵——”

“你笑什么？”

黎初遥好笑道：“你哪里像助理啊，你是需要配助理的人。”

“这话倒是没错。”韩子墨也赞同。

“你要助理就给你配，只要你在这里好好给我上班。”办公室里休息室的门被推开，韩子墨的爸爸从里面走出来。他还像以前那么胖，一头浓密的黑发全部往后梳着，穿着短袖白衬衫，挺着滚圆的肚子走过来，往皮椅上一坐，传出弹簧被重重压下的声音。

“爸，您真该减肥了。”韩子墨忍不住说，“您看您胖得都快走不动了。”

“你爸我都胖一辈子了，减什么减。”韩爸不以为然地说，“狗不嫌家贫，儿不嫌父胖。”

“我哪里是嫌弃您，我不是为了您的健康着想吗。”韩子墨连忙辩解。

“行了，你不用给我贫嘴了，一会儿和爸爸出去见见世面。”韩爸拿起办公桌上的茶喝了一口，望着黎初遥继续说道，“初遥啊，我已经给财务部的林经理打过电话了，工程预算风险预估那块儿一直都是他在管理，你跟着好好学，叔叔看好你。”

“好的。”黎初遥点头应下了。

上班第一天，林经理将公司历年的财务报表、工程开支、流动资金走向、动产不动产等所有材料都交给黎初遥，让她了解整个公司的运营情况。

那些数据材料，即使是黎初遥这般聪明的人，也没日没夜地看了好几天。

这天，黎初遥又加班到晚上十点多，才从办公室钻出来，回到家看见客厅的灯还亮着，便扬声问：“妈，你还没睡啊？”

“嘘，妈妈睡了。”房间里走出一个少年，熟悉的身形，依然漂亮到发光的脸蛋，让黎初遥有些困顿的双眼猛地睁大：“初晨，你怎么回来了？”

“放暑假了啊。”黎初晨轻轻笑着，好看得不得了。

“你没留在学校打工啊？”黎初遥一边问，一边脱下皮鞋，换上拖鞋走到客厅的沙发上坐下，舒服地伸了个懒腰。

黎初晨走到厨房，端了一杯水出来，递给她轻声说：“温的。”

黎初遥接过来，咕噜咕噜地喝了两口后才道谢。

黎初晨坐在她边上，从茶几上拿起电视遥控器，按了一下，电视机里闪出画面。黎初遥推了他一下继续问：“哎，问你话呢。”

“什么？”黎初晨问。

“你怎么没留在学校打工？你不是最喜欢打工的吗？”以前她在学校的时候，他每年一放假就跑去清大跟着她一块儿打工。

“哦，这个啊……”黎初晨换了几个台，盯着电视，想了想说，“你不是工作了吗？”

“所以呢？”

“听妈妈说你的工资很高。”

“嗯。”黎初遥点头，示意他继续说。

黎初晨不停地换着台，轻咳一声，抿抿嘴唇继续道：“所以，你应该养得起我的吧。”

黎初遥先是一愣，眨了两下眼睛后，扑哧一下笑开了：“你是在求包养吗？”

黎初晨俊秀白皙的脸上悄悄染上了一丝红晕，他连忙转头望着她说：“不是啦，我平时有打工的，赚的钱够交学费了，所以暑假不打工也没关系。而且我还有好多专业课的书要看，所以就回来了。再说……”

“好啦，姐姐养得起你，你就在家好好待着。”黎初遥连忙打断他。这家伙还和小时候一样，稍微逗他一下，他就一脸认真地焦急辩解一连串，真是可爱死了。

“不是啦，姐，我开玩笑的，你别当真啊。”

“知道啦，姐知道你是个懂事的好孩子。”黎初遥笑笑，不再逗他，“好啦，我去洗澡睡觉了，上了一天班累死了。你也早点睡，别玩太晚。”

她一边说一边站起来，习惯性地伸手，疼爱地揉了揉黎初晨的头发才离开。黎初晨一直低着头，当她的手指随意地拨弄着他的头发时，他停住呼吸，轻轻闭上眼睛，十指微微弯曲着，指甲轻轻地抠着沙发上的布料。耳边电视的嘈杂声被屏蔽掉，手指摩擦发丝时传出的嘶嘶声是那么清晰。

当她的手指离开他的发梢，她转身走开的时候，他慢慢睁开眼睛，安静又深沉地望着她的背影。那眼神似乎藏着太多的感情和太多想说的话，却在她稍稍转头之际迅速移开，用力隐藏起来。

她什么也没发觉，什么也没看见，而他过了好半晌才稍稍松了一口气。

其实他也不知道，这样一直跟在她后面好不好。只是，他没办法稍稍离她远一点，就总觉得，身边的空气好像有重量一样，压得自己快没办法呼吸了。

1

初晨，是我故意忘记你

CHUCHEN
SHIWOGUYIWANGJINI

第十四章

那人对我挺好的

CHUCHEN
SHIWOGUYIWANGJINI

深夜，一向浅眠的黎初遥忽然发觉房间里好像有动静，似乎有个人在房间走动，而走动时发出的声音不像家里的任何一个人。她悄悄睁开眼睛，竖起耳朵听着。那人来到了床边，黎初遥并没有马上起来，她冷静地分析着，今天父亲上夜班，弟弟也是第一天晚上回来，可能是有小偷之前踩过点，知道这个家里只有两个女人，所以跑来作案。如果是小偷，床头柜的抽屉里还有几百块现金，他拿了就走是最好的了；如果那小偷觉得不够，要逼着她起来的话，就说明作案的人不止一个，这时为了保证自己的安全，必须先把自己的眼睛蒙住，然后把钱包里的银行卡给他，要他承诺在不伤害她家人的情况下，将正确密码告诉他。

一瞬间，黎初遥将所有将会发生的危险情况在脑子里演练了一遍，甚至连谈判的说辞都想好了。床垫忽然往下一沉，身边多了一个人的体温，那人的大手悄悄地揽在了她的腰上！

居然是个采花的！黎初遥的理智瞬间全飞，她猛地将那人的手一抓，用力坐起来，将他的手臂往后一折，用身体重量将他的手臂按在背后，从小就和父亲学得很熟练的大擒拿手一下就使了出来。

“哎呀呀，疼疼疼，初遥，是我，是我。”那熟悉的声音让黎初遥愣了愣，等她分辨出来是谁后，并没有马上放手，而是更加用力地按住他问：“你是谁？”

“是我啦，韩子墨。”

“哼，你别骗我了，韩子墨虽然人笨脸皮厚，好歹是个正人君子，可不会像你这样半夜偷偷摸摸爬到女生床上来。”

“啊！好疼，初遥，你放开我。”韩子墨的手被按得死死的，“手快断了，我残废了，你可要负责照顾我一辈子的。”

“照顾你一辈子？”黎初遥冷笑一声，“那不如现在就弄死你。”

“哎哟，初遥，我错了，你饶了我吧。”

“说，你是怎么进来的？”

"我去公安局找你爸要的钥匙，嘿嘿。"

"我爸居然给你了？"黎初遥不敢相信地问。

"那自然，我是他未来女婿嘛。"韩子墨为了追到黎初遥，对黎爸自然是好得不得了，天天以未来女婿自称，找着名目给老丈人送礼，老丈人对他的印象也极好。

"还撒谎！"黎初遥更加用力了。

"哎哟，好啦！是我骗来的，是我从你爸那里骗来的。"韩子墨被逼得说了实话。他骗黎爸说他有份重要的文件在黎初遥这里，必须马上拿到，但是黎初遥手机又关机了，敲门又怕吵醒黎妈，所以就来找他拿钥匙。

"我就知道。"黎初遥哼了一声，松手放开他，转身把床头的小灯拍亮了。韩子墨揉着手臂哼唧哼唧地叫疼："你这女人也太凶悍了。"

黎初遥瞥他一眼道："你就偷着乐吧。要是我床头藏了一把刀，刚刚你就小命不保了。你大半夜不在自己家待着，跑我家来干吗？"

"我被我爸赶出家门，无家可归了。"韩子墨像个小孩一样，指着脸告状道，"你看，我爸还打我呢。"

黎初遥见他受了委屈，不但不心疼，反而扑哧一声笑了出来。

"你还笑！真没良心，白对你好了！"

"你爸不是一直把你当成宝贝一样宠着吗？今天怎么舍得打你？肯定是你做错事了。"

"我说黎初遥，你看事情不要这么通透好不好？"韩子墨一脸不爽地翻了个身，嘀咕道，"再怎么犯错也不能打我呀。哼，我再也不回家了，我要离家出走。"

"多大人了，还离家出走，就这点出息。"黎初遥推了他一下道，"你做错什么事了？"

"没做错什么。"

"没做错什么你爸会生这么大气？"

"真没做错什么。"

“不说就算了，赶快回家去。”

“黎初遥，你怎么这么没良心呢？上大学的时候，我收留了你四年，你冬天往我那儿放围巾帽子等乱七八糟的，夏天往我那儿放指甲油凉鞋，一到寒暑假还带着你弟拎包入住，我说过一句话了吗？我拒绝过一次吗？我今天在你这儿住一晚就不行了？”

“别转移话题了，说吧，你到底做错什么了？”

韩子墨叹了口气，坐起来道：“我真没做错什么，是我妈。”

黎初遥点点头，示意他继续说。

“我妈本来就喜欢打牌，我上大学这几年呢，她更是闲得没事做，牌瘾越来越大，经常和朋友去澳门赌场里玩。这几年她越赌越大，越输越多，我爸就火了，不许她再去赌，他们为了这件事吵了不少次。昨天她又想去赌，被我爸发现了，我爸不让她去，把她身上的钱全部没收了，还把她关在家里，然后就去上班了。”韩子墨说着说着叹了口气，“我看我妈哭得可怜，不忍心就开门把她放出来了，还把我的卡给她了。”

“然后你爸就对你发飙了？”黎初遥猜测道。

“嗯。”韩子墨点头，垂下眼来，有些难过地说，“我从来没见我爸发这么大的火，更别说动手打我了。”

“这不能怪你爸，完全是因为你妈染了恶习，你爸在帮她戒，你不但不帮忙还拆他的台，换成我我也生气。”黎初遥觉得韩爸气得有理。

“不就是输了点钱吗？有什么大不了的。女人输钱，男人再挣就好了呀。”

黎初遥摇头道：“这不是钱的问题。你爸只是在保护你们的家而已。你想，即使你们家家底丰厚，照你妈输钱的速度，谁也不能保证没输光的一天。他阻止你妈赌博，是在尽他做丈夫的责任，这是正确的，你不该责怪他。”

“我没怪他，我知道他做得对，我不是看我妈哭得可怜吗？她都快跪下求我了。唉，我也知道我不该放她出去。”韩子墨心里也很懊恼。

黎初遥说：“好了，你也别自责了，等你妈这次回来，你和你爸再好好帮她改。”

“嗯。”韩子墨点头，望着黎初遥笑，心里喜欢得紧。自己的初遥真好，什么事和她一说，马上就能找明方向了。

“不说了，都三点了，你快回家去睡觉吧。我困死了，明天还要上班呢。”黎初遥躺了下来，懒懒地赶他走。

“你也知道都三点了，我回家还得一个多小时，到家天都亮了。我不回去了行不行？”韩子墨死皮赖脸地求着。

“不行。”黎初遥闭着眼睛，拒绝得斩钉截铁。

“初遥——”他半趴在她身上摇晃着撒娇。

“不行！”

“遥遥——”

“滚蛋！”

“上大学的时候……”

“行了，你去外面睡沙发吧。”黎初遥挥手道，要是让他从上大学时开始抱怨，估计今晚他们两个都别睡了。

“不要，客厅沙发太短了，我睡不下。”

“那你想怎么样？”黎初遥猛地推开他，一下坐起来，凶悍地问，“难道你想睡我床上吗？”

韩子墨被她这么一推，一下子从床上滚了下去。他拽过一个抱枕抱在怀里，可怜兮兮地说：“我睡地板！我睡地板还不行吗？”

“出去睡地板。”

“上大学的时候……”

“行了，睡吧。”黎初遥啪的一下拍灭了床头的台灯，往床上一倒。黑暗中，韩子墨狡猾地笑了一下。

等了半晌，黎初遥睡着了，他又一次偷偷地爬上床。

但结局依然是——被踹下来！

第二天早上，黎初遥哈欠连天地起来刷牙洗脸。吃早饭的时候，黎初晨问："姐，你昨天晚上没睡好啊？"

"嗯。"黎初遥没什么精神地点点头。

黎妈妈心疼地说："工作太累了吧？以后少加班，早点回来睡觉。"

"嗯。"黎初遥又点点头。

就在这时，黎初遥的房间门又被打开，里面走出一个睡眼惺忪的大帅哥。他穿着皱皱的草绿色T恤，棉质黑色短裤，光着脚踩在黎初遥的小拖鞋上。他走到餐厅从饭桌上抓起一个小包子，塞进嘴巴里嚼了嚼，咽了下去，然后端起黎初遥面前的稀饭喝了两口，放下后望着黎初遥说："昨天晚上没睡好，腰都疼死了，我今天不去上班了，在你这儿多睡一会儿。你下班早点回来哦，我在家等你。"说完，弯下腰来，在黎初遥脸颊上亲了一口。

从他出来，到他回房间关上门继续睡的这段时间，黎家人都像是在做梦一样。连黎初遥自己都忘记了房间里还有这一号人物，因为他是睡在床里面的地板上，她出来的时候没看见他，所以……

黎初遥抬头，见妈妈和弟弟的眼神都是那么的让人尴尬，连一向镇定的她都微微不自觉地逃开他们的目光了。

黎妈咳了一声说："那个……下次，还是出去比较方便。"

一向安静乖巧的黎初晨摔了碗，站起身来，一句话不说地回了房间，直到黎初遥去上班都没出来。

黎初遥一个早上都没心思上班，坐在座位上想，回家要不要去解释一下？可是这种事，越解释似乎越解释不清呢！

QQ上，林雨的QQ头像一直在闪动，黎初遥点开一看，林雨在那头说她也要回老家工作了，明天晚上到，叫黎初遥去接驾。

黎初遥在对话框里输入：好。

林雨回复：怎么有气无力的？

黎初遥：你是怎么从我的一个字里看出我正有气无力？

林雨：我是感觉出来的，不是看出来的。

黎初遥：你真厉害。

林雨：必须的。怎么了？韩子墨欺负你了？

黎初遥：他做了一件让我觉得很丢人的事。

林雨：他什么时候不丢人了？【流氓兔大笑表情】

黎初遥：哎，你说我要不要回家和我妈我弟解释一下？

林雨：有什么好解释的，你都是成年人了，你妈不是说了吗？叫你们下次去外面开房。哈哈哈，说明她的思想还是挺开放的呢。

黎初遥：我窘，那我弟呢？

林雨：你弟那是严重的恋姐情结。

黎初遥：别胡说。

林雨：本来就是，你弟不但继承了黎初晨的位置，还继承了他的恋姐情结。

黎初遥：……

林雨：对不起，我不该提这件事。

黎初遥：没关系，在我心里，他们已经是一个人了，没有谁继承谁。

也许几年前她还能想起另一个名字，可是现在，她已经完全记不起了，她不知道自己是忘记了黎初晨，还是忘记了李洛书。十四岁前的黎初晨，十四岁后的李洛书，在她心里，天衣无缝地合并成一个人。那个人，就是现在的黎初晨，漂亮又乖巧，温和又体贴的少年。

还未等黎初遥惆怅太久，办公桌上的电话铃响了，她接起来说道："你好。"

"黎初遥，到韩总办公室来一下。"

"是。"黎初遥挂了电话，整理了一下仪容，走到韩总的办公室门口，敲了敲门。里面传出应答声，她推开门走进去，"韩总，您找我？"

"嗯。"办公椅上胖胖的韩爸一脸严肃，抬头问，"工作还习惯吗？"

"习惯。"黎初遥点点头。上班半个多月，黎初遥早就发现，韩爸在员工面前总是又严肃又精明，不能容忍一丝错误和谎言，说一不二，非常有魄力。而在韩子墨面前，他却笑呵呵的就像个弥勒佛。

这种两极化的表现，让黎初遥觉得很诡异，甚至有些犯怵，总觉得这个中年男人有些人格分裂。

“对公司的财务状况，你怎么看？”韩爸提出问题。

“韩总，即使您不问我，我也准备向您汇报一下，公司的流动资金从前年起就开始逐年减少，到今年六月只剩下一千万。而今年公司新接的两个工程，一个新城区建设就需要最少八千万的流动资金，再加上去年要结算的工程款，很可能会造成资金断链。资金一旦断链，工程马上就得停工，前期几个亿的投资也会套牢，这对公司来说太危险了。”黎初遥一边说一边递出了一份报表，“这是我做的风险预算报表，您看一下。”

韩爸接过报表，没有马上打开看，只是点点头说：“你说的我都知道。不过，做生意经常会遇到这种状况，危机无时不在，我们没办法避免的时候，就要硬着头皮闯过去。”

“韩总，恕我直言，您这是在赌博。”

“不，我相信自己的能力。虽然我的账面上没有足够的资金，但是我知道哪里有。”韩爸从上衣口袋里拿出一包烟，点起一根，抽了一口继续说，“高风险才有高回报。如果每个公司都是有一千万就做一千万的生意，那怎么能发展？”

“既然这样，那就当我没说。”黎初遥拿回报表，一手投进垃圾桶，“既然您不相信精算师，又何必花钱请我？”

“我不是不相信你，我是更相信我自己。”韩爸笑着说。

黎初遥耸耸肩，不置可否。

韩爸又深吸了一口烟，皱着眉头有些忧心地问：“你知道韩子墨在哪里吗？”

黎初遥的眼神躲闪了一下说：“这个，我不太清楚。”

她实在不是故意要说谎的，不然怎么说呢？难道说你儿子在我床上？她敢这样说，对面那个恋子情结严重的胖子说不定就蹦起来劈了她。

“是吗？”韩爸神情有些失望，嘀咕道，“这臭小子跑哪儿去了，又不来上班！”

“可能还在睡觉吧。”黎初遥说。

“唉，这家伙懒懒散散的，我怎么放心把公司交给他……”韩爸刚想再说些什么，他桌上的手机响了。黎初遥瞟了一眼，来电显示上写着老婆，她礼貌地说：“韩总，没事我先出去了。”

韩爸挥挥手让她出去，接起了电话。黎初遥还没走到门口，就听见韩爸站起来叫：“什么？他们扣留你！”

黎初遥停住脚步，关心地回头望去。韩爸满脸焦急，手里紧紧地握着电话说：“你别哭，你别哭，你好好说，你到底输了多少钱？”

电话那头的韩妈可能报了不小的数额。

韩爸气得脸色都变了，气急败坏地骂道：“你个败家娘们！我早就应该让你被人砍死！你当我是印钞票的吗？我整个公司都给你输掉了！你还在赌！我懒得管你！你去死吧！

“哭！你现在知道哭了！你再哭也没用！我没钱救你，你该卖身卖身，该卖器官卖器官，我不管，你死在澳门最好，老子眼不见心不烦。

“你把电话给放高利贷的人……”

黎初遥听到这里，转开门把，轻轻地带上门出去。韩爸到底还是心软了，肯定又得拿公司的钱去给韩妈还债。韩妈其实心里知道，她的丈夫不会不管她，儿子也不会不管她，所以才一直这么肆无忌惮地赌下去。

只是苦了韩爸，娶了个爱赌博的老婆，生了个不省心的儿子。

晚上下班的时候，黎初遥偷偷地查了下公司的流动资金账户，余额：九十九元。

黎初遥摇了摇头，心想，老话说得对，家里有个赌鬼，金山银山也会有输光的一天。

黎初遥今天下班特别早，她已经没有加班的必要了。出了办公楼，她去超市买了妈妈最喜欢吃的菜拎回家。打开家门一看，韩子墨居然还在，他坐在沙发上，一动不动的。黎初晨坐在另一头，脸色也不好看。客厅的电视没开，空气里有一股剑拔弩张的战火味。

黎初遥眯了眯眼，走进来，假装没感觉地问：“韩子墨，你怎么还在我家啊？”

韩子墨站起来，笑得有些僵硬：“不是想等你下班一起吃饭嘛。”

黎初遥说：“晚上我在家里吃。”

韩子墨顺口接道：“那我也在你家里吃。”

“行，今天晚上我做饭，你过来帮忙。”黎初遥使了个眼色，把韩子墨叫到厨房去，韩子墨屁颠屁颠地跟去了。黎初遥从购物袋里拿出青菜，丢进水里，韩子墨打开水龙头洗着。

“你怎么把我弟惹生气了？”黎初遥不经意地问。

“没有啊。”

黎初遥不信：“那他的脸色怎么那么难看？”

“我怎么知道呢？”韩子墨一边洗菜一边说，“我刚刚起床，看他在喂你妈吃药，我就说，哎哟，初晨啊，你真孝顺，以后也要一直这么孝顺，永远做你妈妈的好儿子，你姐姐的好弟弟。没了。”

“就这样？”

“就这样。”

“那有什么好生气的？”黎初遥不解。

“就是啊。”韩子墨看见黎初遥迷惑的神情显得特别高兴，重复着她的话，“那有什么好生气的？”

厨房外，一个刚准备走进去的身影闪了一下，又转身离开了。

黎初遥没看见，韩子墨却看见了，他放下手里的青菜说：“我去拿个东西。”

黎初遥瞪着他的背影说：“有什么东西好拿的，就知道偷懒，晚上不给你饭吃！”

韩子墨没被她的威胁吓倒，还是跑出了厨房。黎初遥摇摇头，只能自己洗菜了。

韩子墨走到客厅，往前面的阳台上看了看，阳台上的少年站在霞光之中，满脸的落寞。韩子墨走过去，推开门，少年看也没看他一眼。韩子墨站在他的身边，从口袋里摸出一包烟，低下头点上一根，抽了一口问：

"当年你改名换姓的时候，不是说不会后悔的吗？"

"我没有后悔。"少年漂亮的脸上满是倔强。

"那就好，没后悔就好。"韩子墨用力吸了口烟，又道，"不过，就算你后悔也没用。"

黎初晨轻轻握起双手，轻声道："不用你说，我也知道。"

"好心提醒你而已。"韩子墨说完，将烟灭掉，然后把烟蒂丢在阳台上的花盆里，转身回到屋里，继续帮黎初遥洗菜去。

黎初晨依旧站在阳台上，看着楼下的车水马龙发呆。也不知道站了多久，屋里传来黎初遥的呼喊声，似乎是在叫他吃饭。他转过身去，见家里已经开了灯，他站在黑暗的阳台上，往屋里看，屋里的两个人端着菜走出来，摆在桌上。男生嘴馋地偷吃了一口，女生抬手拍了他一下，男生笑嘻嘻的，好像被打了也很开心。

他们两人靠得那么近，近得让他特别难过，就像又回到小时候，他完全被姐姐和黎初晨排除在外的那种感觉。

不管他多么多么羡慕，多么多么用力靠近，可是，就是得不到。

别说得到了，连触碰都不可能，连想都不可以。

黎初晨缓缓低下头，抬起手，在黑暗中，一遍又一遍地摸索着他手心中的掌纹。

其实，他早就认命了。

一世孤苦，这是从他出生就注定的命运。

"初晨，进来吃饭了。"黎初遥叫了弟弟一声，见他没有反应，以为他没听见，便走到通往阳台的玻璃门前，推开门，让屋里的灯光渗进黑暗的阳台，照在黎初晨身上。他木然地站在那儿，望着她的眼神似乎充满了难以忍受的痛苦。

黎初遥被他这样的眼神刺痛，心疼地走过去问："初晨，怎么了？谁欺负你了？"

黎初晨别开眼，摇摇头说："没有。"

"那你为什么难过？"黎初遥抬手，双手捧住他的脸颊，仰头望着他漂亮的眼睛，不让他逃避她的追问。

黎初晨忽然伸手，猛地将她紧紧抱住，低下头，闭上眼睛，在她耳边轻声问：“姐，我是不是一辈子都是你弟弟？”

“那当然了。”

“那你是不是，一辈子都不会不要我？”

“那当然了。”

“这样啊……”

“你到底怎么了？”

“没事，这样就好。”黎初晨歪着头，默默地睁开眼睛，靠在她的耳边，呢喃着，“这样我就不后悔。”

“好啦，好啦。”黎初遥觉得他是在撒娇，便笑着抱着他，像小时候一样轻轻摇晃着，拍着他宽阔的后背说，“别胡思乱想了，姐姐怎么会不要你呢？除非你娶了老婆，不要姐姐了还差不多。”

“我不会的。”黎初晨连忙说。

“说不定哪天你就带个漂亮妹子回家了。”黎初遥调侃道。

黎初晨还想再保证一次，可韩子墨早已等不及了，推开玻璃门叫唤道：“你们两个还要抱到什么时候啊？菜都凉了。”

黎初遥听到他的叫声，便放开黎初晨，拍拍他的肩膀说：“走吧，吃饭去。”

“嗯。”黎初晨低着头，跟在她后面，无视身后那道愤愤的眼神。

韩子墨有些不甘心地忽然冲上前去，从后面一把抱住黎初遥，吓得黎初遥大叫一声：“你干吗？”

“我也要抱抱。”韩子墨噘着嘴巴说。

“走开啦。”黎初遥想拉开他的手，但就是拉不开，只能让他用力抱着。韩子墨满意地揉了两下才放开她。

她转身瞪他：“你真无聊啊。”

“人家吃醋嘛。”韩子墨又开始卖萌撒娇耍赖了。

“吃醋你个头，吃饭啦。”黎初遥最吃不消他这套了，真不知道他这一米八的大个子，长得也英气勃勃的，为什么撒起娇来这么的……嗯，贱贱的，让人想揍两下。

“好啦好啦，吃饭。”韩子墨又贴了上来，搂着黎初遥往饭厅走。

几人还未坐下，韩子墨的手机响了起来。他拿出来一看，是他妈妈的号码，接起来道：“喂……”

他招呼还没打完，就听见电话那头有个女人焦急地说：“子墨！你赶快回家吧，你妈要跳楼自杀啊！”

“什么？林姨你说什么？”韩子墨心中一阵乱跳，一种不好的预感强烈地向他涌来。

“你妈要跳楼自杀，你赶快回家来劝劝吧！”

“我马上回来！”韩子墨这次听清楚了，连忙挂了电话，疯了似的往外跑去。

黎初遥和黎初晨对看一眼，都觉得肯定有什么大事发生，不放心这样惊惶无措的韩子墨独自跑出去，便追了上去。院子里的韩子墨正在发动车子，却发动了好几次都没成功。

黎初遥连忙打开驾驶室的门，把他拉出来推到副驾驶的位置上，帮他系好安全带后，熟练地发动轿车，开出了院子。

一路上，韩子墨都在用力地咬着手指，拨着电话，可电话怎么也打不通，他急得眼眶都红了。黎初遥一手开车，一手握住他不停颤抖着的手说：“没事的，没事的。”

黎初遥不停地安慰着他，可越是这样说，事情越是不顺，高峰时段的马路上堵得厉害，车子停了半天一动也不能动。韩子墨心急如焚地使劲按喇叭，可是一点用也没有。

韩子墨推开车门，不管不顾地跑下车，沿着人行道往家里狂奔。黎初遥怕他太激动会出什么事，连忙叫黎初晨赶紧跟着去，自己把车开过去。

他们两个下车好一会儿后，车流才动了起来。黎初遥心里也很着急，不知道韩子墨家到底出了什么事，好不容易把车开到韩家的三层小别墅外，便连忙下车冲了进去。

别墅太大了，里面一个人也没有。她四处看了看，刚选定一个楼梯想往上走，就听见院子里传出两声巨响。

黎初遥吓得心里一惊，顺着发出声音的地方往前走，打开直通后院的木门，只见种满名贵花草的庭院里，笔直地躺着两个人，一个身材肥胖，一个身材娇小。身材娇小的女人躺在男人的上面，男人胖胖的手还紧紧地抱着她，似乎在掉落的最后一刻，还在用尽最后一点力气去保护怀里的人。鲜血从那两个人的身体里流出来，染红了褐色的土地和白色的大理石走道。

黎初遥抬手，难以置信地捂住嘴唇，脚底像是灌了铅一般，一步一步沉重地挪过去，看了一眼，果然是……韩子墨的爸爸和妈妈。

“韩子墨……”黎初遥轻声地叫他的名字，四处张望，却找不到他的身影。她莫名抬头，只见三层楼的屋顶上，有个人大半个身子都探在外面，伸着手，使劲地维持着往下捞的姿势。他的身后，有两个人紧紧地拽着他，才使他不至于也跟着掉下来。

“爸——妈——”韩子墨疯狂地哭喊着。

黎初遥似乎感觉到，那从空中坠落的眼泪，滴落在她的脸颊上，让她心里一阵阵疼。

她多么希望，这个生下来就像被上天恩宠着的大男孩，永远不要遇到不幸的事。

他应该一直笑着，阳光灿烂，又有些贱贱的。

而不是像现在这样，撕心裂肺地哭喊。

韩氏夫妇的坠楼就像一颗忽然爆炸的炸弹一般，炸得所有人都晕了。韩爸在B市也算得上是个大人物，黑白两道通吃，有不少人将自己的积蓄放在韩家的公司投资。而韩氏夫妇坠楼又是因为钱，以至于很多人都认定韩家是要倒了。

不少人第一时间就来医院找韩子墨要回放在他父亲公司的投资款，一群带动一群，发展到后来，不止投资的，集资的、借贷的，连银行的都来了。

韩子墨一瞬间就被他们的围攻吓蒙了。在他的印象里，他家有的是钱，怎么会忽然一下子跑出这么多人，说自己欠他们钱呢?

韩子墨捂着耳朵逃避着，不停地大叫："我不知道！有什么事等我爸爸醒了再说。"

可是人群不听他辩解，围着他要钱。韩子墨快要被逼得走投无路的时候，一个人挤了进来，往他和要债的人中间一插，朗声道："我们公司又没倒闭，你们急着要钱的话就去公司财务要，只要有凭有据，自然会按合约还你们钱。"黎初遥双手环胸，望了望四周要债的人说，"不过我们公司账上也没什么钱了，去晚了可就要等等了。"

她的话还未说完，围着的人瞬间不见了，他们全部往公司跑去。黎初遥一把拉过韩子墨说："快，马上转院。"

"为什么？"韩子墨问。

"你们家账上连一百块都没有。"黎初遥说出了残酷的事实。

这句话彻底把韩子墨打倒了。可事情似乎还未就此结束，为了躲避追债的，父母不能住进最好的医院，病情又恶化了，本来从昏迷中稍微清醒过来的韩妈又陷入昏迷，韩爸则是一直没醒。

另一边，公司空账的事被报了出来，所有和公司合作的施工队都害怕拿不到工资而停工。因为账上资金不足以支付银行的利息，所以就连不动产都被银行查封，公司的股价也从那天开始一路狂跌。一系列黎初遥之前担心过的事正在一件件发生，所有的人都知道，韩家要倒了。

而一向不问世事，只知道玩乐的韩子墨别说是重新撑起公司了，就连为什么一夜之间事情变成这样，他都不知道。他现在变成了过街老鼠，连面也不敢露，他父亲之前欠了太多人的钱，黑道白道都有，谁都想找他讨债。

可他现在穷得连父母的医药费都付不起。

要不是黎初遥帮忙垫付，他父母早就被赶出医院了。

怎么会这样？怎么会这样?

这种从天上跌进泥里的感觉，让韩子墨崩溃了！他不知道该怪谁！

他明明是要风得风、要雨得雨的大少爷，可是现在呢？

为什么他会落到快要家破人亡的地步？他害怕，他不解，他接受不了！

“都怪你！”韩子墨疯了，他失去理智一般拉过黎初晨的衣领，大声冲他喊着，“都怪你！都是你的错！都是因为我们家收养了你，才会变成这样！才会家破人亡的！是你！都怪你！都怪你这个丧门星！都怪你！”

“韩子墨！你在胡说些什么！”黎初遥走过去，使劲拉住韩子墨，把他往后拖，不让他伤害黎初晨。

“我没有胡说！我妈说的，他一生下来算命的就说他命中带克！会克死身边所有的亲人！他爸妈不信还养着他，结果没两年就全死了。他后来又到了奶奶家，奶奶怕他，一直把他赶在院子里住，却还是被克死了！现在他又来克我们家了！又来克……”

啪的一声，响亮的巴掌声和刺痛感让疯狂的韩子墨安静了下来。

他抬起疲惫到通红的双眼，望着眼前的人。那人说：“清醒一点吧，韩子墨。他早就离开你们家了，他现在叫黎初晨，是我的弟弟，要丧也是丧我家，和你们家一点关系也没有。”

韩子墨笑了，笑容特别冷、特别残忍，他指着黎初晨说：“你以为你家没被他克吗？你以为你家没家破人亡吗？你弟弟早就死了！十四岁就死了！你妈妈也早就疯了！你爸爸已经被累得不成人形全身是病！你还把他当弟弟？我看应该清醒的是你吧？”

黎初遥握紧双手，气得全身颤抖。她深吸了一口气，挺直背，一字一句地说：“只有没用的人，才会总是怪罪他人，推卸责任，迷信命运！”

她顿了一顿，轻声说：“韩子墨，我瞧不起你。”

说完，黎初遥拉着黎初晨头也不回地走了。韩子墨低着头，抬手缓缓摸上脸颊，过了好久好久才特别委屈地说：“你看，你总是维护他。我都这样了，你还维护他……”

医院外，黎初遥和黎初晨一前一后地走着。医院地处偏僻，路上没什么人，黎初遥抬头望着远方，似乎想起，很久以前，他们也是这样一前一后地往前走。那次，是她正式决定把他带进黎家，接纳他成为真正的亲人。

黎初遥放慢脚步，回头望了黎初晨一眼，有些担心这个心灵脆弱的孩子，在刚才韩子墨的大声谴责中受到伤害。

可是好像并没有，他神色如常，动作也不僵硬，眼神也干净清澈，毫无怒气。黎初遥虽然稍稍放下心来，却还是忍不住叮嘱："别把韩子墨说的话放在心上，他受的打击太大了，现在脑子不清醒，说的话都是废话。"

"姐，我没事。"黎初晨抿着嘴唇笑了下，"我早就不会为他们的言论难过自卑了。你以前不是教过我，下次再有人这样说，就要对他吐口水吗？"

黎初遥眨眨眼睛，有些不信地说："我教过这么不文明的行为吗？"

"教过呀。"

"亲爱的弟弟，你一定是记错了。"黎初遥使劲摇头不承认。

"亲爱的姐姐，你和我说的每一句话我都不会记错的。"黎初晨眯着眼睛笑。

"好吧，姐姐告诉你，你现在长大了，不能对人吐口水了，不爽的话就直接揍他。"

"嗯，我记住了。"黎初晨使劲点头。

马路对面的红灯亮着，黎初遥望着数字读秒。当数字一点点变小最后变成零的时候，绿灯亮起，人行道两边的人纷纷冲往对面。黎初遥也举步向前，可是身后的人停住了。黎初遥转头望着他，问："怎么了？"

"姐，你有没想过，也许我真的是克星呢？"

黎初遥愣了一下，笑了，伸手拉过他，一边过马路一边说："如果你是克星，那我就是你的克星，咱俩可以比比看，是谁比较厉害。"

黎初晨垂下双眼，望着他们交握的手，轻声说："那自然是你厉害。"

他的声音被淹没在刺耳的车鸣声中，走在前面的人一点也没听见，只是觉得，那只她握着的手，也正用力地握着她。

医院三楼，是脑神经科的住院病房，这里住的都是脑部受伤的患者，韩子墨的父母就住在三楼最里面的病房。病房里有三个床位，还有一个床位上住着一个高中生。听他父母说，那孩子是在下晚自习时不小心摔下了楼，跌到了后脑勺，过了好久才被送进医院，之后就一直没醒，至今已经一年了。

孩子的父母倾家荡产地给他治疗，就希望他再睁开眼睛看一眼。可是……就算睁开眼睛看了又能怎么样？隔壁病房的一个病人，昏迷了四个多月才醒的，醒来后四肢瘫痪，口齿不清，连智力都退化了。

韩子墨坐在病床中间，望着一左一右躺着的两个人，他们的头上都缠着厚厚的绷带，紧紧地闭着双眼，好像携手去了同一个地方，却留下他一个人，面对这像噩梦一般的现实。

韩子墨伸出双手，一手握住了父亲胖胖的手，一手握住母亲涂着艳丽指甲油的手。在盛夏的季节里，他们的手居然冰冷得可怕。韩子墨用力地握住，想将自己的体温传给他们，可是一点用也没有，后来他都觉得冷了。

全身，冰冷。

韩子墨使劲地咬着嘴唇，双眼瞬间蓄满了泪水，哽咽的声音从喉咙传出又被他使劲咽下。他不想哭，他是男子汉啊，怎么能哭得像个傻瓜一样，要是被黎初遥看见，又要骂他没用了。

可是他忍不住啊，他害怕啊，他真的害怕！

韩子墨一眨眼，眼泪就不受控制地往外流。他歪着头，用肩膀上的衣服胡乱擦着。

就在这时，一张纸巾递到他的面前。韩子墨睁开模糊的双眼，转头望去，黎初遥正笔直地站在自己身后。韩子墨立刻放开父母的手，一下子站起来，背对着她用手背使劲地在脸上擦了擦，愤愤地说：“你回来干什么？你不是走了吗？

“你不是看不起我吗？还回来干什么？”韩子墨转过身来，爆发一般冲她喊，“看见我哭是不是很高兴啊？是不是觉得我特别没用？

“是，我没用，我不知道怎么救公司，我眼看着老爸几十年的基业就快要毁掉也束手无策。

“是，我没用，我连个好医院都不能让爸妈住。

“是！我知道！这世界上没有比我更没用的人了，没有了老爸老妈，我只是一个废物而已！你不用管我这个废物！你走！你走吧！”

黎初遥淡定地站在一旁，等他把一连串自暴自弃的话吼完，才从他身边擦过去，拿起放在病房的背包说：“我只是回来拿下包而已。”

说完，她背起背包，洒脱地转身就走。韩子墨眨眨眼睛，脸上还挂着刚才没擦干净的泪珠，呆呆地看着她的背影，似乎不相信她真的就要走了。

“黎初遥！”韩子墨气得大叫。

黎初遥停住脚步，没有回头，过了一会儿，身后传出脆弱的、压抑的声音：“你别走……”

她愣了愣，缓缓转过身去。身后的那个家伙，就像是个失去依靠的孩子，乞求着最后一个会陪伴他的人不要离开。

黎初遥心软了，叹了口气，走过去，弯腰将背包放回原来的地方。

随着她一系列的动作，韩子墨眼眶又红了起来。黎初遥直起身子，背对着他，轻声说：“以后不许无理取闹了。”

韩子墨点点头，上前一步，从背后抱住她，紧紧地将她搂入怀里说：“对不起，我只是……很害怕。”

“我知道。”黎初遥没有像往常一样拒绝韩子墨的靠近，而是抬手，拍着他的手背，柔声安慰他，“别怕，会好的。”

“嗯。”当韩子墨紧紧地抱住怀里的这个人时，烦躁而恐惧的心终于平静下来，那绝望的阴霾也被这温暖暂时驱散开来。

很多事情，你越是希望它往好的方向发展，它就越是坏得一发不可收拾。十天后，韩子墨的父母还是没有醒来，这已经是医学上的临界点了，代表着今后也将很难醒过来，甚至可能很快死亡。

日子一天天地增加，韩子墨越来越焦虑，他开始绝望，他不敢想象今后的日子该怎么办。庞大的债务，昏迷不醒的双亲，无能的自己，前途的黑暗，这一切的一切将他压得喘不过气来。

医疗费渐渐告急，听到黎初遥在病房外面偷偷打电话和林雨借钱后，他又一次崩溃了，爆发了。他不能自私地拖累这个努力活着的女孩，一路上他看着她辛苦地赚钱，看着她一分一分地攒下来，而仅仅半个月，她就为他一扫而空。

他忽然觉得以前的自己很可笑，居然会因为她不愿意给自己买冰激凌而生气。那时的自己，是多么的幼稚。

以前的自己，总是信心满满地觉得能给她幸福的人只有自己，可是现在呢？

现在的自己，除了会拖累她，还能干什么呢？

“分手吧。”韩子墨从未想过自己会这么冷静地说出这句话，他以为他这一辈子都会对她死缠烂打，就算她不愿意，他也要永远和她在一起。

韩子墨听见自己特别沉稳地说着。以前他特别羡慕黎初遥，她总是那么冷静、沉稳、处变不惊。他总想着，自己什么时候也这样来一次就好了。现在，他就这样对着她不喊不叫，冷静自持地说：“反正，我们在一起，也是我单方面决定的，你从来没答应过我，也从来没说过喜欢我。所以，就算我们分手你也不会难过吧？”

黎初遥并未动容，淡定地说：“你又开始无理取闹了。”

“那你说，你喜欢我吗？你爱我吗？”韩子墨紧盯着她问。

黎初遥有些无奈了：“喂，韩子墨，你是女人吗？只有女人才喜欢这样问。”

“行，我知道了，在你心里我就是个没用的女人！”韩子墨点点头说，“我这个女人以后再也不会缠着你了，你走吧！”

黎初遥深吸一口气，将心里的暴躁全部压下。她不习惯和人吵架，也不会为自己辩解，她总是觉得大声说话是很不理智、很不优雅的一件事，自她长大以后，就不屑去做。

所以，面对韩子墨的质问，她总是无言以对，她总想着，等他冷静下来再谈。

可这样的处理方式，显然不适合正处于极度不安中的韩子墨。

他害怕拖累黎初遥，也害怕一个人，他在矛盾的深渊里不停地来回着、挣扎着。

理智告诉他应该放手，但他放手后又觉得害怕，觉得自己一个人无法挺过去，喝醉酒后又哭着给黎初遥打电话，求她不要离开。

他就这样反反复复，清醒的时候要分手，醉的时候要和好。

黎初遥都被他搞得没脾气了。

林雨说："真佩服你能忍他这么多次，要是我，早就使劲抽他了。"

黎初遥低下头，用小银勺搅动着杯子里的咖啡，浓厚的咖啡香萦绕在鼻尖，她叹了口气道："也不能都怪他。"

林雨撇撇嘴说："说得也是。他爸妈已经昏迷二十多天了吧？现在怎么样了啊？"

黎初遥皱着眉头说："他妈有时候能扯扯他的手，和她说话时她也会流眼泪，有时还会睁开眼睛，医生说情况不算太糟。他爸就一点反应也没有。"

"他老妈还真是个祸害，自己没啥本事，还让老公和儿子变得这么可怜。"林雨忍不住担心道，"韩子墨接下来可怎么办啊？一个好好的家现在弄成这样，他从小就娇气，没受过什么打击。你说，他会不会撑不过去啊？"

黎初遥紧紧地皱着眉头，一言不发。

夏天的夜晚，正是沿河路边大排档生意好的时候，很多老板在店铺外摆上几张桌椅，让出来吃夜宵的客人们临河而坐，又凉快又惬意。河边的座位上，坐了很多客人，他们正在划着拳，劝着酒，嘻嘻哈哈好不热闹。

一个高瘦的年轻人沿着河边的大排档一家一家地走过，那个年轻人虽然剪着一头帅气的短发，面容也刚毅俊俏，可从身形上依然看得出是个女生。大排档的老板热情地招呼她进去，她仔细张望了一会儿，摇摇头走开，看样子是在找人。

黎初遥找了大半条沿河路，才在一家烧烤店发现她要找的人——那年轻的男人看上去有些糟糕，衣服皱巴巴的，头发似乎也好几日没洗，身边满是喝空的啤酒瓶，却依然醉眼蒙眬地一口一口地喝着，嘴里还嘟囔着什么。

黎初遥撇了下嘴，直接走过去，一把拉起他往外拽。他因喝多了酒而脚步不稳，直接扑倒在地上，打着酒嗝，甚至吐了些出来。

黎初遥皱了皱眉，转身走到大排档的厨房里，拎起一桶水，笔直地从他头上浇下去。然后扔掉手里的水桶，居高临下地说："你闹够没有？再这么折腾下去，别怪我真的抛弃你！"

韩子墨摇着头上的水往上看，嘴里念出那个熟悉的名字："初遥……初遥……"

看见她，他似乎瞬间清醒了，她说的话也清楚地传进他的耳朵。他半坐起来，抱着黎初遥的大腿说道："别啊，我不折腾了，我不能没有你。"

黎初遥毫不留情地一脚踢开他，说："你妈在医院躺着呢，你对着我哭没有用。你给我站起来，像个男人一样！"

"我不知道怎么站起来，我还能站起来吗？我有什么能力站起来？"韩子墨毫无干劲地摇摇头。

黎初遥蹲下身来威胁道："如果你不站起来，你就去拔了你爸妈的氧气管，这样你还能活得轻松点。"

韩子墨震惊地看着她，这句话太可怕了，可怕得他似乎都认不得面前这个女人了。

"做不到吗？觉得很可怕很恶毒吗？"黎初遥笑了，特别冷酷地说，"可是韩子墨，你正在这样做，你正在慢慢地拔掉他们的氧气管，把他们往死路上带。”

韩子墨半天没有说话，过了好久才问：“黎初遥，你是不是特别看不起我？”

“不，韩子墨。”黎初遥摇头否认，“是你自己看不起自己。我从来不认为，你是这么容易就被打败的人。你只是被你父亲的财富蒙住了双眼，你觉得失去他们你就一无是处了？其实不是的，在我眼里，你仗义、开朗、聪明、执着。

“韩子墨，我相信你可以站起来的。”黎初遥半蹲着，向他伸出手道，“别让我失望。”

“你真的这么认为？”

“嗯，我真的这么认为。”

他的手颤抖地递了过去，他先站了起来，再用力地一把拉起黎初遥，紧紧地握着她的手说：“我这辈子都会记得你今晚说的话。”

黎初遥轻轻地笑了起来：“你是该牢牢记住，因为这一生，我不会再说第二遍。”

在黎初遥的鼓励下，韩子墨清醒了，他不再躲在医院里每天看着呼吸机，等着母亲偶尔的一个抽动。他在黎初遥的帮助下，花了三天时间，将公司的债务和困境全部了解清楚。

三天后，他偷偷爬窗，回到被查封的韩家别墅，洗了澡，去父亲的房间拿了他经常用的发蜡，将长得盖住眉毛的刘海整齐地梳到后面，换上了母亲曾为他打点的一套黑色西装，对着镜子一粒粒地扣上衣扣，系上笔直的领带。

这一身行头，似乎也为他增加了不少勇气，让他用力地挺起胸膛。从这一刻起，韩家的重担，就由他挑起吧！

当他走出去的时候，黎初遥想起当年他高中毕业的时候，也是穿了一身西装，像个小新郎官。当时的他一点也撑不住西装的气场，而现在，终于退去了少年的青涩明朗，变得干练沉稳起来。

1

初晨，是我故意忘记你

CHUCHEN
SHIWOGUYIWANGJINI

第十五章

/ 初晨 /

我梦见你长大了

CHUCHEN
SHIWOGUYIWANGJINI

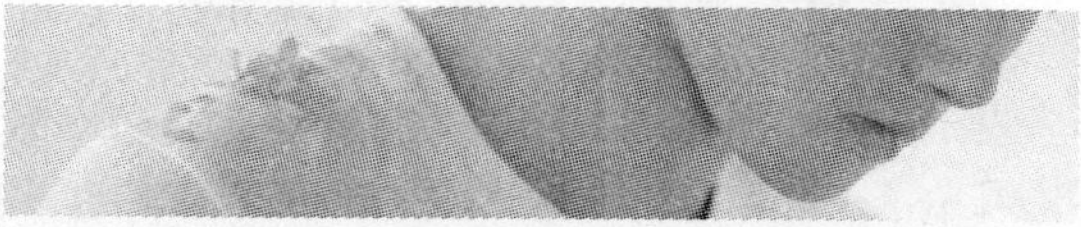

韩子墨从父亲办公室的保险柜里拿出一张借条。这是以前一个老板和父亲借八百万时写下的，因为那个老板一直和父亲哭穷说没钱，父亲看在往日的交情上也没逼着问他要。其实混同一个商业圈的人，谁都知道，那个老板早就咸鱼翻身发了大财。

现在，他自然得全部要回来。那个老板闭门不见了几天，终于在家门口被韩子墨和黎初遥逮住。老板满脸笑容地请他们进去坐，先掉了两滴眼泪表示了一下对韩爸韩妈的同情，然后说自己生意怎么不好，怎么没钱，哭穷了半天。反正就是一句话——没钱还。

韩子墨笑了，他早就猜到会这样，爽快地将借条一收，起身就走，走到门口的时候，回头说："叔叔，您没钱还我没关系，我呢，准备把这借条半价抵给我爸的那些债主，我相信他们会很乐意接收的。"

韩子墨摸着下巴，一副认真思考的模样，转头问黎初遥："你说，抵给谁好呢？"

黎初遥淡定地回答："刚才那个高利贷老板不是说再不还钱就砍死你吗？先抵给他挡一阵吧。"

"不行不行，那群人太凶了，叔叔又没钱还，弄伤了叔叔的家人可怎么办？可是，我再不还点钱给他们，一定会被砍死的。"韩子墨假装内心斗争了一番，抱歉地望着老板说，"唉，那也只能这样了，真是对不起啊。"

"喂！你们！"老板一下从真皮沙发上站起来，"你们敢。"

"你看我敢不敢。"韩子墨摇摇手里的借条，眼神一瞥，望着墙上老板家的全家福说，"哎哟，那是叔叔的女儿吗？几年不见已经长得这么好看了。"

说完，他坏笑一下，转身就走，黎初遥站在他前面为他打开了门。他刚迈出第一步，老板就在身后叫："你们给我回来！"

两人一起转身，老板咬牙道："我还钱，给你爸妈买药吃。"

“谢谢您。”韩子墨也不生气，信步走回去道，“等我父亲醒后，我一定叫他亲自登门道谢。”

韩子墨拿到了钱，第一时间将父母转去大医院，并从国外请了三名脑科权威专家过来会诊。黎初遥有些担心地问：“你搞这么大的动静，不怕债主们全都跑来吗？”

“怕什么？就算他们不来，我也要去找他们的。”韩子墨重新燃起了斗志。

九月的天气依然闷热，龙翔集团因老总忽然发生意外而陷入困境，员工们在不明前途的情况下，有的自认倒霉，拍拍屁股走人；有的心有不甘，抱走了单位的电脑、桌椅抵自己当月的工资。

韩子墨没有经历当时的混乱，可再次回到公司，看见杂乱无章的办公楼，忍不住握紧了双拳。

黎初遥早就来过几次，一边熟练地跨过乱七八糟的障碍物，一边说：“你干吗约那些老板在这里谈？去外面的商务酒店订个会议室不是更好吗？”

韩子墨摇头道：“我就是要他们看看这种场景。”

“你想哭穷？”黎初遥问，“有用吗？”

韩子墨笑道：“当然没用。我对着你哭你都一脚踹开我，何况对着他们。”

黎初遥郁闷道：“你就非要记着那一脚吗？”

“我不是说过吗，我一辈子都要记得的。”韩子墨靠近她，贱贱地在她耳边说，“记得你踹了我一脚，然后又给我一颗甜枣，又痛又甜，让人喜欢死了！”

说着说着，他就凑过去，一口亲在黎初遥脸上。

黎初遥自然不会像羞涩少女满面红霞地捂着脸，只是淡定地瞥他一眼道：“正经不了两天又开始耍流氓了。”

“人家喜欢你嘛。”阔别多时的韩子墨的黏功又出现了，他紧紧地抱着她，不顾她的挣扎反对，将她使劲往怀里揉。

黎初遥受不了地推他："哎呀，你真讨厌。"

"就算你这么说我也很清楚，你喜欢我。"韩子墨满足地笑道，"我以前总是不确定你是不是喜欢我，可是我现在知道了，你是喜欢我的。

"黎初遥，虽然你很不会表现，但是我能感觉到，你是爱我的。"

"哼。"黎初遥不屑地哼了一声，心里嘀咕道，这个白痴，现在才知道吗？

若是不喜欢他，她怎么会容忍他一而再再而三地对她发脾气，还像个女人一般分手、和好又分手、再和好地折腾个不停呢？

公司原来气派的会议室里，只剩下一张椭圆形的大长桌，椅子都给人搬空了。若不是这张实木的大长桌太重，估计也早就不见了吧。

"真是被搬得干干净净。"韩子墨乐天地说，"也好，反正这批办公用品都旧了，全部换新的也好。"

黎初遥忍不住调侃道："你都到这个地步了，还不改散财童子的本性啊。"

韩子墨刚想接话，就听见空荡的走廊里传来了脚步声。他收起嬉笑的样子，严阵以待地望着门口。没一会儿，走进来两个中年男人，他们身后都跟着两三个文着文身的年轻打手。

韩子墨有礼地招呼道："两位叔叔来了，我这里连个坐的地方都没有，真是招待不周啊。"

"我们不需要你招待，我们对你就两个字：还钱。"中年男人中个子稍微矮一点的开口道。

"钱自然是要还的，我请你们来，就是为了这事。"韩子墨的话语无害中带着真诚，"叔叔们也知道的，我老爸为了新城区建设的工程借了不少钱垫进去，现在工程做了一大半，你们的钱都套在里面，拿不出来。你们现在要我还，我除了一条命真没什么好给你们的。"

"你的意思是想赖账？"那矮个子的中年男人微微眯起了眼睛。

"当然不是。我只是想请你们宽限一年，等一年后工程完了，公司收到了钱，我保证不但如数还你们本金，还按月息四分利还你们。"

“小子，你别忽悠我们，你们家的资产都被银行冻结了，那工程没有后续资金注入，肯定得烂尾，一年后别说利息了，老子连本都得打水漂。”

“就是。老子知道你从姓田的老板那里要了几百万，识相的今天就还钱，不然有你好看的。”

两个人说完都目露凶光地看着他，身后的打手们也蠢蠢欲动。

韩子墨不慌不忙地说：“这几百万根本就是杯水车薪，不够你们分的。我既然能从姓田的那里要到几百万，就还能从姓张的姓李的那边继续要。瘦死的骆驼比马大，只要你们容我一个月，我借到钱盘活我们家的生意，还钱还不是一句话的事。你们现在把我们韩家逼到绝路，大不了一拍两散。反正我父母都那样了，没钱还不如一家子都死了算了。”

韩子墨一字一句说得狠决，让两个债主不禁有些犹豫。

他们互相看了一眼，矮个子的债主问：“你确定你能借到钱？”

“你们看着好了，一个月后，工程肯定能继续开工。”

“好！”矮个子的债主点头说，“我们就给你一个月。反正你爸妈都在医院，我不怕你跑掉。要是一个月后发现你骗我们，一定有你好果子吃。”

说完，债主们带着自己的手下走了。

那天下午，韩子墨就这样打发了三批债主。一直到太阳快落山时，他才松了一口气，一手扯掉脖子上的领带，用力地呼出一大口气，说：“终于把他们都解决了。”

“只是拖延了一个月而已。要启动被银行冻结的资产，你最少还需要八千万的流动资金。”黎初遥皱着眉头说，“这可不是小数目，你能借到吗？”

韩子墨摇头说：“我借不到。”

听到这样的回答，黎初遥不禁叹了一口气。

“但是你借得到。”韩子墨又说。

“我？”

“是的。我知道有一个人有钱，只要你开口，他就会借。”

黎初遥诧异地问：“我有这么有钱的朋友？”

“有。”

“谁啊？”

“你弟。”

傍晚，黎初遥下了公交车，缓步往家走。到了家门口，她习惯性地一边叫“我回来了”，一边抬手敲门。

没一会儿，门从里面打开。望着门内穿着简朴的T恤短裤、笑容满面的弟弟，她忽然感觉一阵恍惚。

她忘了，真的快忘记了，这孩子原先也是个富家公子啊。

他父母死后，给他留下了高达八千万的巨额遗产，只是要等到他满十八岁以后才能从银行取出来。也就是因为他拥有这笔遗产，所以那么讨厌他的韩妈才会收养他。

“姐，你站在门口发什么呆呢？快进来呀。”黎初晨伸手在她眼前晃了晃。黎初遥回过神来，换了拖鞋走进屋，在客厅的沙发上坐下来，轻声说：“好累啊。”

黎初晨笑着说：“累了就休息一会儿，冰箱里有给你冰好的水果沙拉，放的都是你喜欢吃的苹果和草莓哦。”

“真好，我去吃。”黎初遥一听就站起来，要去厨房拿。但黎初晨比她快一步走过去，边走边说：“我去拿给你。”

他走进厨房，端出一个大大的水晶玻璃碗，里面装着一碗自己做的水果沙拉。说是沙拉，其实只是拿买好的酸奶拌了水果而已，他们都上大学时，黎初遥经常这样做给他吃的。

“给。”黎初晨递过去。黎初遥接过，一勺一勺地吃起来。

“好吃吧？”

“嗯。”

黎初晨笑了，像漫画里的美少年一样，四周都被点亮了闪烁的星光。

黎初遥眨眨眼睛，心道，这孩子越长越好看了，再这么下去怎么得了。

啊，要迷死人了！

就在这时，黎妈从房间里走出来，指着黎初遥数落道："黎初遥，我看你是越大越活回去了。小的时候还会照顾弟弟，现在却要弟弟照顾，你好意思啊！赶快给我烧饭去，一回来就往沙发上一躺，像什么样。"

"是是是，我烧饭。"黎初遥叹气道，老妈真是越来越重男轻女了。

黎初晨连忙说："妈，姐姐上班上了一天，好累了。我去烧饭，菜都洗好了，很快就能做好的。"

黎妈不屑地说："那个快倒闭的公司有什么好去的，不是说工资都发不出来，员工都扛着椅子走了吗？"

"妈，你怎么知道的？"黎初遥惊奇地望着老妈，她有时候都怀疑老妈到底有没有患病。

"我怎么会不知道？那么大一公司倒了谁会不知道？"黎妈天天在公园散步，天天和老头老太太们聊天，家长里短的事她知道得最快。黎妈走过去往沙发上一坐，说，"我看啊，你也赶快重新找份工作吧。"

黎初遥啧了一声，舀了个草莓吃下，道："并没有外面流传的那么可怕，公司也就是资金断链了，只要借到启动资金，就能起死回生的。"

"那要借多少钱啊？"黎妈问。

"八千万吧。"

"谁有那么多钱借给你哦？"

黎初遥叹了口气，有些疲倦地说："总会有办法的。"

黎初遥说完这句话，偷偷看了弟弟一眼。黎初晨并无反应，他拿来了一个勺子，递给黎妈，让她和黎初遥一起享用那盘水果沙拉。黎妈接过勺子，慈爱地夸奖道："真乖。"

得到夸奖的黎初晨笑了，黎初遥也笑了，她心里真心喜欢这个弟弟。

晚饭最终还是黎初遥做的，黎妈自然是舍不得让她的宝贝儿子被油烟熏到。吃完饭，黎妈叫黎初晨去给值班的爸爸送饭，又让黎初遥洗碗。

黎初遥一晚上都心不在焉的，一直在犹豫要不要开口问黎初晨借钱。她心里自然是想帮韩子墨的，可是这毕竟是弟弟全部的财产，万一出现什么意外可怎么办？

黎初遥打开水龙头，让干净的水流将盘子上的污垢冲洗干净，洗好碗后用布将盘子上的水渍擦干，放进碗橱。直到把厨房全部收拾干净，她才回到房间。

她打开房间的灯，走到书桌边坐下。电脑键盘上一本金色的存折和一块小小的玉石印章吸引住了她的目光，打开一看，里面居然有八千万，开户人的名字赫然写着：李洛书。

李洛书，这个名字现在看来是那么的陌生。可是即使过了这么多年，她依然能清楚地想起，那孩子的眼里，总是压抑着满满的期待。

黎初遥用力地将玉石印章握入手心，玉石上用工整的楷书刻着“李想”。

黎初遥猜想，这应该是李洛书父亲的名字。凭这枚印章和存折上写的密码，就能把里面的钱都取出来。

这孩子，是什么意思？

不声不响地就要把钱都借给她吗？

知道她不好意思开口，所以直接送到她面前吗？

这世上，怎么会有这么体贴的人？体贴得让人心都痛了。

隐约中，听见外面黎初晨已经回来的声音，她连忙站起来，走出去。只见他已经回了房间，刚要关门，她一把拦住，侧身钻了进去，反手将门关上。

黎初晨愣在门边，过了好几秒才反应过来：“姐，有事吗？”

黎初遥点头，抬眼望了望黎初晨的房间。因为是租来的房子，房间里还只有房东留下的旧家具，一张单人木床上铺着凉席，放着几本厚厚的专业书，一米五的书桌上摆着一台台式电脑和一排茂盛的盆栽。整个房间简单、干净、陈旧。

而他，守着巨大的财富，却心甘情愿地在这样的房间里住了五年。

这里，到底有什么值得他留恋的？

黎初遥转头，望着眼前这个漂亮的少年，她好久没有认真地看过他了，他长高了很多，应该已经有一八三了吧。

“你睡这张床，会不会太小了？”黎初遥走到床边，望着那不到一米二宽的床问。

黎初晨摇头说：“不会啊，我睡觉又不乱动，所以无所谓大小，躺得下就好。”

黎初遥笑了：“你真的很好养活啊，吃也无所谓，穿也无所谓，住也无所谓，连这么多钱都随随便便借给别人，你这样无欲无求真的好吗？”

黎初晨笑了，没有答话。

其实，他又怎么可能真的无欲无求呢？

黎初遥走过去，在离他一步的地方停住，抬头望着他，扬起手里的存折问：“这么随便就借给我，也不要我给你打个借条吗？”

黎初晨摇头说：“我们是一家人，我的钱就是你的。”

财迷的黎初遥眨眨眼，有些不敢相信地问：“你的钱就是我的？”

黎初晨点头，毫不犹豫。

黎初遥睁大眼睛，她一直以为这个世界上最视金钱如粪土的家伙就是韩子墨了，没想到这里有一个更加视金钱如粪土的家伙，这么简单就放弃了八千万的遗产。

“也就是说，这是我的钱？”黎初遥舍不得地捂着存折道，“怎么办，忽然不想借给韩子墨了。”

“姐。”黎初晨对他这个财迷姐姐都无奈了。

“开玩笑的啦。”黎初遥将存折收进口袋，望着他严肃地说，“我会还你的。”

“给利息吗？”

“当然！”黎初遥肯定地点头。

黎初晨低下头，腼腆一笑：“那，利息给姐姐买衣服。”

黎初遥望着他的笑容，瞬间觉得心都被这一笑融化掉了。她伸出双手，上前去给了他一个大大的拥抱，拍着他的后背感动地说：“好乖好乖，爱死你了。”

黎初晨安静地被她抱着，这样的拥抱他已经得到过好几次了，可每一次都让他觉得那么的温暖，那么的安宁。他愿意用他所有的财产去换取这样一个拥抱。

自从他改名之后，就已经决定放弃这笔遗产了。这虽然是爸爸妈妈留给他的，但是他不会用，他不需要这笔财富。他想要的，只是当个穷人家的孩子，可以为了一件妈妈亲手缝补过的衣服而感动，为爸爸一句赞扬的话而开心，为她偶尔的一个拥抱而欢欣雀跃，为这生活里点点滴滴的小事觉得幸福。

这就是他的欲望，他所要的，他所求的。

黎初晨默默地睁着眼睛，眼神不似平日一般清冷温顺，而是带着执念和一丝连他自已也没察觉到的疯狂。

他颤抖地抬起手，像是鼓起了很大勇气一般，用力地回抱住黎初遥。

他的手臂是僵硬的，他的心是颤抖的……

人哪，总是贪心的，欲望就像一个无底洞，得到了一点就想要更多、更多……

更多的拥抱，更多的爱，他愿意用他的一切去换，他的姓名、他的财产、他的生命。

只为她，多看他一眼，多温暖他一下……

黎初遥将八千万的存折给了韩子墨，并让他写了借条给黎初晨。韩子墨一拿到钱，马上转进公司账户，激活公司资产，快马加鞭地去银行办理了各种手续，还了欠缴的贷款和违约金。银行解冻了韩家的资产，韩子墨又低价抛售了家里的几套不动产业，套现了四千多万，按月息还了几百万的债务，其余的全部用于工程开工事宜。经过一系列的资金周转，韩家的工程终于继续进行了下去。

听着工地上再次响起的轰隆声，看着辛勤劳作的工人们，韩子墨终于松了一口气。第一关，算是平安渡过了，只要后期不再出什么问题，工程能够顺利完工的话，他们家就能顺利渡过这次危机。

韩子墨转头，望着这一个月一直陪在他身边的黎初遥，忍不住伸出手，紧紧地握住她的手。只要牵着她，就感觉能得到无穷的力量与智慧一般。

韩子墨忽然开口问："黎初遥，你知道我最大的优点是什么吗？"

黎初遥扫了他一眼，淡淡地开口道："我觉得，应该是脸皮厚吧。"

韩子墨笑了笑，对她的调侃一点不适的反应也没有，他抬起他们交握的手，在她的手背上轻轻吻了一下，说："错了，是眼光好，能一眼就看中你这么好的女人。"

黎初遥抿着嘴唇，心里挺高兴的，脸上却依然是一副不屑的表情："哼，还说自己脸皮不厚，夸奖我就夸奖我呗，还非要先夸自己眼光好……"

她的话还没说完，眼前的阳光忽然被遮住，一个身影从右边凑了过来。她以为他又想像从前一般亲吻她的脸颊，只是没想到，这一次，他直接亲了亲她的嘴唇。当他的嘴唇碰到她的时候，在吵闹的噪音中，她居然听见了他心脏快速有力的跳动声，连带着她的心跳也加快了速度，跳得她有些眩晕，呼吸停顿，半天回不过神来。

这个吻很突然，也很短暂，韩子墨在她嘴唇上轻轻碰了一下，着迷得不想离开，可是又怕她生气反感，所以很快就结束了。

黎初遥回过神来，瞪他一眼，扭过头，耳根通红地骂道："臭流氓，下次再这样，就打断你的狗腿。"

韩子墨连忙赶上去，搂着她的肩膀，贱贱地说："不要嘛。人家忍不住了嘛，你都不知道你多惹人爱。"

"走开走开。"她习惯性地驱赶他。

"呜呜，好无情。"厚脸皮的他依然紧紧地黏着她。

他真的好喜欢她，喜欢到想使劲将她揉进怀里，用力地轻吻她的嘴唇，然后那样那样再那样。渴望燃烧得他自己都害怕了，他真的害怕自己会伤害到她。

可是大学的哥们曾经和他说过，男人渴望得到女人，是原始的冲动，不用压抑，直接推倒就好。

但，如果他推倒黎初遥的话，说不定会被她打得全身骨折。

又有个哥们曾经说过，如果你推不倒她的话，就被她推倒好了。

韩子墨摸着下巴，考虑着要不要回去做个牌子，写上三个字：求推倒。

幸运女神似乎又开始垂青韩家了，一切都在向好的方向发展。公司新聘了员工恢复运转，工程进度顺利，韩妈在国外脑科权威专家的治疗下已经睁开了眼睛，虽然还不能动，但是意识已经清醒了，能对韩子墨说的话眨眨眼睛，示意听懂了。韩爸的情况比较严重，但是医生说也不是没救了，苏醒的希望还是很大的，现在换了一种进口药治疗，似乎有些效果。

韩子墨特别开心，散财童子病发作，一下子给黎初遥买了好多奢侈品当礼物。

可惜换来了黎初遥一顿臭骂：“你以为你身上那些钱是你的吗？那是我弟的，你拿我弟的钱买东西给我，就是等于拿我的钱买东西给我，你以为我会开心吗？你现在是‘负二代’，还是个超级‘负二代’，你全身上下背着几个亿的债务，你居然还有脸去买奢侈品！你要搞清楚，你每个月光高利贷利息就要还七百多万，还有你父母的医药费、工程投入、员工工资，什么地方不要用钱？八千万够你花几个月啊？”

黎初遥喷了韩子墨一脸的口水，韩子墨弱弱地缩着脖子，默默地拿手挡在他们中间。

“你就抱着佛祖祈祷，工程中途不要出什么事吧！不然卖了你全家也要把我弟的钱还上！懂了吗？”

“懂，懂。”韩子墨使劲点头，小声嘀咕，“这家伙比高利贷还可怕。”

“你说什么？”

“没什么，我去退货，去退货。”韩子墨迅速跑回去把礼物都退了，一副“我错了，我真的错了”的模样回到黎初遥身边。那可怜巴巴的模样，正巧让林雨看见了，她毫不客气地嘲笑他：“啧啧，韩子墨，你这辈子估计没啥前途了，就是个妻管严。”

韩子墨笑着说："我乐意，我乐意被初遥管着。"

林雨点头说："我懂。你当这是情趣，她越打你你越开心，她越骂你你越嘚瑟，对吧？"

"哎，怎么的？"韩子墨毫无压力地应下。

"咦，真贱！"林雨指着他，嫌弃地说，"黎初遥，你怎么就看上这货了，真没眼光。"

黎初遥淡定地喝了一口咖啡道："这句话你平均一周要说三次。"

"没办法，有感而发嘛。"

"我懂的。"

"你们就这么不待见我呀？"

两人同时斩钉截铁道："是的。"

超好的默契让韩子墨泪奔而去，将自由的空间留给了两个女人。

"这家伙貌似复活了，那贱样真让人受不了。"林雨玩着黎初遥桌上的小摆设说。

黎初遥浅笑道："怎么都比一摊烂泥的样子好。"

"那倒是。"林雨转身，坐到黎初遥床上说，"我刚进门的时候看见你弟了，他现在真是越长越好看了，对我笑的时候简直快秒杀我了。还好你有韩子墨，不然你怎么找得到的对象？看完你弟再去看外面的那些男人，估计都和癞蛤蟆差不多了。"

"我弟打小就好看，你又不是不知道。"黎初遥放下咖啡杯，拿起书桌上的账目文件翻看起来。

"是啊，我当然知道。"林雨躺了下来，看着天花板说，"初遥。"

"嗯。"

林雨缓缓地问："你说初晨长大了，会比初晨还好看吗？"

黎初遥忽然停住所有的动作，甚至连呼吸都停住了。

林雨抬手捂住眼睛，轻声说："对不起，初遥，我知道你不喜欢这个话题。

"可是，我喜欢初晨，喜欢很久了。"林雨的声音有些哽咽，"我总是会梦见他长大后的样子，虽然我看不清，但是我知道，他比初晨还好看。

“初遥，你梦见过他吗？”

这样一句轻轻的问话，让一向坚强的黎初遥，瞬间落泪。

那天晚上，林雨走了很久后，黎初遥都没动一下，干净的账目本上，厚厚的纸张被泪水浸泡出一圈圈鼓起的痕迹。

黎初遥缓缓低下头，将纸上的水迹擦干，用力地深吸一口气，从抽屉里拿出一盒口香糖，倒出最后两粒，放进嘴里，用力地嚼着。好像这样，就能将所有的悲伤全部嚼碎一般。

门口响起敲门的声音，黎初遥将账目本连续往前翻了几页，露出干净的页面，沉声道：“进来。”

“姐。”身后那道清朗温和的声音，在现在听来似乎没有平日里悦耳。

黎初遥装作在看账本的样子问：“什么事？”

“没什么事。”她感觉到他走到她身边，站在她的书桌边问，“我看林雨姐出去的时候脸色不太好，你们是不是吵架了？”

“没有。”黎初遥淡淡地说。

“哦。”他无话可接，只能静默地站在那里，房间里只剩下黎初遥嚼口香糖的声音。

“姐，给我一粒吃吃。”黎初晨道。

“没了。”黎初遥头也不抬。

黎初遥这忽然间冷淡到极致的态度，刺伤了黎初晨，一向乖巧的他执拗起来：“我不管，我也要吃，分我一半。”

一直低着头的黎初遥忽然抬起头来，望着眼前的少年，脑子里闪出一幅画面：一个六岁大的孩子，在教室门口抓住一个比他大几岁的女孩，用稚嫩的童音叫喊着：“我不管，我也要吃，我也要吃，分我一半。”

那女孩郁闷地说：“口香糖怎么分？我都吃进去了。”

“我不管，我也要吃。你吐出来，你吐出来给我吃。”

“好啦！服了你了。”女孩妥协了，将嘴巴里的口香糖抿成长条形，吐出一半露在嘴唇外面，弯下腰靠近小男孩，说道，“给。”

小男孩踮起脚一口将外面的那一半口香糖咬下来，两人一起往后一甩头，黏黏的口香糖拖了好长一道丝才断开。男孩开心地嚼着口香糖说：“姐姐最好了，初晨最喜欢姐姐了。”

女孩似乎最喜欢听见这句话，也开心地笑着，当时的她望着蹦蹦跳跳跑回教室的弟弟想，这个世界上除了黎初晨，再也不会有人这般不嫌弃她了。

黎初遥缓过神来，忽然就像着了魔一样，缓缓地将嘴里的口香糖抿成长条形，然后像从前一般，吐了一半露在外面，抬起头，望着眼前漂亮干净到极致的少年说：“给。”

那少年愣了一下，没想到她会这样做，他抿了抿嘴唇，似乎有些紧张。当他缓缓弯下腰来的时候，黎初遥听见了他的心跳声，就像那天韩子墨亲吻她的时候听到的那种快速而有力的心跳声。

她感觉到他的靠近，他的嘴唇有些颤抖，似乎碰到了她的，又好像没碰到的时候就离开了，咬走了露在外面的那一半口香糖，慌忙退后一步，柔软的刘海在她脸上快速扫过，痒得她回过神来。

她还没来得及说什么，眼前的少年已经转过身去，像记忆中那道欢快的身影一般，快速地离开了她的视线。

黎初遥抬手，大拇指按住嘴唇，精明的脑子里一片混乱，可是又有一道清醒的声音告诉她，看吧，这个世界上只有黎初晨这般不嫌弃你。

所以，他就是黎初晨，不是吗？

门外，黎初晨捂着心口，满面通红地站着。他觉得刚才自己的心都快跳出来了，那种激烈的跳动，让他觉得自己就要死去，到现在都不能平静。他不知道这是一种什么感觉，热烈的、狂喜的、从未有过的激动和兴奋！这是他第一次体会到这种感觉。

也许她只是单纯的……

但是，对他来说，却是奢侈的。

而另一边，黎家门外，黎妈刚刚散步回来，望着和雕像一样站在家门口的男人问："韩子墨，你不进去站在这里干吗？"

韩子墨像是从梦中惊醒一般，转头望着黎妈，很用力地挤出一个爽朗的笑容说："哦，我刚出来，现在要回去了，阿姨再见。"

"再见，明天再来玩啊。"黎妈妈热情地招呼道。

"嗯。"韩子墨答应了一声，转头走回车里，双手用力地握紧了方向盘。

九月中旬，学校开学了，黎初晨拖着箱子坐火车回清大上学。他依然每天打电话回来报平安。黎初遥继续帮助韩子墨打理着公司，没过两个月，大家都知道韩家现在掌权拍板的根本不是韩子墨，而是他身边的这个女人。很多难题韩子墨拿不出主意，就直接和员工说："你去找我老婆解决。"

要债的上门，他也是往隔壁办公室一指："钱都在我老婆那儿，找她要去。"

久而久之，大家都知道，没用的韩大少娶了个能干的老婆。

"韩子墨，你再说我是你老婆试试？小心我撕烂你的嘴。"黎初遥推开韩子墨的办公室门，恶狠狠地警告道。

这家伙，以前在学校就一直和别人说她是他女朋友，结果被人叫得多了，她就莫名其妙真的变成他女朋友了。现在又来这一套，他以为别人叫得多了，她就能变成他老婆吗？

"老婆，什么事这么大火？"韩子墨坐在椅子上，笑嘻嘻地问。

"什么事？公司配台破投影仪也来问我要钱，你是不是觉得我不够忙啊？"黎初遥撑着他的办公桌对他吼。

韩子墨无辜地说："上次不是你说的吗？用一分钱都要你同意才行啊。老婆，你把我的车卖了，好歹给我办张公交卡吧。"

黎初遥深吸一口气，上次和他说用每一分钱都要她同意，是因为这家伙重建办公楼居然准备给每个员工都配一台全新的苹果笔记本电脑。结果这想法被她一巴掌拍死在案板上，全部换成从电脑维修店淘汰的二手电脑了。

黎初遥哼了一声："办什么公交卡？多走走路才能让大少爷你体会一下人间疾苦。"

"好吧，老婆叫我走我就走，老婆叫我跑我就跑……"

"你再说一句老婆试试。"黎初遥眯着眼睛威胁道。

韩子墨眯着眼睛笑道："老婆。"

"我看你皮又痒痒了！"黎初遥袖子一捋就要上去抽他，韩子墨连忙站起来，绕着办公桌一边躲一边叫："哎哟，来人啊，救命啊！家暴啦！家暴啦！"

"家暴你妹啊。"

办公室外，龙翔的员工们都淡定地用着破旧的二手电脑，对老板的呼救声充耳不闻。反正他每天都要被老板娘家暴好几遍的。

他们都习惯了……

办公室里，黎初遥终于逮住了韩子墨，把他按在沙发上，挥舞着拳头在他背上捶了好几下，韩子墨也非常配合地惨叫着。黎初遥暴虐的情绪得到发泄后，爽得吐出一口气，放话道："看你下次还敢不敢叫我老婆！"

说完就放开了他。被释放了的韩子墨趁黎初遥没注意，一把将已经离开的黎初遥拉回来，跌坐在沙发里，然后整个人压上去，脸对脸地凑近她说："你就是打死我，我也是要叫的。老婆！"

"你！"黎初遥气呼呼地瞪着他，"放开我。"

韩子墨又靠近了一些，额头抵着她的额头，低声道："不放。"

他的嘴唇缓缓压过来，黎初遥有些心慌慌的，心跳加速起来，忍不住闭上了眼睛，温热的嘴唇覆盖住了她的。他这次吻得很深入，不断地用唇瓣磨蹭着她的，用牙齿轻轻地咬着她的嘴唇，像是不知满足地吮吸着。他的双臂使劲地抱着她，抱得她都有些疼了。她轻轻皱眉，抗议了一声，而他抓住机会，舌尖探进了她的嘴里，一寸寸侵占她的地盘，搅动着她的心弦。

这个吻的时间很长，长到黎初遥觉得自己的呼吸都被他夺走了，她实在忍不住了才推开他，用力地大口喘着气。

韩子墨抱着她，用脸颊磨蹭着她的脸颊，笑道："高才生不会接吻哦。"

"谁说我不会？"

"那，再来？"

"你当我是你吗？这种激将法也会上当？"

"不上当也要再来。"

"走开啦。"

"再给我亲亲。"韩大少再一次发挥他狗皮膏药般死缠烂打的精神吻了上去。

黎初遥只能翻着白眼，在心里骂了他一百遍臭不要脸的，也不知道为什么，越骂心里越甜。

难道真被林雨说中了，他们两个当打打骂骂是情趣了？

那天，韩子墨把黎初遥按在沙发上吻了好久。在她觉得昏天暗地的时候，忽然听见有人说："黎初遥，嫁给我吧。"

黎初遥睁着迷蒙的眼睛，只见韩子墨不知道从哪里摸出一枚钻戒，单膝跪在她面前，轻声说："这枚戒指，是我爸向我妈求婚时用的。我昨天问我妈愿不愿意把这枚戒指给她的儿媳妇儿，我妈眨了两下眼睛，表示她同意了。

"初遥，你可能也知道，我爸一辈子都疼我妈，即使我妈不是一个那么好的女人，他都愿意为她付出一切，包括生命。

"初遥，我也愿意。我也愿意为你付出一切，就像我爸对我妈那样。

"所以请你，给我机会。"

韩子墨说这些话的时候，英俊的脸上满是郑重，他望着黎初遥的眼神是那么的认真和期待，甚至还有一些害怕，他怕她会拒绝。

黎初遥望着这样的韩子墨自然是心动的，她也喜欢这个男子，善良又幽默，大度又聪慧，他总是变着法子对她好，逗她开心，不管她赶过他多少遍，他都一直在她身边。

她心里知道，她是喜欢他的。

可是……

“现在说结婚，是不是太早了？”黎初遥有些犹豫地问。

韩子墨连忙回答：“你要觉得早，就先订婚。你什么时候准备好了，就什么时候结，反正我一直在。”

黎初遥笑了，她喜欢听这句，我一直在。

她这辈子最大的希望，就是自己喜欢的人，一直在。

于是，她望着他，轻轻地点了点头。

十月，韩子墨和黎初遥订婚的消息不胫而走，同学们在班级聊天群里纷纷恭喜韩子墨，五年抗战成功，终于把黎初遥追到手了。

韩子墨发了一连串大笑和狂笑的表情，表示他的兴奋与激动。

群里的男同学不禁打趣道：韩子墨，你娶了这么凶的老婆回家，至于那么开心吗？

韩子墨回答：我就喜欢她凶，凶起来最可爱了。

林雨：看你贱的。

韩子墨：遥遥就喜欢我贱，她说我贱起来最可爱了。

林雨：……

黎初遥：……

某男同学：果然贱人都是成双成对出现的。

韩子墨：喂，你骂我行，骂我老婆不行，出来单挑。

群里瞬间热闹起来，都叫着要去现场看他们单挑。林雨关了群聊天框，单Q了黎初遥道：你真决定嫁他了？

黎初遥：嗯。

林雨：哎，你不考虑考虑吗？说不定你弟送你的粉水晶手链能给你招来更好的男人呢！

黎初遥笑：更好的留给你不好吗？

林雨：多谢承让！

黎初遥：不客气。

林雨：话说，你弟知道你订婚了吗？

黎初遥：知道啊，我妈和他说了。

林雨：真的？那他什么反应？

黎初遥：没什么反应。

林雨：没反对？

黎初遥：没有啊。为什么要反对？

林雨想了想，是啊，为什么要反对？她皱着眉头在键盘上输入：我就是觉得他会反对。

黎初遥：不会的，我弟才不会管我嫁给谁。

黎初遥话是这么说的，可是心里难免有些嘀咕。因为最近每天都要往家里打个电话的黎初晨忽然不再打电话回家了，总是妈妈等不到他的电话反过来打给他。而且就算打给他也不会聊很久，只是简单地报个平安就挂了。以前他都会先和妈妈聊聊，然后再要求妈妈把她叫过去和他聊聊才挂电话。

妈妈猜测，可能是黎初晨在学校交女朋友了吧，所以心思不在家里了。

黎初遥却不这样想，因为弟弟这个人内敛又慢热，他上大一的时候，她和他同校了一年，那时候就发现他基本不太和人讲话，即使是同寝室的室友都是相处得很淡的。

这孩子，到底怎么了？

晚上，黎初晨又没打电话回家，黎妈唠叨了两句，便又主动打过去。黎初遥在边上等着，黎妈说完就直接挂了电话。

黎初遥睁大眼睛问：“你怎么挂了呀？我还没和弟弟说呢。”

“你弟又没叫你听电话。”

“没叫我就不能和他讲电话啦？”黎初遥有些不高兴。

“你以前不是说你弟天天找你接电话很麻烦吗？怎么现在又要接了？”

“我什么时候说过这话？”黎初遥不承认，翻了翻眼睛说，“不叫我接，我自己给他打。”

说完她回到房间，躺在床上拿手机给黎初晨打电话。电话响了好几声才被接起来。黎初遥问：“你怎么回事？”

“什么？”黎初晨似乎有些不解，她的语气为什么这么冲。

“为什么最近打电话都不找我接？”

“哦，妈妈说你上班很忙，我不想打扰你。反正我也没什么事。”

“真的是因为这样吗？”黎初遥不信地问。

“嗯。”黎初晨的声音听着有些无力。

“不是因为我和韩子墨订婚，你不高兴？”黎初遥问。

电话那头好久没有他的声音，只有一阵诡异的静默，黎初遥捏紧手机，认真地听着。过了好久，电话那头的黎初晨说：“如果我说我不高兴，你能不订婚吗？”

黎初遥眨了下眼睛问：“那你能告诉我，你为什么不高兴吗？”

“不为什么，就是不喜欢。”

“不喜欢韩子墨？”

“不是。”

“那为什么？”黎初遥逼问道。

黎初晨那边没说话，话筒里静默一片，过了好久，才听见他用很低沉的声音说：“因为我觉得很难过。

“真的很难过。”黎初晨的声音越来越轻，像是承受着巨大的痛苦一般低吟，“姐，你可不可以不要结婚？”

黎初遥紧紧握着电话，想了想说：“初晨，你可能是舍不得姐姐出嫁，所以才觉得难过，对不对？”

“嗯，是舍不得。”

“没关系的，只是订婚而已，结婚还要过好几年呢，到时候就适应了，也就不会觉得难过了。”黎初遥轻声安慰道。

黎初晨没有回答，主动挂了黎初遥的电话。

他沉默地从床上坐起来，寝室的灯已经熄了，室友们似乎都睡了。他坐了半天爬起来，到座位上翻找着什么。不小的动静让上铺的男生醒了过来，他揉揉眼睛问：“黎初晨，大半夜不睡觉找什么呢？”

“绍强，你的烟呢？”

“烟？在书柜的第二层。”绍强打了个哈欠回道。

黎初晨抬手就摸到了冰凉的烟盒，烟盒上放着打火机，他一起拿在手里，转身对他说：“借我抽一根。”

“拿去抽吧。”绍强翻了个身继续睡。

黎初晨打开阳台门，靠着扶手站着，从烟盒里抽出一根烟点上，学着同学的样子吸了一口。苦涩和刺鼻的味道呛得他一直咳嗽，咳得眼泪都出来了，可即使这样，他还是一大口一大口地用力抽着。

绍强在屋里听见了咳嗽声，带着睡意嘀咕：“不会抽抽什么呀。”

第二天，绍强起来，到阳台上一看，满地都是烟头，昨天才买的一包香烟被抽得一根不剩。而那个被全校女生捧为校草的男生，坐在地上，靠着冰冷的墙壁睡着了，像一个刚刚被剥去翅膀的天使，带着迷人的破碎美，好看得连他都有些心疼了。

绍强连忙摇摇头，开什么玩笑，他可是有女朋友的，再好看的男人他也没兴趣！

/ 初晨 /

到底什么才叫爱

第十六章

CHUCHEN
SHIWOGUYIWANGJINI

黎初遥和韩子墨还没办订婚仪式，但在韩子墨的强烈要求下，戴上了那枚钻石戒指。韩子墨特别满足地拉着她的手说：“你总算愿意戴着我送的首饰了，虽然不是手链。”

黎初遥笑道：“说到你送的那些手链，我一直忘了告诉你，已经全部被我卖掉了。”

韩子墨一僵：“卖……卖掉了？”

“嗯。你爸妈病重的时候，我借给你的医疗费都是卖手链的钱。”

韩子墨望着黎初遥手上那条粉水晶手链，愤愤不平地说：“你怎么不把这条也卖掉？”

黎初遥摸着手链笑道：“这条不值钱。”

“我懂了，下次我也送便宜的，让你想卖都卖不掉。”韩子墨笑着搂过她，捏着她的脸颊说。

最近，他越来越喜欢做这些小动作了，整个人总是忍不住往她身上黏，他想他的恋爱黏黏症好像更严重了。

而她似乎也习惯了他这样，接受着他的亲近，这一点让他觉得无比幸福。

又过了一个月，龙翔的工程已经完成大半，母亲能开口说话了，父亲也能动动手指了，一切似乎都在恢复原样。韩子墨想着，等工程完工之后，就把黎初晨的钱还上，他不愿意欠他的。等父亲醒来了，就把公司还给他，自己和黎初遥一起开一个小公司，黎初遥当老板，他当打工仔，她怎么说，他就怎么做。他喜欢看她指点江山的模样。

他觉得那样的她，又认真，又聪明，又好看，让他欣赏一辈子也不嫌久。

当然，这些都只是自己的小计划，但是他有信心会全部实现。想到这些，他忍不住傻笑了起来。

黎初遥拍拍他的脸颊，问：“傻笑什么呀？”

韩子墨抱着她说："我在想我们的未来。"

"哦？是怎么样的？"偶尔一次，她乖巧地任他抱着。

韩子墨轻笑着，闭上眼睛说："很美好。"

"梦想总是很美好，现实说不定很残酷的哦。"黎初遥忍不住打击他。

可韩子墨并不恼，只是抱紧她说："我会做给你看的。"

黎初遥笑了，没再说话，她相信他会努力去做的。而她也会站在他身边，帮助他，就像他许多年来对她做的那样。

韩子墨的手机就在这时不应景地响了，他不舍地放开黎初遥，看了眼屏幕上的名字：秦云。那是他的同学，去年考上了公务员。

"喂……嗯，我没事啊，我在抱着老婆玩。"韩子墨拉着黎初遥要揍他的手，听着电话继续说道，"现在？行，我马上过去。"韩子墨挂了电话，和黎初遥汇报道，"老婆，秦云找我有事，我出去一下。"

"什么事？"

"他说见面再谈。"

"行，去吧。"

得到老婆的批准，韩子墨穿上西装外套，打车出去了。

黎初遥回了自己的办公室，处理了一些公务，然后上网看了看八万以内的二手车。那家伙开惯了车，叫他出门走路或打车，他总是嚷嚷着不方便。

黎初遥哼了一声道："贱人就是矫情。"

嘴上虽然这么骂着，可看车的网页从二手车的变成了新车的，价格从八万变成了十几万。她最后一咬牙，定下了一台十九万的代步车。虽然比不上他原来座驾的二十分之一贵，但好歹也有四个轮子了。如果他敢嫌弃，那就叫他继续走路上班。

韩子墨回来后，脸色有些难看，惨白惨白的。而且没像往常一样一回来就往黎初遥的办公室钻，而是回了自己的办公室，一句话不说地在里面坐了一下午。

黎初遥下班的时候以为他还没回来，便自己回家了。第二天发现他早早地就坐在了办公室里，眼窝深陷，面容憔悴，眼神却奇亮无比。

“你怎么了？”黎初遥看出他有些不对劲，走过去问。

韩子墨抬起头来，用力地望着她，好像想将她紧紧记牢一般。

“你到底怎么了？”黎初遥皱着眉头追问，“是不是伯父伯母病情有什么变化？”

韩子墨闭上眼睛，沉重地点点头。

“医生怎么说？”黎初遥关心地问。

韩子墨低着头说：“初遥，医生建议我把我爸妈送到美国去治疗，那边环境好，医疗水平也高，恢复的概率会大一些。”

“那就去啊，有希望肯定要送去的呀。”黎初遥连忙赞成，B 市的医院医疗水平真的挺一般的，那些国外的专家第一次来会诊的时候就指责 B 市的医生乱用药。那些药虽然药效强能保住人命，但是对脑部的损伤很大，就算醒来了也会变成白痴，好在国外的医生及时换了温和点的药。

“我想亲自送我爸妈去。”韩子墨又说。

黎初遥点头说：“嗯，你去吧，公司有我帮你看着，别担心。”

“可能会去得有点久……”韩子墨说这话的时候特别缓慢、特别艰难。

“要多久呢？一个星期？一个月？如果你不放心，多待两天没关系的。”

“黎初遥！你可不可以不要这么体贴！”韩子墨抬起头，眼眶通红通红的，似乎压抑了很多想说的话，却又不能说出口。

“感动吧？”黎初遥笑道，“我还在网上给你定了新车，等你回来就不用走路上班了，高兴吧？”

韩子墨使劲咬着嘴唇，双手紧紧地握拳，全身绷紧得似乎都在颤抖。他轻声说：“高兴……”

说完，他居然哭了出来。

“你怎么了？哭什么？”黎初遥皱起眉头，心里也难过了起来。

韩子墨摇摇头，伸手用力地抱住她说：“没事……我只是舍不得离开你。”

黎初遥笑道：“不就这么几天嘛，至于吗？”

韩子墨没说话，只是更用力地抱紧她。

“喂，你弄疼我了。”

“对不起……”

这是韩子墨和黎初遥说的最后一句话。当天下午，韩子墨就请了医护小组，将父母运上飞机，一路上还有请来的美国大夫照顾着。

黎初遥本来说要去送他的，可是公司还有些事等着她去处理，她便没有去。她本来就不是那种喜欢黏着男朋友的人。

只是这个决定，在今后的很多年，都让她恨得要死。

那之后，韩子墨就像是失踪了一样。前两天没有联系上，黎初遥觉得这很正常，他刚到美国，什么都不熟悉，可能英文都说不利索，所以才会这样。

韩子墨走的第三天，黎初遥到4S店把定的车开回公司。一路上她觉得这车还挺好开的，外观也不错，和韩子墨原来的车开起来也没啥区别。

刚到公司门口，就发现几辆奔驰宝马停在那里，黎初遥嘟囔道：“真讨厌，要是让韩子墨那败家子看见，肯定又得吵着要买。”

黎初遥停好车，刚走进公司就见好几个熟面孔冲过来，正是韩子墨家的那几家债主。黎初遥心一沉，有一种不好的预感。她深吸一口气，严阵以待。

“韩子墨呢？那臭小子见情况不对是不是跑了？”一个放高利贷的债主冲过来就对着黎初遥喊。

黎初遥皱了皱眉，淡定地说：“顾老板，我不知道你在说什么。这个月的利息我在十五号的时候已经汇入您的账户了，如果您要找麻烦，请下个月十六号再来。”

“你他妈的还下个月！你们公司能不能过得了这个月啊？老子不要利息了，赶快把本钱还来。”

“我们签的合同是一年期，时间没到，您无权叫我们公司还款。”

“臭丫头，你还嘴硬，韩子墨呢？你说实话，韩子墨是不是跑了？”另外一个老板追问道。

“真可笑，他为什么要跑？”

“呸！你才可笑！”一个中年妇女一口唾沫吐在黎初遥的头发上。黎初遥的眉头越皱越紧，她要很用力才能忍住自己不上去抽她。

“请您注意素质。”

“素质？你和我说素质？我看你这丫头还不知道发生了什么，才能在这儿和我谈素质吧？”

“那您能告诉我，发生了什么？”黎初遥从包里拿出餐巾纸，将头发上的赃物擦掉。

“你们新城区的工程完蛋了！完蛋了！韩子墨那小子肯定是带着他的父母跑了！你呢？你不是他未婚妻吗？他怎么没带着你一起跑？我看你是被留下来当炮灰了吧？”

“韩子墨是带他父母去美国治病了，并不是跑了。至于你们说的工程完蛋了，是听谁说的谣传？我们公司还在这儿，工地里的工人还在干活，怎么会完了呢？”黎初遥不紧不慢地说着，冷静的样子让人忍不住相信她的话。

“再说，你们本月的债务都已经结清了，要闹，下个月请早。”黎初遥说完转身就走，不再陪他们胡搅蛮缠。

可身后的债主们不肯放她走，抓着她让她还钱。黎初遥在公司员工的帮助下，好不容易才从公司里面跑出来。

她重新坐进车里，心中愤愤地想，都是一群笨蛋！人云亦云，工程好好地在开工，怎么可能会倒掉？韩子墨更不可能丢下她跑了！简直就是可笑！

黎初遥开到半路，将车子停在路边，拿出手机给韩子墨打电话，可那边电话依然是不在服务区。

黎初遥用力地拍了下方向盘骂道："白痴！没出过国也不知道找个会中文的人问问怎么在美国打电话回来吗？猪啊！猪都比你聪明啊！"

黎初遥揉了揉脸颊，心里特别不安。可是她依然相信韩子墨，他不可能这样丢下自己跑的！

绝对不可能！

就在这时候，黎初遥的电话响了，是林雨打来的。林雨的声音有点抖，她说："初遥，我和你说个事，你听了一定要冷静。"

黎初遥抬眼道："说。"

"秦云刚才和我说，我们市已经申报4A旅游城市了，市里所有大面积破坏绿植的工程都得强制停工，需要重新设计建造方案，审核通过后才能再次施工。

"韩家的新城区建设工程，就是首当其冲的一个啊！

"初遥，秦云说，他前天就把这个消息偷偷告诉韩子墨了！

"初遥！韩子墨肯定是带着他爸妈跑了！你快去看看公司账目，他是不是把剩余的资金全部卷走了。"

黎初遥接电话的手缓缓松了下来，怪不得那些人都像疯了一样冲到公司来，肯定是也得到消息了吧。

呵呵呵，不能破坏绿化？要知道韩家在做的这个大工程不但有三座山头要夷平，甚至还要破坏大面积的森林。新规定一下达，有关部门介入调查，肯定会要求停工整顿。

到时候，公司必须重新设计建造方案，方案出台后，还要重新审批，这一来一回，最少也要拖个大半年。若是再有人故意为难，审批两三年都是正常的事。

而公司账户里剩下的不到三千万资金，别说撑个两三年，就算是一年也不可能撑得住。再加上山地、森林如果不开发，那这个工程基本无利可图，连本都捞不回来，何况还要还欠的钱？

"哈哈哈——哈哈哈——"黎初遥坐在车里像疯子一样大声笑了起

来。

所以，聪明的韩子墨，在这横也是死竖也是死的死局面前，另辟蹊径，终于找出一条活路，携款潜逃了吗？

"哈哈哈——哈哈哈——"黎初遥笑得眼泪都出来了。

他给他爸爸找了活路，给他妈妈找了活路，给他自己找了活路，唯独留下了她……

给她留下了一条死路吗？

什么爱呀，情呀，一辈子呀……

都他妈的全是鬼话！

全是骗人的！

"初遥，你怎么了？你别吓我呀！你在哪儿？我去找你。"林雨的声音隐约从手机里传出来，黎初遥无力地靠在椅背上，挂掉电话。车厢变得安静起来，她就那样呆坐着，车道上不时有轿车从她边上开过。过了好久，车窗被人敲响，她转头望去，年轻的交警对她敬了个礼。她按下车窗，交警说："小姐，这里不能停车，请赶快把车开走。"

黎初遥点点头，按上车窗，踩下油门，笔直地往前开。

她不知道开到哪里去，只知道就这么开着，直行，直行，再直行……

她一直以为，韩子墨什么都听她的，韩子墨一直宠着她、让着她。

她一直以为，韩子墨是爱她的，很爱她的。

原来不是啊……

原来自己只是一个这么轻易就会被抛弃的人而已，原来她把自己太当一回事了！原来他说的爱都是他闲暇时的消遣！

呵呵呵，黎初遥，你总是自以为聪明，却没想到被一个笨蛋耍到这个地步！

你简直就是一个白痴！

黎初遥的油门越踩越重！车速也越来越快！她的脑子里忽然冒出一个可怕的想法！他给她留了死路，那她就如他愿好了！她就去死好了！她要让他内疚！让他伤心后悔一辈子！

这一瞬间，韩子墨对她的那些好，都变成了利箭直直地刺向她！她痛得失去了理智，望着前方已经模糊不清的道路，一转方向盘就想撞上去！

可就在她要撞上的时候，眼前忽然闪现一道白光，恍惚中似乎听见了黎初晨的尖叫声。她猛地睁大眼，一脚踩住刹车，可车速太快，一时半会儿停不下来。车子随着惯性依然往前冲了十几米，最后撞在了前方的墙壁上，发出巨大的撞击声。车内的安全气囊瞬间打开，将黎初遥的头部稳稳地包围起来。

黎初遥缓缓抬起头来，打开安全带，有些蹒跚地开门走下车。车边围了一圈看热闹的人，有好心的大妈问她有没有事。

黎初遥摇了摇头，看着被撞毁的车头想，啊，真好啊。什么礼物，见鬼去吧。

她别开眼，转身推开围着的人群，走了出去。

她抬起头，望着已经西垂的落日，忽然很想去一个地方。

游魂一样的她像是有了目标，迈开脚步，快速往前走。当她到达那里的时候，天已经黑了。学校的铁门虚掩着，她上前推开，铁门发出厚重的声音。

安静的小学校园，变得和以前大不一样了。以前煤渣的体育场变成了绿色的塑胶跑道；教学楼也被翻新过了，教学楼后面又盖了两栋楼；小时候她每日跑去买零食的小卖部不见了，取而代之的是一栋两层楼的食堂。

这里变得好像已经不是他们上过的小学，又好像还是，这里留下了他们深深的印记。

黎初遥往前走着，走到了教学楼一楼的第二间教室。她推开门走了进去，在第四组倒数第二个位置上坐下。她趴在桌上，缓缓地闭上了眼睛，那疲倦的身体，游荡着的灵魂，似乎终于得到安放。

安静的教室里，黑暗密集地笼罩在她的周围。她的一寸视线，一缕呼吸，一腔悲愤，一声悲泣，都被完全隐埋在这里，无人知晓，无人听见。

也不知道过了多久，她似乎睡着了，忽然感觉有人坐在她前面的位置上，轻轻地抚摩着她的头发。

黎初遥抬起头来，黑暗中，她看不清那人的样子，却感觉到熟悉的气息，那么的温和沉静。

她有些不敢相信地问：“你怎么会在这里？”他不是应该在清大上学吗？怎么会出现在这里？

“下午接到林雨姐的电话，就马上坐飞机回来了。”

“哦。”黎初遥又无力地趴回桌上，问，“你怎么知道我在这里？”

“我不知道。”黎初晨低下头，轻声说，“就是来找找看。”

黎初遥没说话，一直趴着没动。她现在不知道要和他说些什么，更没有脸面对他。她真的不懂，为什么他还能这样淡定平和，他都不生气吗？他都不着急吗？也不怪她？

黎初遥紧紧地咬着嘴唇，不知道从何问起，也不知道要怎么道歉才好。

“回家吧。”

她听见他还和往常一样，温柔地对她说：“很晚了，妈妈会担心的。”

“嗯。”黎初遥点点头。他从对面的位置上站起来，伸手去扶她起来。黎初遥要用力扶着他的手臂，才能站稳。他搀着她走出教室，黎初遥在门口的时候缓缓回头，望着第一组靠窗的那个位置，似乎想起窗户里那张带着一脸羡慕的小男孩。

一路上，黎初遥和黎初晨都没有主动提起韩子墨的事。黎初遥是不知道从何说起，黎初晨则是一贯的体贴，她不说，他自然也不会问。

快到家门口的时候，黎初遥低着头轻声说：“那八千万……”

“姐，你饿不饿？要不要买点东西回家吃？”

“不用了。”她现在什么也吃不下。

“还是买点吧，我饿了。你在这里等我，我马上回来。”黎初晨说完，转身穿过马路，走进对面的一家超市。超市的门窗是玻璃的，她从外面可以清楚地看见他走在货架之间，低着头，认真地挑选东西，偶尔会向她的方向看一眼。

她知道，他是为了躲避那八千万的话题，他不愿意让她为难，不愿意让她觉得自己亏欠他很多很多。

他永远是这样，体贴得让人想哭。

可是，他越是这样她越是内疚得想哭。黎初遥垂下头，双手用力地按住额头，她觉得很累，非常累。

就在这个时候，忽然有人用力地拽住了她的胳膊，黎初遥转头一看，身后不知道什么时候冒出六个五大三粗的男人，将她团团围在中间。

“你们想干什么？”黎初遥冷声问。

“跟我们走。”拽住她手臂的男人使劲地将她往前拖，身后还有两个男人将她往前推。黎初遥刚想叫救命，嘴巴就被人捂住。她挣扎着往身后的超市看去，只见黎初晨慌张地丢下手里所有的东西，想要往这边冲过来。可过马路的时候，被一辆辆汽车挡住了去路，有一辆汽车还差点撞在他身上。很快，她便看不到他的身影。

他们并没有将她绑到很远的地方，只是在附近一条阴暗的小巷子里将她放开。

一个身材粗壮、剃着光头、脖子上还文着蛟龙文身的男人一把拽过黎初遥的头发，恶狠狠地问：“说，你未婚夫在哪里？”

黎初遥摇摇头道：“我不知道。”

男人毫不留情地一个巴掌甩过去，黎初遥被打得脸一歪，嘴角流下一条血丝，火辣的疼痛在脸颊边烧开。

“我警告你！你最好老实告诉我他在哪里！要不然你未婚夫欠我的那四千万，你就得给我还，不还我就烧死你全家！”

黎初遥擦了一下嘴角的血丝，抬眼直视着他说：“你也说他是我的未婚夫了。未婚就是还没结婚，没结婚就没有法律义务承担他的债务，你叫我还钱是没道理的。”

“老子不和你讲法律！韩子墨这小子带着全家都跑了！老子不找你找谁？”

黎初遥冷笑道："您看，您也清楚，韩子墨带着他全家跑了，就是没带我，这说明了什么？他压根没把我当家人，所以我更没有替他还债的义务！"

"老子不管你义务不义务！你就只有三条路！第一帮他把债还了！第二把他找出来交给我们！第三老子现在就剁了你！"

"第一，我不是他借债的担保人，也不是家人，更不是他的妻子，他欠你们的债不管在法律还是道义上压根和我一毛钱关系都没有。第二，韩子墨现在跑去了美国，至于到底在哪里我也不知道。如果你们知道的话，麻烦你们带上他欠我的八千万借条，帮我也把债一起要了，我愿意付四千万给你们当佣金。第三，公司剩下的钱都被韩子墨卷跑了，你剁了我也没用。"

"妈的！你这个死女人！嘴巴能讲是不是？"要债的大汉被她反驳得哑口无言，气急之下又一巴掌打了过去，力道大得将黎初遥掀翻在地。

黎初遥扶着墙壁，缓缓站起来，垂着头说："你生气也没用，你心里清楚，我说的都是实话。"

啪的一声，又一个巴掌，黎初遥闷哼一声，缓缓抬起头来望着他说："你们这么多男人打一个女人，有意思吗？"

"你说得对，打你确实没意思，那哥们几个就陪你玩玩，我们会让所有人都知道，韩子墨丢下自己的未婚妻逃走，最后被我们兄弟几个活活弄死，我们要让他一辈子抬不起头来！"

"就是啊。"

"哈哈哈——"

身边的六个男人恶心地笑着，向她靠拢过来。黎初遥身子贴着墙壁，冷静锐利的面容再也保持不住，她害怕地往墙里缩着："喂，有事好商量，钱的话，我会想办法的。公司里也不是一分钱都没有了，你们今天放过我，我明天把工地上所有的材料卖了，最少值几百万，到时候给你们！"黎初遥语速极快，她在做着最后的挣扎，"我死了你们一分钱也拿不到！"

可那些围着她的男人，压根不再听她说什么，一个个伸出魔爪抓向她！

黎初瑶绝望地闭上眼睛。在这一刻，她心中恨极了韩子墨！

都是他！都是他！自己才会被这样侮辱！

都怪他！都怪他！

不……

也怪自己，怪自己瞎了眼，看上那种男人！

“这小妞虽然长得不漂亮，却俊得别有一番风味啊。我喜欢。”

“我也喜欢。”

“哈哈哈——”

“走开！”黎初遥一把推开离她最近的男人，叫道，“不要碰我！”

忽然，阴暗的巷子里蹿出一条“火龙”。“火龙”砸在一个男人身上，男人惨叫一声：“好烫！”

“火龙”掉在地上，啪的一声碎了，一股白酒味扩散开来，地上迅速被点着了一片。接着又是几个燃烧瓶飞过来，每个都砸在他们身上。黎初遥却因为被围在中间没受伤，被烧着的男人们尖叫着到处乱跳。

火海中，黎初遥似乎听见有人在叫她：“姐！快跳过来！”

是初晨！

“初晨！”黎初遥激动地叫着他的名字，这一刻，她想也没想，便顺着他的声音，从炙热滚烫的火焰上跳过去。身边有个男人想抓住她，一个燃烧瓶又飞了过来，正好砸在他手上，白酒洒了出来，烧着他的手臂。他惨叫着收回手，在地上打滚。

黎初遥很快跑到了安全地带，在浓浓的烟雾和火光中，她看见了黎初晨对着她张开双手。黎初遥飞扑过去，紧紧地抱住了他。

“初晨……初晨……”黎初遥一声声地叫着他的名字，声音里带着惊慌，像是一个被吓坏了的孩子。

“姐，别怕。我在这儿呢。”黎初晨紧紧地抱了一下黎初遥，然后将她推到身后，从脚下的篮子里拿出剩下的两个燃烧瓶一起丢了出去，挡住了那些男人，转身，一把拉起黎初遥就跑。

他们沿着巷子不知道跑了多久，一直到身后再也没有追赶的声音，一直到黎初遥真的一步都走不动了，他们才停了下来。

黎初遥瘫坐在地上，大口大口地喘着气，却因被一口气呛住，而剧烈咳嗽起来。

“姐，姐，你没事吧？”黎初晨蹲下来，紧紧地拉着她的手，满眼都是担心。

“我没事。”黎初遥用力地喘着气说。

黎初晨听她这样说，才微微放下心来：“你没事就好了。你不知道我有多着急，急得差点就没头没脑地冲去救你了。”

黎初遥抬头，望着他笑道：“还好你聪明，知道做足准备来，不然我俩都要悲剧了。”

昏暗的灯光下，黎初遥的脸上、嘴角，满是伤痕。黎初晨皱着眉头，凑到她眼前，抬手用衣袖轻轻按住她脸颊上被划伤的地方，他漂亮的眼睛里，满满的都是心疼和紧张：“姐，你的脸伤了。”

“嗯。没事的。”黎初遥闭上眼睛说。

“骗人，都肿了，一定很疼吧。”黎初晨用双手轻柔地捧起她的脸颊，像是对待珍宝一般，轻轻对着伤口吹气。

黎初遥望着眼前离她只有一指距离的少年，他的睫毛长得快要触碰到她的脸颊，他的皮肤在皎洁的月光下散发着淡淡的光晕，他靠近时身上那清新的花草香，让人闭上眼睛就像看见了一片美丽的草原。

黎初遥就这样望着他，微微出神，过了一会儿，才轻轻握起双手，艰难地开口问：“你为什么还对我这么好？”

黎初晨轻轻眨了眨眼睛，诧异地望着她，似乎不解她为什么问这个问题：“你是我姐姐，我不对你好，对谁好呢？”

黎初遥倔强地抿着嘴唇继续说：“可是我骗走了你所有的钱，害得你血本无归！你不生气吗？为什么你都不责怪我？你倒是骂我一句啊！”

黎初遥说到后面几乎是喊出来的。

“我骂你，你心里就会舒服了吗？”黎初晨轻声问，“我骂你，你就不内疚了吗？”

黎初遥闭上眼睛，抿着嘴唇忏悔道：“对不起，初晨，对不起，我不应该这么做。”

“姐，你不要难过。”黎初晨连忙出声打断她，“我真不在乎那些钱，没了就没了。你用的时候我就说过了，我们是一家人，我的钱就是你的钱，你不要难过了。”

黎初遥摇着头说：“可是初晨，那可是八千万啊！不是八千，也不是八万啊！等你以后大学毕业，走上社会，要创业成家的时候，你会需要那些钱。到那时候，你会怪我的，你一定会怪我的。”

“不会！姐，我不怪你的。”黎初晨紧紧地拉住她的双手说，“我发誓我这辈子都不会怪你。”

“真的吗？”

“真的。”黎初晨点头，抬手为黎初遥理了理头发，轻声说，“姐，别想那些钱了，我真的不在乎。我们回家吧。好不好？”

黎初遥紧紧闭上眼睛，然后慢慢睁开，眼里满满的全是恨意：“你不在乎，我在乎。

“韩子墨也在乎。他为了不声不响地卷走公司最后的两千万，就这样背叛我！抛弃我！就这样把我留在水深火热里！”黎初遥咬牙切齿地说，“初晨，你说，他怎么可以这么自私呢？

“你说，他真的爱我吗？他口口声声说的爱，就只是这样吗？

“初晨……”黎初遥紧紧地抓住黎初晨胸前的衣服，将头埋进他的怀里，哭泣道，“我的心好痛。”

黎初晨望着哭泣的黎初遥，心沉沉地痛了起来，眼泪也不由自主地流出来。他手足无措地扶着黎初遥的肩膀，着急地说：“姐，你别哭了，求求你，别哭了。”

你知道吗？你这样哭，把我的心都哭得揪起来了。

“初晨，你说他为什么这么对我？”黎初遥哭着问，“那么多年了，他对我的好，难道都是假的吗？”

“姐，你别难过，为了那种人，不值得。”黎初晨抬手笨拙地为她擦着眼泪。

“我知道，为了韩子墨这种人渣哭，不值得。”黎初遥虽然这样说着，可还是忍不住一直流眼泪，“可是初晨，我真的以为他很爱我，我真的以为他很爱很爱我，我真的以为他离不开我的。可是……这些都是我的自以为是啊。我黎初遥一向自以为聪明，却连一个人是不是真的爱我都看不透，我根本就是一个白痴，是个白痴啊！”

“姐，你别这样，别这样。你这样哭我真的好心痛。他不值得你这样哭的，他不值得，他那才不叫爱！”黎初晨也不知道自己是怎么了，看着她哭泣的样子，双手捧起她的脸颊，缓缓地凑上去，像是着了魔一样，一下一下地亲吻着她面颊上的泪珠和伤口。

他像是捧着珍宝，动作轻轻的、缓缓的，像羽毛飘落在她的脸上。

他的吻里满是疼爱与怜惜，他的爱是那么的深沉而浓烈。

那些深深压抑的感情，再也掩盖不住……

“他才不爱你……他才不爱你……”

真正爱你爱到骨髓、爱到全身血液里的人，是我，是我啊。

他爱她，爱了好久好久。一直一直，像是仰望着星星一般，仰望着她。

黎初遥睁大眼睛，眼泪停在面颊上，呆呆地望着他。她的双手正好放在他的胸口，能感觉到他心脏的剧烈跳动，像是要从胸膛跳出来一般。他的吻，那么的小心，那么的轻柔，他的嘴唇和捧着她脸颊的双手都在微微颤抖着。他半垂着双眸，轻轻地吻着她的脸颊、她的鼻梁，接着到了她的嘴唇。他像是魔怔了一般，不愿清醒，先是一下，再一下，无法满足地用牙齿轻轻咬开她的唇瓣，舌头缓缓探入，由浅到深，反反复复。

黎初遥终于被他惊醒，猛地推开他，往后退了一些，抬手一个巴掌打在了黎初晨的脸上：“你在干什么？好恶心，知不知道？”

黎初晨从那甜蜜的吻中清醒过来，整个人笔直地僵住，心一点一点地往下沉。他像是从梦中惊醒一般问：“恶心？”

“难道不恶心吗？我不是你姐姐吗？你这是在对我做什么？”黎初遥使劲地擦着嘴唇，满脸羞愤地说，“这跟乱伦有什么两样啊？”

“可是，我们没有血缘关系。”黎初晨轻声说，“我不是你亲……”

“够了！”黎初遥大声打断他，“你是不是想说你不是我亲弟弟？”

黎初晨轻轻点头。

黎初遥冷笑一声：“当初是你说要代替黎初晨当我亲弟弟的，在我完全把你当成我亲弟弟的时候，你却对我做这种事？原来你是抱着这种念头接近我、去我家的。你伪装得可真好。”

黎初晨紧紧地抓住黎初遥的手臂，急切地说：“不是，才不是伪装。我一开始是真心想当你亲弟弟的，可是，我越和你相处越喜欢你，你对我笑一下我可以开心半天，你对我好一点我就觉得即便是死了也心甘情愿。我一开始也以为这只是对姐姐的喜欢，可是不行啊！你离开我去上大学，我觉得整个世界都黑了，我总是说妈妈想你，其实是我在想你。那时候我就知道，我离不开你，一天也离不开。我爱你，真的很爱你。”

“你够了。”黎初遥甩开他的手，缓缓地站起来，望着极力辩解的黎初晨说，“不要一边叫着我姐，一边说爱我，我承受不起。”

黎初晨维持着被甩开手的姿势，抬着头，睁大眼睛，无措地望着黎初遥：“姐……”

“不要叫我姐！”黎初遥像一只奓毛的猫一样跳起来，“初晨才不会爱上我！初晨才不会这样亲我！如果你不能当我弟弟，那一开始就别到我家里来啊！说来说去，你只是个和韩子墨一样的自私鬼！你只是想利用我弟弟的身份接近我，不管我对你的感情到底是什么样的！说什么爱啊？你知不知道你这样的爱让我觉得很恶心啊？这五年，我真的当你是黎初晨啊！你们为什么都要这样对我？为什么都骗我？我恨死你们了！”

黎初遥崩溃地捂着耳朵尖叫：“你滚开！我再也不要看见你了！”

这句话，瞬间将黎初晨打落到地狱。小时候那些不好的记忆全部向他涌来，一次次被亲人抛弃，一次次被亲人嫌弃，没有人愿意收留他，没有人愿意和他在一起。

只有她，不是只有她收留了他吗？

现在，连她也要赶他走吗？

黎初晨连连摇头，半跪着挪步上前，扯住黎初遥的裤脚，像个犯错的孩子一样，连忙认错："对不起，姐姐，我错了。我以后再也不会这样了，我以后再也不说这种话了！我会退回去，退回去好好当黎初晨的。你别赶我走，姐，你别赶我走。"

黎初遥一边摇头一边往后退："不可能了，说了这种话的你，还怎么当黎初晨？"

"姐，我错了，我再也不敢了，我再也不敢说爱你了！我错了，我说错了，我不爱你，我不爱你！真的，我不爱你。姐，我错了，你不要走，不要离开我。"黎初晨伸手，想要抓住她，抓住自己这最后一缕阳光、一根稻草。可是，她一直摇着头后退，一直后退……

她要走了，要离开了，像所有人一样。

"初遥姐……你原谅我一次，好不好？"他望着她离开的背影哭了。这一刻，他换回了原来的称呼，双眼又像小时候那般充满乞求和期待，他那样可怜地求着她。

而她，只是微微停顿了一下，又继续往前走。

他绝望地低下头，他知道自己无法打动她。

是啊，李洛书怎么可能打动黎初遥？她疼爱、期待的，只有黎初晨而已。

当他说爱她的时候，她就再也不会分给他一点点爱了。

他不怪她，是他的错，他亲手为她做了一个梦，梦里她的弟弟没有死，梦里她的弟弟依然乖巧听话地在她身边。而今，他又亲手将梦打破……

他知道她要离开了，他知道她不会接受他的。

可是，黎初遥，我放弃一切，变成另外一个人，我只是想要和你在一起，只是想，每天都看见你。这样都不被允许吗？

阴暗的小巷里，最终只剩下了他一个人。他跪坐在那里，像是一具坏掉的木偶娃娃，无法动弹，了无生趣。

就在这时，静默的小巷里有脚步声响起。他竖起耳朵，睁大眼睛，扶着墙壁，直起了他已经僵硬的身体。是她回来了吗？是她……想要原谅他，再给他一次机会吗？

只要她愿意，只要她愿意原谅他，那他一定会好好做她的弟弟，再也不敢有非分之想。

黎初晨扶着墙壁往外走着，他想早一点见到她，他怕她走到巷口的时候后悔了，又离开。他愿意多往前走一千步、一万步去接近她，只要她愿意回头看一眼。

可是，脚步声重叠起来，听起来不像是一个人的脚步声。他走到巷口往外看，只见刚才追债的六个人刚从小巷口路过，背对着他，往黎初遥离开的方向追去。

是他们！

不可以！不可以让他们伤害姐姐！不可以！

“喂！我在这儿呢！”黎初晨对着他们大喊了一声。追债的六个男人回过头来，望向发出声音的地方。那是一条偏僻的巷子，如果那个男孩不出声的话，他们根本发现不了。

“是那个拿燃烧瓶烧我们的小子！”

“是他！”

“抓住他！”

六个男人转身就堵住了巷口。而那巷子是个死胡同，黎初晨退到墙角处，已经无处可逃了……

那个剃着光头、文着文身的男人，咧着嘴凶狠地阴笑着：“小子！天堂有路你不走，地狱无门你非要闯！那个女人呢？交出来我们就放过你。”

黎初晨一如既往的安静，他垂着双眼想，地狱吗？

从她离开的那刻起，他的世界就已经是地狱了。

还有什么地狱，是比这个更可怕的呢？

没有了吧……应该。

即使是一顿猛烈的暴打，即使是死亡，也不会比她给的地狱更可怕……

“这小子是不是傻了？老子下手这么狠他连哼也不哼一声！”

“看来你还是不够大力啊！”

“妈的，让我来！”

“好了，别搞出人命来。”

“妈的，你们谁用刀子捅他了？”

“我不是看他不叫吗？”

“妈的，你当是和女人上床呢！非要叫你他妈的才爽！”

“快跑吧，出人命了！”

一阵嘈杂声之后，小巷里，又剩下了他一个人。他知道，他的胸口一直不停地往外流血，口袋里明明有手机，却动也不想动。

他像是一个被打烂的破娃娃一般躺在那里，他缓缓地抬起手，借着昏暗的灯光看着自己手心的掌纹。命理说，天煞孤星的归宿是曝尸荒野。

他苦笑了一下，闭上眼睛，似乎又回到小时候那座他们留恋的小学，那个教室，那扇窗户。

窗户外面有一个俊俏的小女孩，对着窗户里面喊：“黎初晨，快出来，给你好吃的。”

他笑了，站起来想跑过去，却听见身后传来一道欢快的声音：“哎！”

一个小男孩从他面前跑过，灿烂的笑容像春日的晨光一样温暖。他跑到女孩面前，从她手里拿走了一袋零食，笑眯了眼，用清脆的声音说：“姐姐最好了！”

他眨眨眼睛，低下头，也跟着轻声说：“是啊，姐姐最好了。”

他歪着头笑了，缓缓张口，和记忆里的声音同声道：“我最喜欢姐姐了。”

离巷子不远的拐弯处，黎初遥扶着墙壁缓缓往前走着，李洛书的哀求声依然在脑子里回响。她在犹豫，她在挣扎，她知道他对她好，她知道他和韩子墨不一样，她不该说那么过分的话。

可是……她真的没办法接受这种近乎乱伦的感情。

一想到他哭泣着哀求她的样子、他伤心绝望的样子，她就忍不住流泪。她也不忍心伤害他呀，只是，她接受不了，真的接受不了。

初晨，你为什么要说这种话呢？

我们当亲人不好吗？

亲人是可以一辈子的呀……

爱情，那都是骗人的，是可以转身就丢的东西，就像韩子墨那样，想也不想，毫不犹豫地就背叛了。

初晨，不要对我说爱，我不要你爱我，我只想你当我的亲人、我的弟弟，一辈子都可以在一起的存在。

初晨，明天见面，我们重新再来好吗？

黎初遥流着眼泪，扶着墙蹒跚地往前走着，与她只有一墙之隔的地方，安静地躺着一个少年。他独自躺在小巷里，眼睁睁地望着自己的鲜血缓缓地往外流着，流成一道小溪，流成一汪浅滩……

他的眼神如一潭死水，毫无求生之意……

而她，就那样，扶着墙壁，往前走，往前走……

离开那阴暗的小巷，做了此生第二件最后悔的事，第二件她想用生命去改写的事……

1

初晨，是我故意忘记你

CHUCHEN
SHIWOGUYIWANGJINI

夏有乔木 雅望天堂

幸福版番外

唯 一 幸 福 的 时 光

（一）我走过你走过的路，看过你看过的风景

初春，绿荫葱葱，百花齐放。

随着下课的铃声响起，安静的市一中校园瞬间喧闹起来，各个班的教室里陆续走出欢快的学生，站了一节课的老师们也夹着讲义回到办公室休息。

一个少年，低着头从高一（5）班的教室里走出来，下了台阶，笔直地穿过花圃，来到教师办公楼前。他抬头望了望，走上二楼，敲了敲第三个办公室的门，门里传出成年男子的声音："请进。"

少年推开门走了进去，办公室里有三个老师，他径直走到年龄最长的高老师面前站定。高老师正在改一份作业，见面前被阴影挡住，忍不住抬起头来，眼前的少年面色苍白，一张精致到完美的面孔上挂着两个重重的黑眼圈。他默默地盯着他看，眼神阴郁而漠然，在这个初春的季节里，让人莫名地生出一阵寒意。

"有……有事吗？"高老师推了推眼镜，有些奇怪地问，他不记得他教过一个这样阴沉精致的学生啊。

那少年抬眼，空洞而美丽的双眼缓缓望向他："舒雅望叫我来的。"

高老师一拍大腿想了起来："哦！舒雅望，对对！你是她弟弟夏木对吧？她叫你来拿她的画稿是不是？"

叫夏木的少年皱着眉头说："我不是她弟弟。"

"啊？哦，她和我说叫她弟弟来拿的。"高老师站起来说，"你跟我来，画稿我放在画室了，这丫头真是懒得出奇了，东西放我这里快两三年了，叫她来拿好多遍都不来，再不来我就都丢掉。"

夏木沉默地跟在他身后，一言不发。

高老师回头看了他一眼，心道，这孩子话真少，除了刚见面时说了一句话之外，到现在连一个眼神都没和他对视过。这样的孩子，在执教

几十年里都未曾见过一个。一路上，他又找了几个话题和那少年聊天，可那孩子依然沉默地低着头往前走，就像是一个在执行主人命令的玩偶，漂亮，精致，毫无生气。

画室离办公楼有些远，要从高中部教学楼穿过，走过学校后面的桃花林，进入教师宿舍楼，靠围墙的最后一栋，五楼，就是高老师的私人画室。

高老师叮叮当当地拿出一串钥匙，挑出一把古铜色的老式钥匙，插入锁芯，旋转，嘎达一声，木门打开了，高老师推开门邀请夏木进去："来来，进来。"

夏木走了进去，画室里空空荡荡，只放着五套木质画架、画凳和画板，四周的墙壁上挂着很多素描和油画，高老师走到画室里面，在靠着墙的画板里翻了翻，拿出一块油画板，递给夏木说："哪，就是这一幅了，她高三时得奖的那幅，在北京的美术馆展览了三个月，去年就送回来了，让她来拿她老是和我拖，要不是我昨天威胁她要丢掉，她还不叫你来嘞。"

夏木走过去，接过老师递来的画板，画板不大只有 21 寸，上面画满了一串串盛开的桃花，繁复却不累赘，写实却又有意境，看着就让人觉得春风扑面，神清气爽。

"好漂亮。"那一路无话的少年，忽然开口说了一句，吓得高老师一愣，回头望向他，只见他那空洞的眼神似乎因为这幅画的粉色映照，而注入了一丝活力，变得有些闪亮起来。

"真的好漂亮。"他又重复了一遍，让人一听就知道他非常喜欢那画。

高老师走过去和夏木一起看着那幅桃花说："那当然啦，舒雅望这丫头可是我的得意门生。她不管是素描还是色彩还是油画，都是我教过的学生里画得最好的。"

夏木抬起双眼，似乎对这个话题很有兴趣。本来就话多的高老师见这孩子终于愿意搭理自己，一下子就打开了话匣子，他拉着夏木钻进画室里面的房间里说："你来，你来，我这里还有好多她早年的作业呢，在我这里学了六年的画画呢。”

里面的房间不大，只有十平方米左右，四面却堆了满满的石膏模型和画稿，高老师走进去，在墙角的一个纸箱里翻找了一下，拿出一本浅绿色的16K素描本，递给他说：“你看，这都是她落在我这里的作业本。”

夏木抿了抿嘴唇，接了过来，翻开一张张地看着，那素描本像是早期的基础课作业，有早期的基础画、几何体、石膏像，有的画得好，有的画得一般，唯一一样的，就是右下角的地方，都龙飞凤舞地签着她的名字——舒雅望。

他一张张地翻看着，画稿的最下面压着一本浅绿色的素描本，他打开第一页，果然看见她的签名，这本她画的都是人物速写，前面两张画的似乎是她的妈妈，到第四张的时候，画面上出现了一个坐在地板上的小男孩，男孩手里还拿着一个飞机模型，那男孩低着头，脸画得并不清楚，可夏木第一眼就认出来了，那是他十岁的时候。

接着后面的两页也都是他的画像，有背对着她的，侧对着她的，没有一张是正脸的。

夏木猜想，这应该是雅望高一暑假，在他家里给他当家教时，偷偷拿他当模特画的。

“哟，这小孩不会是你吧？”高老师也蹲下来，看着画像问。

夏木不答。

高老师笑道：“一看就知道是你，画得还挺传神。”那种拒人于千里之外和自我封闭的感觉，全在画像中体现了出来。

夏木轻轻合上素描本，将地上的画稿一张张地整理好，卷起来，抱在怀里问：“还有吗？”

高老师摇头说：“没了。”

夏木弯腰捡起地上的素描本，出了房间，又捡起画满桃花的油画板，手里怀里抱了个满满当当。他直起身来，望了眼画室里的五个座位，忽然开口道：“老师。”

"干吗？"

"雅望，她原来坐哪一个位置？"

"她啊，坐那里。"高老师指着最里面靠窗的位置说，"她就喜欢坐窗边，上课总是开小差，画两笔就往窗外看，精神一点都不集中。"

"这个位置吗？"夏木走了过去，站在比一般板凳高三分之一的画凳前面问。

"是啊，我这儿还有她的照片呢。"高老师又走回刚才那个放画稿的房间，献宝一样拿出一本相册说，"我所有学生的相片我都有，都在我画室里拍的。"

"你看你看，舒雅望在这儿。"高老师指着相册里的一张照片给他看，相片里的那个女孩穿着浅绿色的连衣裙，侧坐在靠窗边的画凳上，双脚离地，似在空中悠闲地摆动着，她拿着画笔，戴着耳机，张着嘴唇，笑得一脸悠闲惬意。

"这孩子，看着长得漂漂亮亮文文静静的，其实调皮得不得了，经常拿水粉兑成果汁的颜色骗画室的同学喝，还把水粉调成和画凳油漆一样的颜色涂在别的同学的凳子上，让人家坐得一屁股都是。你看这个男同学，就经常被她害到……"高老师指着另外一个同学的照片，喋喋不休地说着舒雅望以前在画室里的恶行。

夏木低着头，沉默地听着，轻轻抿起的嘴唇似乎透露了他的好心情。高老师也发现了这点，似乎只要他谈起舒雅望的事，这个阴冷如寒冰的少年，就会悄悄染上温度。

"老师，你这边还招生吗？"安静的夏木忽然开口问道。

"啊？"高老师眨眨眼，没想到他忽然这么问，"招啊。"

"我想来学画画。"

"可以啊，没问题。"高老师点头答应了，这个孩子虽然太过于沉静，但他并不讨厌，"我去拿张报名表给你填。"

高老师说完，又一次回到放东西的房间里，四处翻找着他那为数不多的报名表，屋外的夏木轻轻地望着放在画凳上的相册，相册里的女孩正甜甜地望着他笑着，他抬手，轻轻划过相片，眼里闪过一丝温柔和隐藏得极深的欢喜。

夜晚，S 市军区大院里，一个少年骑着自行车在道路上疾行，自行车的后座绑着一堆东西，他拐进一幢住宅楼下，停住车子，将后座上的东西解了下来，抱在怀里，上了四楼，敲门。

没一会儿，门里传来欢快的应答声："来了来了。"

门被打开，一个清秀的长发女孩在门里对他笑，她望见夏木怀里的一堆画稿和油画板，连忙接了过来说："呀，你帮我拿回来啦，哎哟哟，辛苦辛苦，谢谢你啦，夏木。"

"嗯。"

"嗯什么嗯啊，快进来。我买了新鲜的草莓给你吃。"舒雅望抱着画稿转身走进房间，将画稿全部摊在客厅的茶几上，开心地坐在沙发上，一张张地看着，一边看一边摇头，"这真的是我画的吗？怎么这么丑啊。"

夏木走过来，坐在一边，轻声说："还好。"

"好什么呀，你看这透视，你看这线条，好幼稚哦。"舒雅望指着画稿评价道，她翻完从前的作业后，忽然看见那本浅绿色的素描本，惊喜地说，"哇，这本子原来在高老头那里啊，怪不得我找了好久都没找到。"

舒雅望一脸笑容地翻开素描本说："夏木啊，你看，这里面有好多我给你画的速写哦。"

"你看你看，是我们第一次见面的那个暑假，老爸叫我去给你当家教，可是你那时候根本不理我，搞得我在你家好无聊哦，只能拿你当模特练速写。"

舒雅望举着素描本，望了望本子里十岁的小夏木，又望了望坐在身边的十六岁美少年，感叹地说："嗯，还是小时候的夏木可爱！小小的，软软的，超漂亮的，总是雅望姐姐雅望姐姐地叫我，总是跟在人家后面要抱抱，你看你现在，一点都不可爱了。"

夏木瞟她一眼，淡淡地说：“你做梦吧，我从来没叫过你姐姐。”

“嗯！”舒雅望啪地合起素描本，不高兴地抬手揉着他精致到完美的脸颊道，“真不可爱，叫我一声姐姐会死啊。”

“会死。”

“……”舒雅望放开蹂躏他的手，泄气地说，“好吧，算你赢。”

她又靠回沙发里，将看完了的素描本放在一边，继续翻看着自己从前的作业和获奖作品。坐在一边的夏木抬手拿起素描本，打开其中的一页，望着画像中的自己，那些小时候和她在一起的记忆似乎全部涌了出来，她给他做家教的时候、她骑车带着他上学的时候、她和他买两碗不同口味刨冰换着吃的时候、她带着他在部队大院篮球场打球的时候……

那么多、那么多美好的记忆……

“雅望。”他忽然开口叫她的名字。

“嗯？”她轻声答应，温和地抬眼望他。

“这个，送我吧。”夏木扬起手里的素描本说。

舒雅望愣了一下，这是这个认识了六年的少年第一次开口和她要一样东西，她自然愿意毫不犹豫地点头答应他……

只是，舒雅望扬起嘴唇，坏坏地笑了一下：“给你也可以，不过……”

夏木警惕地看着她。

“要给我抱一下。”舒雅望说完，连给他拒绝的时间都不留，一下子扑过去。可夏木的动作比她更快，一下就站了起来，让她扑了个空，他就知道她会这样说。

夏木背对着她有些别扭地拒绝：“不要。”

“来嘛。”小时候他经常给她抱抱的，好可爱、好软乎、好好闻的说，虽然每次都是她强迫的。但是自从他上高中之后就不给抱了。

“不要。”

“那我不给你了。”

“……”夏木漠然地看着她，一言不发。

"瞪我也没用，就是不给你。"舒雅望仰着头，和他杠上了。

夏木一甩头，将手里的素描本放回茶几上，转身就走。

舒雅望一把抓住他的衣服，连声道："好好好，给你给你，给你。"

夏木转过身来，微微仰着头，抿了抿嘴唇，又拿回茶几上的素描本。

舒雅望笑道："坏家伙。"

他知道，自己不会惹他生气，更不忍心他有一丝丝不快乐。所以他只要转个身，她就会弃械投降。

可她就是愿意这样宠着这个少年，这个父亲的救命恩人之子，这个精致美好的少年。

夏木坐回沙发上，手指轻轻摩挲着素描本上硬硬的质感，垂着头轻声说："我也准备去高老师的画室学画画。"

"哈？你要学画画？"舒雅望奇怪地望着他问，"为什么？"

夏木抬头望了她一眼，又转过脸去，想了想说："不为什么，就是想学。"

"那就去学呗，高老师虽然啰唆了点，可是教画画可是一流的哦。"舒雅望不再追问，盘着腿靠在软软的沙发里欢快地说，"我小学三年级就拜他为师了，如果你找他学的话，从辈分上，我怎么都得算你师姐了，快，叫声师姐来听听。"

夏木瞥了她一眼，扭头道："才不要。"

"咦，真不可爱！"她说这话的时候，嘴角带着笑容，手还不自觉地揉向他的头发，那熟练又亲密的动作，带着对他满满的疼爱。

夜晚，夏木回到自己家中，帮佣的梅姨将温热的橙汁端进他的房间，轻声道："夏木，夏司令刚才打电话回来说他去外地开会了，三天后才回来。"

"嗯。"夏木点点头，"我知道了。"

"饿不饿，要不要我去给你做点吃的？"

"不用，我在雅望家吃过了。"

“好，那你洗洗早点休息吧。”梅姨笑着转身出去，在夏家服务了十几年的梅姨心里清楚，这孩子若是从雅望家回来，心情都会好一点，话也会多说两句。

随着轻轻的关门声，夏木打开书包，将舒雅望送给他的素描本拿出来，坐在台灯下一张一张地翻看着自己小时候的画像。画得真好，他也好想快点学好画画，然后将她的样子也像这样画下来，想画很多张、很多本。

这时，他忽然像是想到了什么，又从书包的夹层里拿出一张照片，放在素描本的中间，趴在桌上看着，举在手里看着，照片里的人一直望着他笑，而他那原本空洞的双眼里，也闪烁着快乐的光芒。

“雅望……”他有些着迷地轻声呼唤，他的声音又像是把自己从迷恋中惊醒一般，连忙坐直身子，漂亮的双颊上稍稍染上了红晕，抬手，轻轻揉了揉鼻子，打开书桌最下层的抽屉，将照片放了进去。那抽屉里还有一个浅绿色的饰品盒，里面装着一件他买了两年，却不敢送出去的礼物。

那之后，夏木真的每天晚上下课，跟着高老师学一个小时绘画，每天都很认真地听，回来也很认真地练习，周末更是每天窝在家里，一步不离画板左右。梅姨见他画得认真，便从夏家三层的小别墅里挑出一间屋子，收拾干净后，专门给夏木拿来当画室，司机郑叔更是从市场上买了很多画画要用的颜料、纸张、画画用具，连画素描练习用的几何石膏和人形头像石膏，甚至连背景布都买了好几种颜色。

舒雅望参观夏木的新画室的时候，有些嫉妒地说：“什么嘛，刚刚摸铅笔的新手，需要这么齐全的装备吗，想当年我刚学画的时候，我爸就给我买了一支 2B 铅笔和一块 2B 橡皮。”

夏木没接话，依然认真地站在画板前，对着模型台上的几何三角形练素描，舒雅望走过去瞅了一眼，忍不住“噗”地笑出来。

夏木被她影响，无声地转头瞪她，那漂亮的脸上写着满满的“你笑什么笑”？

“好好，我错了，别生气嘛。”舒雅望赔着笑脸，伸手一把抓住他握着铅笔的手说，“高老头没教你吗？铅笔不是像你这样用的啦，你拿得太紧了，画出来的线条太硬了，颜色又深，不好看又不好改。放松点，把笔头三分之一的地方放在食指的第二个关节，拇指轻轻搭住，笔尖和画纸呈 45° 左右，轻轻地从画纸上划过，这样……这样……这样，这样画，线条就又直又干脆了。”

舒雅望一边说，一边拿着夏木的手，在画纸上打着线条。她和他靠得很近，他的手臂僵硬地任由她带动着，他挺直脊背，面色潮红，鼻间闻到的都是她身上的味道，那味道，让他心急速跳动着。他屏住呼吸，垂着头，耳边响起嗡嗡的轰鸣声，他不知道应该怎么办了，想甩开她的手，却又舍不得。

“会了吗？”夏木听见她在耳边问，便连忙点点头。

舒雅望放开他的手，退开一步说：“那你画两条给我看看。”

夏木的心跳还未平复，手指依然僵硬，画的线条自然也是歪曲僵硬的，舒雅望笑话道：“我看你还是算了吧，没天分啊。”

夏木没说话，只是反复地在画板上磨着线条，也许他真的没画画的天分，可是他就是想要去学。

想去她曾经待过的画室，坐在她曾经坐过的位置，用着她用过的画架，听她的老师给他上课，这样，他会有一种他的时间和她同步了的感觉，他们之间不再相差五岁，他不再害怕她会发现自己对她的迷恋，他可以和她的男朋友唐小天公平竞争。

夏木微微抬头，望向窗外，神色安宁。

画室的高老师很喜欢自己新来的学生，虽然他不说话的时候看上去总是阴沉沉的，但是只要他和他说起舒雅望的事，他就会像一个正听着故事的天使，美好又沉静，让人忍不住想和他一直说，一直说。

舒雅望刚开始学画的时候就表现得很有天赋……

画室里曾经有一个男孩追过舒雅望……

舒雅望每次参加比赛都能得奖……

舒雅望的男朋友唐小天经常骑车送她来上课……

舒雅望不尊师重道，总是叫他老头子……

他总是摸着自己有些发白的胡须，一点一滴地回忆着那个叫舒雅望的学生在他的画室里发生的每一件事，然后仔仔细细地告诉他。高老师想，这个叫夏木的孩子，一定很喜欢、很喜欢舒雅望吧。

以至于后来，他听闻夏木为了舒雅望开枪杀人的事情，他一点也不惊讶。

因舒雅望早已经是那孩子的全部，他的喜怒他的感情，全部来自于她，他爱她，深爱得让他这个年过半百的老头看着都觉得痛了，又怎么可能忍受有人玷污她呢？

夏木坐牢之后，学校里的老师一直谈论那孩子怎么怎么阴沉，虽然漂亮看着却很恐怖。这种言论总是让他很是不快，每次听人如此议论他都要瞪着那人说："你认识夏木吗？你带过他的课吗？你知道他是个多好的孩子吗？他是我教过的这么多学生里，最乖巧、最温柔、最漂亮也是最深情的孩子。"

再后来，他去探了几次监，每次见到那孩子瘦削的脸他都心疼得想擦眼泪，可他总是一脸平静，甚至带着宽慰的眼神说："老师，我很好。"

他便点头说："好就好。"

他给他带了一些画画的笔和纸，让他在牢里继续练画，那孩子轻声对他说谢谢。

五年后，他收到一封从监狱里寄来的信，拆开信封一看，里面是一张折叠整齐的素描纸，缓缓摊开一看，高老师笑了。

这孩子，终于能把他想画的人，传神地刻画在纸上了，那画上的少女，戴着耳机，拿着画笔，侧坐在画凳上，望着人们，笑得一脸调皮。

啊，原来那张失踪的照片被他偷拿去了，是啊，他早该想到，那么深爱她的少年，怎么会遗落她一点点的消息和痕迹呢。

（二）那段唯一幸福的时光，是这一生最珍贵的记忆

夏木出狱后，跟着舒雅望一起去了她工作的 W 市，住进了她和朋友租的 75 平方米的公寓。舒雅望的朋友倒也识相，夏木来的第一天就包袱款款地闪人了，给这对分离六年的恋人留下二人世界。

于是，舒雅望和夏木的同居生活正式开始了，他们时常依偎在沙发上，捧着杯子，开着电视，闲闲地聊着天，静静地相拥，他修长的手指轻轻地绕着她的发丝，她温顺地靠在他的怀里，听着他的心跳。

他眷恋着她的味道、她的温度，舍不得放手。

她迷恋着他的怀抱、他的温柔，舍不得离开。

舒雅望经常下厨，每次煮满满一大桌菜，一脸笑容地看着夏木一口一口全部吃下去。

舒雅望问："好吃吗？"

夏木点头："好吃。"

舒雅望笑了，她知道他一定会说好吃，可是她就是忍不住想问。因为这孩子话实在太少了，哪怕他多发出一个音节，她也是高兴的。

夏木每天接送舒雅望上下班，早上地铁里的人特别多，每个人都感觉自己被挤成纸片一样，空气也不流通，总是散发出各种早点和奇怪的味道。

舒雅望总是心疼夏木，不愿意让他挤在这么多人里。所以当他陪她走到地铁站时，她拉着他的手说："这里人太多了，你回去吧，我自己上班就行了。"

可夏木总是握紧她的手，静静地看着她，一言不发，她却读懂了他眼神里的意思，他不想和她分开，一秒也不想。

于是，舒雅望便再也不多说什么，在地铁上，他和她被挤在角落，他伸着双手，将她圈在手臂中间，为她挡住所有拥过来的力量。她原是和他面对面站着，可是清冷精致的脸庞微微低垂下来，深邃美丽的双眸静静地看着她，他特有的像树木一般清新的味道，将车厢中混杂的味道盖住。

舒雅望的心不动声色地猛烈跳动着，她和他在一起，总是觉得世界都很安宁，从未有过这般强烈的心跳，可是当他这样靠近她时，她却忍不住脸红心跳，满是欢喜。

舒雅望觉得有些不好意思，连忙低下头，抬起手，轻轻深吸一口气，可越是这样，他的味道就越往自己心里钻，让她心动得连心尖都颤抖了。

想靠得更近，更近，更近。

这样的渴望，只在年少时，对唐小天有过一次而已……

而这次，似乎更加浓烈！

她缓缓地伸出手，扶在他瘦削的腰间，然后小心翼翼地将头靠过去，靠在他的胸膛，靠在他的怀里，车厢里的嘈杂声似乎全部消失了，只剩下夏木的心跳声。

啊，原来这就是夏木的心跳声啊……

不像他表面上那样阴沉冷淡，而是和她一样，跳动得炙热欢快。

舒雅望笑了，双手从他的腰间圈过去，抱得更紧了，她第一次在公共场合和一个男人这样贴近，她闭上眼睛，感觉到他低下头来，轻轻地在她头顶吻了一下。

她扬起嘴唇笑开了，这孩子，这举动，是在说他很高兴吗？

他也像她一样，特别特别渴望更加靠近对方。

地铁二十分钟后便到站了，平日里觉得很长很难闻站得很累被挤得很烦躁的路程，在今天都变得相反了，路很短，味道很好闻，越挤越好，一点也不烦，即使这样永远站下去，她也愿意。

舒雅望牵着夏木的手，一步一步地往公司走，她所在的园林设计公司并不大，租在一个写字楼里，到写字楼下的时候，经常会碰到公司同事，同事们只是微笑地打个招呼，然后装作不经意的样子瞥一眼夏木，每个人瞥完之后都是一脸惊艳的表情，再回过神来，便对舒雅望充满了羡慕。

舒雅望有些不好意思地揉揉鼻子，放开一路上和他紧紧交握的手说："好啦，你回家去吧，我去上班了。"

"嗯。"

"回去啊。"

"我看你先上去。"他总是这样静静地说出让她心动不已的话。

她点点头说："好吧，晚上见，夏木。"

"晚上见，雅望。"

她转身走进写字楼，他静默地望着她的背影，有些失望，又觉得满足。他想时时刻刻和她在一起，却又不愿意表现得这样不成熟，他在克制自己，每天每天，这样用力地克制自己。

他怕他将他所有的感情释放出来，会吓坏她。

他要克制，一定要克制，不要说任性的话，不要提不合理的要求，不要时时刻刻总想黏着她，这样不好。在监狱里，一个大哥曾经和他说过，这世界上总有一些人，用自己的全部去爱另一个人，可往往这些人，得不到真爱。

终归是因为物极必反，太过于炙热和浓烈的感情会让人觉得累，觉得困扰。所以，夏木，你要学会克制。你的爱情纯度太高，人家的最多算是燃燃火焰，你的却是滚滚岩浆。

下午下班的时候，地化的老总宣布，晚上公司聚餐，全员都得参加。

地化的老总是个北方的中年男人，生性大方，又爱热闹，公司每次竞标成功，就会组织公司里的同事们聚会。

这几乎成了地化的公司文化了。

舒雅望微微皱眉，她本就不喜欢参加这种公司聚餐，现在又有夏木等在家里，更是不愿意去。

她向老总请假："老总，我晚上有点事，能不去吗？"

"这可不行，今天晚上你是主角。"地化的老总笑着说，"我知道你不爱参加聚会，不过这一次聚餐一来是为了公司中标而庆祝，二来是公司的同事们提议为了即将出国的你饯行。"

"老总……"舒雅望看着这个微秃的中年男人，心中也有感激。六年前，她什么也不会，来到他手下工作，得到了最大的信任和支持，让她从一个刚毕业只会皮毛的艺术系大学生，变成了一个成熟的园林设计师。

"来吧，来吧，不要辜负了同事们的一片心意，我们地化公司是小，可是大家感情好，以后你要是回国了，还欢迎你回来工作。"

"我知道了，老总，我会去的。"舒雅望点点头，轻声应下。

"嗯，杏花公园的项目设计，我希望你能做完再走。"

"您放心吧，初稿已经快出来了。"

"好的，我等着看。"

舒雅望从老总办公室出来的时候，正好下班，同事们都在收拾桌上的东西，张如看见舒雅望出来，便扬声道："舒姐，我们一起坐小林的车去恒金饭店啊。"

舒雅望摇摇头道："不用了，你们先去吧。我收拾一下东西，一会儿来。"

"好的，你可快点。"

"嗯。"舒雅望笑了笑，回到位置上，将桌上的画笔一支支地收拾起来，放回笔筒，将画纸卷起来，放进画筒，准备带回去周末加班继续弄，不然怕是要来不及。

她答应了，要和夏木一起离开这里，去美国生活。

虽然她对去往异国他乡的未来有些恐惧，可是她必须要表现得很坚定，若是她稍稍有些迟疑，他一定会不安，而她，不愿他有一丝不安。

舒雅望拿起包，斜背上画筒，最后一个离开办公室，出了写字楼的大门，抬眼，就见他安静地等在那里，她一眼就能在人群中找到他，不单是因为他耀眼的长相，还因为，她就是知道，他在那里。

这是一种感觉，一种命运的牵绊。

就像他，也总是能在人群中，第一眼看见她一样。

她微笑地朝他走过去，站定在他面前，仰着头问："等很久了？"

他抿着嘴唇摇了摇头，漂亮的双眸里闪着星辉。

舒雅望就这样仰着头望他，他真的长高了很多，记得刚见面的时候，他只到她的肩膀，那么小小的，那么精致美丽，他一点点地长大，到离开她的那年，他只是稍稍比她高出半个头而已，而现在，变成她只到他的肩膀了。

舒雅望忍不住伸手，轻轻拥抱住他，将头靠在他胸前，轻轻地闭上眼睛。啊，夏木的胸膛已经变得这么宽阔了，再也不像少年时那么单薄，可是他身上的味道依然和记忆里的一样好闻，抱着他的时候，依然觉得那么安心、温暖。

夏木也抬手，抱住舒雅望，低下头来轻声问："怎么，累了吗？"

舒雅望摇摇头，抬起脸来说："没有，只是一天没见，太想你了。"

夏木愣了愣，居然笑了，天边原来已暗下去的晚霞，像是被他的笑容点亮了一般，忽然火红一片，带着黑暗又明亮的色彩，耀眼又迷人，妖娆且清尘。

舒雅望看呆了，这是夏木出狱后的第一个笑容，也是她这些年来第一次看他笑，真好看……

不知道为什么，舒雅望忽然有些想哭，她连忙低下头，紧紧抱住他，在他怀里蹭蹭，深吸一口气道："原来，夏木你喜欢听甜言蜜语啊？"

"哎？"

"如果你喜欢听的话，我每天都和你说好不好？"舒雅望抬起头，望着他微微歪着头说，"我每天都对你说甜言蜜语，你每天笑给我看，好不好？"

“不好。”夏木扭过头去，似乎有些不好意思地放开她，想先走一步。

“为什么？”舒雅望扯着他的衣服，央着他答应，“好嘛，好嘛。”

“不好。”夏木摇头，他又不是女孩子，听什么甜言蜜语……

只是她刚才那样说，他就是很高兴，从心底里感觉甜甜的。

“好嘛，好嘛，小夏木。”舒雅望像是变回了少年的时候，缠着他说，“再给姐姐笑一个嘛。”

“姐姐？”夏木瞥她一眼：“你不是怪阿姨吗？”

“……”舒雅望愣了一下，他是在吐槽她吗？

舒雅望佯装生气地说：“夏木，你越来越不可爱了。”

“好了，别闹了。雅望，回家吧。”夏木轻轻地向她伸出手，舒雅望抬手，紧紧握住，满脸笑容。

两人上了地铁，又去超市买了周末吃的食物和菜，顺路吃了些好吃的，回到家之后已经快八点了。舒雅望刚放下包包手机就狂响起来，她打开手机一看，来电提醒显示着老总的电话，她猛然想起自己忘记了什么，连忙接起来：“喂，老总。

“对不起对不起，家里有事，我给绊住了，手机刚刚没电了。

“真不好意思，你们都吃好了吧？

“啊啊，我错了，好好，第二场我请。

“怎么可能再放你们鸽子。我现在就去开好包厢等你们。”

舒雅望挂上电话，深深地吐出一口气，转头默默地望着夏木精致的容颜想，这孩子怎么就把自己迷成这样呢，下班前才定的约会，在见到他那一刻就忘得一干二净。

只是因为他说了一句：雅望，回家吧。

于是，她就真的跟着他回来了，放了她一起奋斗了六年的十几号同事的鸽子。

夏木的魅力，真是深不见底啊！

舒雅望走回沙发，拿起包包说：“夏木，我要出去一下。”

夏木问："去哪儿？"

"单位里的同事晚上说给我饯行的，我给忘记了，怪不好意思的，要去请他们唱个歌。"

"哦。"

舒雅望转身走到门口穿鞋道："我走了，可能回来得会很晚，你先睡吧。"

舒雅望刚准备打开家门出去，就听见夏木在身后叫她："雅望。"

"嗯？"舒雅望回过头去。

"我不能跟你一起去吗？"

舒雅望眨了下眼，似乎以为自己听错了："真的要跟我一起去？"

夏木点点头。

舒雅望笑了："如果你不怕吵的话，那走吧。"

地化的十几号员工，从饭店里出来，男同事们都已经喝得微醺了，这种状态正好放开了唱歌，他们在清醒的少数两个女同事的带领下，来到了舒雅望开好的包厢。

地化老总一进去就抓着舒雅望说："你这丫头，太不够意思了，居然放我鸽子。"

"呵呵，老总，我这不是请你们唱歌赔罪了嘛。"

"光唱歌就行啦？"老总嗤笑一声，按了一下服务键，KTV 的服务员很快进来问："您好，请问需要什么服务？"

"给我们来六打啤酒，四瓶红酒！"老总拿起麦克风说，"今天晚上，不醉不归！"

"好耶！"单位的男同事们鼓掌叫好。

地化的老总最喜欢在 KTV 对着麦克风说话了，他腆着啤酒肚，站在舞台中间说："舒雅望，我知道你不喜欢喝酒，你跟了我六年，我带你出去做项目，从来没叫你喝过酒。我们公司任何女孩子跟我出去，我都不会叫她喝酒的。

“对不对，我做生意，最凭良心，讲感情！赚不到钱没关系，大家在一起开心嘛！”

“没错没错。”坐在沙发上的员工拍着马屁鼓着掌。

“不过今天，是我这个做老总的，给你摆的饯行宴，你必须得喝一点，你得给我这个面子，对不对？”

舒雅望笑着不说话，她公司的老总就是这样，带着一丝武侠里江湖人物的侠气，对下属也照顾，这也是公司队伍稳定，流动人员少的主要原因。

地化的老总忽然看见了坐在舒雅望旁边的夏木，指着他问：“哎，舒雅望，你旁边的帅小伙就是你的未婚夫？”

舒雅望看了夏木一眼，有些不好意思地点点头。

“小伙子看着不错！”老总走到夏木面前，把麦克风对着他问道，“叫什么名字？”

舒雅望知道夏木不喜欢与人说话，怕老总尴尬，刚想拿过麦克风自己回答的时候，却听清冷的声音从音箱里传出来：“我叫夏木。”

舒雅望有些诧异地转头望他，他靠坐在沙发上，握着她的手，就那样安然地坐着，却也是一幅美丽的风景。

“夏木啊，这个名字好。”老总爽朗地笑道，“我们搞园林建设的，最喜欢的就是‘木’字，园林的林，树木的木，那都是带‘木’字的，我们雅望是国内首屈一指的园林设计师，那更是喜欢‘木’了。由此可见，你们一定是天赐的良缘，大家说对不对？”

“对！”员工们自然是大声附和。

“哎，夏木，你觉得我说得对不对，你要觉得对就得喝了这杯酒。”老总倒了一杯红酒推到他面前。

舒雅望抬手就挡住了：“老总，他不会喝酒。”

“去去，雅望我和你说，按我们北方的风俗，这男人上门提亲，就得先过娘家人兄弟这关，我们就是你的娘家人，我们今天晚上要是不把他灌趴下了，那是不给你面子。”

“不给就不给，我不要面子。”

他们两人在推搡之间，夏木起身将酒杯拿起来，一饮而尽，放下酒杯，双眸满是水雾，却依然字句清楚地说：“天赐良缘，说得没错。”

“哈哈哈！小伙子够爽快，我喜欢。来来，大家喝起来，今天晚上不醉不归。”老总高兴了，挤开雅望坐到夏木边上，和他喝起酒来，包厢里也热闹起来，唱歌的唱歌，划拳的划拳。

舒雅望叹了一口气，摇头道：“又开始了。”

公司的酒文化啊！

这天晚上，夏木被舒雅望公司的人灌得够呛，回去的路上，连路都走不稳。

回到家里，舒雅望把夏木扶上床，打了一盆水来给他擦了擦脸，平日白皙的面容现在满脸酒红，眼神迷离，呼吸混沌，他皱着眉头有些难受地哼了一声。

“是不是想吐啊？”舒雅望扶他坐起来问。

他闭着眼睛，难受地摇摇头。

“不能喝就别喝，人家叫你喝你就喝，傻呀？”舒雅望点了一下他的脑袋，这孩子，怎么这么实在。

夏木被点得歪了歪头，轻轻睁开眼睛，望着她说：“他说我们是天赐良缘……”

他的口齿因为酒精作用，有些不清，可语气里带着的欢喜是那么的明显，他似乎真的很喜欢这句话，他眯着眼，轻声说：“我一直觉得……你不是属于我的……可是他说，我们是天赐的良缘。”

舒雅望轻轻地靠过去抱住他，低声道：“傻瓜，我是你的，就是你的。”

夏木也紧紧地抱住她，闭上眼睛说：“雅望啊，现在的我，幸福得像做梦一样。”

“是吗？那我陪你一直做下去，永远不要醒来。”

“嗯。”夏木点点头，双手轻轻地托起她的脸颊，像从前那样，小心翼翼地吻下去，一下、两下，亲吻她的额头、她的鼻翼。

舒雅望睁开眼睛，那样近距离地望着他的双眸，那样沉迷的眼神，那样深情的眼神，她看了六年，心里的冰霜早已被融化成水，蒸热成雾，消逝得不见踪影。

现在，她的心里，有的只是和他一样的爱，浓烈，火热。

她就这样睁着眼睛，缓缓靠过去，吻上了他的嘴唇。那漂亮的嘴唇带着酒味，尝不出他的味道，她又用力靠过去，加深了这个吻，她的舌头探了进去，在他的唇腔里滑动着，寻找着夏木的味道，那像雨后的青草、夏天的树木一般淡淡的味道。

夏木也不知是因为她在吻他，还是因为酒精的作用，全身滚烫得像是要烧起来一般，她这样主动、热情地吻他，让他实在无法控制自己了！

他爱她，爱到满腔的感情都快爆炸一般，他好怕伤害她，好怕！

他的理智似乎不能再控制他的双手一般，紧紧地抱住她，翻了个身，将她压在身下，双手紧紧地抱住她的腰身，用力地吻着她。

“嗯……”舒雅望被这狂乱的吻弄得忍不住轻声呻吟出来。

夏木的嘴唇缓缓向下，一处不漏地吻着，她的嘴角，她的下巴，她优雅的脖颈，他像是吻不够一般，狂乱、激烈又虔诚地吻着她。

“夏木……好了。”舒雅望有些怕了，轻轻地推着他的肩膀。

“嗯。”夏木极其压抑地答应着，双手却还死死抱着她，嘴唇还是无法停下来，她胸前的衣服扣子，被他轻轻地咬开一粒，他的舌头偷偷溜进去，舔了一下她的胸口，她轻叫道：“别……”

“嗯。”夏木又答应了一声。

可是偷偷舔着她的舌头越来越过分，往下，再往下，天赋异禀的牙齿又咬开了一粒扣子，他用他好看的鼻尖拱开衣襟，用他的牙齿轻轻地咬着里面白皙的皮肤，她的呼吸越来越急促，连眼神都变得朦胧起来……

“啊……啊……好了啦……”

“嗯。”

“你光知道嗯……停啊……”

“嗯。”

“别……别这样。”

“嗯。”

“夏木……我……我要生气了！”舒雅望终于硬气地说了一句话。

夏木抱着她的双手又紧了几分，过了好一会儿，他用力地深吸一口气，从舒雅望的身上下来，滚到床的另外一边，掀过被子将自己紧紧地裹起来。

舒雅望满脸通红地坐起来，将衬衫的纽扣全部扣好，捂着疾速跳动的心脏坐了好久。

转头，望着将自己裹成一团的夏木，轻轻扯了扯被角，小声叫：“夏木？”

裹起来的夏木毫无动静。

“夏木？”她又叫了一声，他还是不理她。

“夏木，我冷。”

裹起来的夏木动了动，然后滚了过来，掀起被子，一下子将雅望也裹进被子里。被子里一片漆黑，她什么也看不见，只能感觉到身边有一个热源靠了过来，紧紧地抱住她，在黑暗中，在她的耳边轻声说：“雅望，我爱你，很爱你，比很爱你还要更多地爱你，雅望，怎么办，这么爱你的我，好可怕……”

“不可怕啊，夏木，一点也不可怕。”舒雅望在黑暗中，抱住那个情感比常人强烈百倍的孩子，轻声说，“我就喜欢你这样爱着我。”

黑暗中，她轻柔地吻着他，让他激烈的情绪缓缓平静下来，他闭上眼睛，在她轻声细语的安慰下，在酒精的催发下，渐渐睡着了。

她拉开盖着他们的脸的被子，抬手，关了床头的灯，黑暗中她凑近他精致的容颜，轻声说：“晚安，夏木。”

舒雅望难过地哭了出来，夏木走上前去，轻轻拥抱着舒雅望，眼神渐渐暗下：“别哭，不要哭雅望，别哭，知道了，我们在一起，我们在一起。”

舒雅望紧紧地回抱住他，在他怀里使劲哭着：“对不起，对不起，你别生我的气，我一定会丢掉的，这次真的会把它们丢掉。”

夏木没说话，他知道，她能狠下心来丢掉这箱信，可她真的能丢掉心里的那个人吗？

她真的能吗？

这样勉强地和自己在一起，她真的会幸福吗？

夏木忽然觉得，这个世界最可悲的事就是，我明明爱她爱到愿意献出生命，献上所有的一切，却没有自信，让她得到幸福……

可是，比起永远和她在一起，他更愿意让她永远幸福，像年少时的舒雅望一样，那么明媚灿烂，无忧无虑。

第二天，没有人唤醒沉睡中的舒雅望，夏木还是离开了，就连舒雅望脖子上的接吻鱼项链也不见了。舒雅望慌张寻找他时，只看见桌子上放着一封信，信上写着：

放爱自由。

——夏木

STAFF/制作团队
大鱼文学工作室

大鱼文化传媒 大鱼文学

【总策划】
苏　瑶

【副总策划】
邵　年

【执行主编】
邵　年

【视觉设计】
刘　艳　昆　词

【版权和媒体运营】
赵婧（zhaojing@dayubook.com）

【封面摄影】
蝈蝈小姐

【封面模特】
名豪的时光日记